祟《たた》りのゆかりちゃん

蒲原二郎
Jirou Kanbara

幻冬舎

祟《たた》りのゆかりちゃん

Yukari, the Cursed
by Jirou Kanbara

First published 2012 in Japan by Gentosha Inc.
This book is published in Japan by direct arrangement with Boiled Eggs Ltd.

Illustration : 雨
Design : bookwall

目次

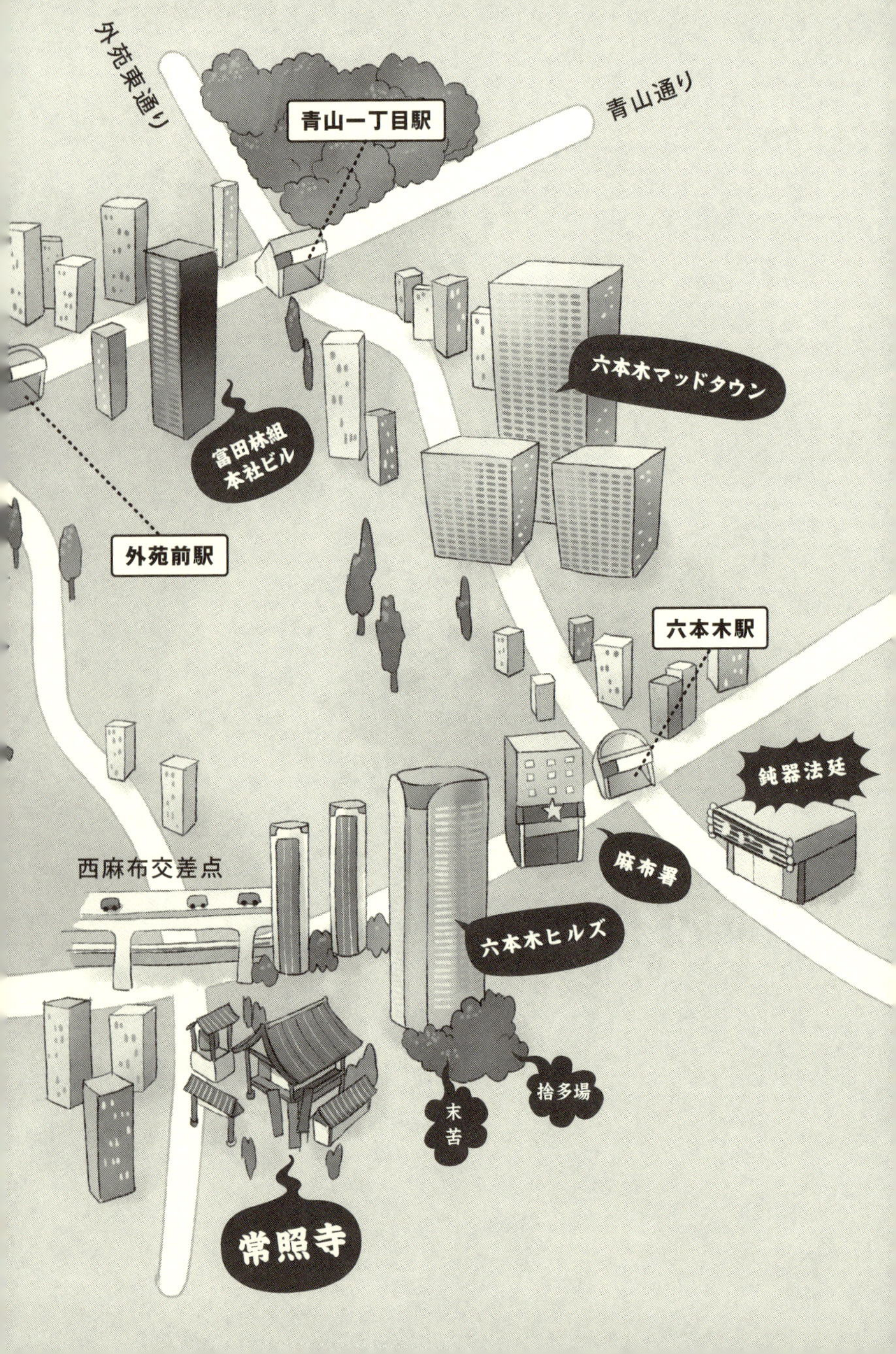
外苑東通り
青山一丁目駅
青山通り
六本木マッドタウン
富田林組
本社ビル
外苑前駅
六本木駅
鈍器法廷
麻布署
西麻布交差点
六本木ヒルズ
末苦
捨多場
常照寺

崇りの
ゆかりちゃん
MAP
外苑西通り
南青山の
オープン
カフェ
表参道駅
渋谷駅
喫茶店パリ
エクセル
投球
六本木通り
セルリアンタワー
投球

プロローグ

次の瞬間、轟音《ごうおん》とともに私の体はすさまじい爆風で吹き飛ばされた。

（爆発する……）

「げほっ」

体が思いきり地面にたたきつけられ、後頭部と背中に激痛が走る。頭を強く打ったせいか視界がぼやけ、意識が徐々に遠のいていく。

（私、このまま死んじゃうのかな……？）

今まで嘘だと思っていたけど、過去の記憶が本当に走馬灯のように頭のなかで浮かんでは消えた。

小さいころ、家族全員で行った潮干狩りの思い出。みんなにいじめられ、一人教室にぽつんと取り残されたときの涙越しのクラスの風景。道場での、いつ果てるともしれない組み手の練習。私をさがし続ける暴走族のバイクの排気音。ばかなりに一生懸命勉強して、大学に合格したときの喜び。デパ地下の大北海道展。就職活動で面接官に言われた、心ない言葉の数々。友達の私を見下したような態度。どちらかというと楽しい思い出よりも嫌な思い出の方が多くて、涙が出るほど悲しくなる。私のこれまでの人生っていったい何だったんだろう。

（嫌だ。こんな人生じゃ嫌だ。まだ死にたくない……）

もしチャンスがあるのなら、人の目を気にすることなくもっと自分らしく生きたい。がんばったのにかなえられなかった夢をかなえたい。そして何よりも、胸に秘めた思いをあの人に伝えたい。

（神様、仏様、お願いです。どうか私を助けてください……）

けれどその直後、私の目の前はいきなり真っ暗になった。

第一章

祟《たた》り

「ねぇ、由加里《ゆかり》。由加里ってば聞いてる?」

(うるさいな。聞いてるよ)

パスタを食べようとしたところで、向かいに座っていた莉奈《りな》が声をかけてきた。仕方ないのでフォークを下げ、嫌々ながら顔を上げる。視線の先には、社会人になったせいか、メイクもファッションもすっかり大人な感じになった三人の友達の姿があった。みんなは女子会らしく、さっきから延々ときゃあきゃあ恋話《コイバナ》を楽しんでいる。

(うざいな。恋話は苦手だ。ここはいつものようにできるだけスルーの方向で……)

私は作り笑顔を浮かべると、再びフォークを持ち上げ、視線をパスタの入っているお皿に落とした。

十月ともなると残暑もやわらぎ、季節はいよいよ秋。今日は昼時に南青山のオープンカフェでちょっとした女子会を開いている。メンバーは大学のゼミ友《とも》三人と私の計四人。女子会といえば普通、夜に居酒屋あたりでやるものだけど、最近はみんな彼氏ができて週末も忙しいというので、夜のデート前に集まってランチを食べることになったのだ。

私は基本的に土日が仕事なので、じつは今日の参加はけっこうきびしかった。でもゼミ友とそろって会うのも三月の卒業式以来だったので、職場に無理を言って昼休みの間だけここに駆けつけさせてもらったというわけだ。

(なのにみんなしゃべることといえば自分や他人の彼氏の話ばっかり。世の中には他にもっと大事なことがいっぱいあると思うよ)

友人たちの単調な会話内容にあきれつつ、黙々とパスタを口に運んでいると、莉奈が、

「ねぇねぇ、由加里、由加里ってば」

と、またもやしつこく声をかけてきた。莉奈は大手広告代理店に就職したせいか、三人の中では一番メイクとファッションが派手になっている。絶妙に巻かれたゆるふわカールの髪型はおしゃれだと思うけど、ブラウンの髪の色がちょっと明るめだし、今日着ているタイトなVネックのカットソーなんて、寄せて上げた胸の谷間とボディラインを必要以上に強調しすぎていると思う。

「ところで由加里は彼氏できたの？　たしか前会ったとき、本気で男をみつけるって言ってたじゃん」

それを聞いて私のなかで何かが一気に音を立てて崩れた。

（彼氏ができてたらとっくに報告してるに決まってるっつーの！　こっちは視線をそらしてまで会話に参加してないいんだから、少しは空気を読め‼）

体とは正直なもので、右手がプルプルふるえ始めた。ふるえる手でパスタをくるくるフォークにからめて、なんとか気持ちを落ち着ける。

「ううん。あいかわらずいないよ。それに働きだしたらなかなかいい出会いもなくて」

「うそー⁉」

莉奈は特盛りのつけまつげをバシバシ上下させながら、目を丸くした。

「私なんて社内で愛想よくしてたら、モテモテになっちゃって困ってるくらいだよー。最近は

合コンとかで出会いも多くてさー、今、彼氏の他に三人の男から迫られてるの。一人は超大物政治家の息子だし、モテ期到来って感じ？　あ、もしよかったら会社の先輩とか紹介するけど、どう？　見た目はそんなにイケてないけど」

　言い終えるなり、莉奈は髪を派手にかき上げながら得意げに鼻を突き上げた。

（あんたがヤリ●ンに見えるから、チャラい男が寄ってきてるだけでしょーが！）

　左手もプルプルふるえだす。この子はどうしてここまで人のイライラどころを刺激するのが上手なんだろう。いずれにせよ、莉奈の提案は丁重にお断りすることにした。前に広告代理店のチャラい男にさんざん遊ばれたあと、ポイ捨てされたという友達の友達の話を聞いたことがあったからだ。見た目もイケてないのならなおさらだ。

「ありがとう。でも、今はちょっと仕事が忙しくて彼氏どころじゃないし、いいかな」

「でも由加里ってずっと彼氏いないじゃん」

（ぐあっ!!）

　痛恨の一撃をくらった。残酷なひと言に心がえぐられたせいか、手に持っていたスプーンとフォークを落としそうになる。見るに見かねたのだろう。なんとなく落ち着かない様子で私たちのやりとりを聞いていた他の友達二人が、

「違うよ。由加里はモテるけど男と付き合わないだけだって」

「そうだよ。それに由加里は真面目だから、今は本当に仕事のことで頭がいっぱいなんじゃない？」

とフォローを入れてくれた。二人の気遣いあふれる言葉に、目頭が急に熱くなる。

(ありがとう。やっぱ持つべきものは空気の読める友達だなぁ)

けれど、なんとか立ち直ったところで、莉奈が再び私の方を向いた。

「あのさぁ、聞きづらいんだけど、もしかして由加里ってすごい男嫌いってことない？　由加里って男前っていうか、なんかおっさんぽいとこあるじゃん。お気に入りスポットは新橋のガード下、みたいな。だから男をつくらないのかなぁって私ずっと心配してたんだけど、その点どうなの？」

(男嫌い⁉　おっさん⁉)

その言葉を聞いた途端、ついに両手が激しくふるえだした。手に持っているスプーンとフォークが食器に当たってカチャカチャ音を立てる。

「お、落ち着いたら真剣に彼氏をさがします。二十八までには結婚もしたいです」

「そっか。ならよかった。ごめんね、変なこと言っちゃって」

永年の疑問が晴れたのか、莉奈は無邪気な笑顔を見せた。

「気にしないで。彼氏をつくらない私も悪いんだし……」

心はすでに乾ききっていたけど、人のいい私は一応返事だけはしておいた。莉奈もたぶん私のことを真剣に心配してくれているからこそ、男嫌い発言をしたに違いない。むしろそう信じたい。信じさせてください……。

その後、莉奈はまるでワンマンショーのように自分の華やかな生活について語り続けた。芸能人のだれだれを見た、出張でイタリアに行った、さすがは大手広告代理店、思ったよりも給料がよかった、タクシー券って知ってる？　などなど。

私はさっきの質問でダメージを受けすぎてしまったこともあり、莉奈の話は半分以上聞き流した。それに私は就活《しゅうかつ》がうまくいかなかった人間なので、莉奈の自慢げな社会人生活の話なんてこれっぽっちも聞きたくなかった。

（就活に失敗した友達の前でこんな話をするなんて信じられない。ジャイアンのコンサートに参加させられるのび太やドラえもんの気持ちが痛いほどよくわかったよ……）

ただし、そうは思っていても、それは表面には出さない。今さら友達関係を壊したくないし、ケンカをすれば自分も傷つくからだ。両手のふるえをなんとかおさえ、私はじっと時が過ぎるのを待った。

（そういえば、仲間うちでちゃんとした会社に就職できなかったのって私だけなんだよなぁ）

思い出すだけで鬱《うつ》になりそうな地獄の就活の日々。しかも結果は百五十社受けて全敗。自分を徹底的に否定され続けた経験は今でもトラウマになっている。

両親は就職できなかったら実家に戻ってこいと言っていたけど、都会を離れてダイナミックな自然だけがとりえの愛知のど田舎で暮らすのは絶対に避けたかった。そこで私は最終的にどこからも内定をもらえないことがわかった時点で、なんとかしてくださいとゼミの教授に必死に泣きついた。ラッキーなことにちょうどそのとき、教授の知り合いで女の子の人手をさがしている人がいて、困り果てていた私はこうなったら何でもいいやとそれに飛びついたのだった。

そうして働くことになったのが今の職場というわけだ。

(それなのに莉奈のやつ、たらたらと自慢話しやがって。銀行の重役をしている叔父さんのコネで受かったことくらい、こっちだって噂で知ってるんだから!)

内心、ブツブツ文句を言っていたら、ひととおり語り終えたところで莉奈がまたもや私の顔を見つめてきた。やばい。なんだかすごく嫌な予感がする。

「ところで由加里ってまだあんなとこで働いてんの?」

予感的中。しかも即死レベルだった。おさえきれない手のふるえにより、テーブルまで小刻みに揺れ始めた。普通じゃない雰囲気に、莉奈以外の二人は気が気でない様子で顔を見合わせている。

(神様、お願いです! この子をなんとかしてください‼)

いよいよ耐えきれなくなったので、時計を見ながら「そ、そろそろ行かなきゃ」と口にした。

都合よく、今日はこの後、土曜日にもかかわらず職場に雑誌の取材が来ることになっている。

私は自分の分の勘定をテーブルの上に置くと、よろよろと椅子から立ち上がった。

「仕事を抜け出してきてるからこれで帰るね」

別れを告げたところ、莉奈はいかにも残念そうな顔をした。

「あ、そーか。由加里が働いてるとこ、土日が忙しいんだもんね。それにしても、ああいうとこってなんか大卒の女の子の職場としてありえなくない? それに正社員じゃなくてバイトでしょ?」

「たしかにそうなんだけど、一応、それなりにお給料ももらえるし、ゼミの教授に紹介してもらったところだからしばらくは続けようと思って」

「ふーん。そっか。じゃ、しょうがないよね。でも、できればそんなとこすぐにやめた方がいいと私は思うな。見た目はけっこうイケてると思うから、由加里ならもっといいところに行けると思うし」

「………」

思わず気が遠くなりそうになった。なんでさっきからこの子はこんなに上から目線なんだろう。たしかに学生時代から空気は読まない方だったけど、基本的にはあっさりとした性格の子で、ここまで出しゃばることはなかった。短期間にこの子の性格をここまで変えた広告代理店っていったいどんなとこで、どんな社員教育をしてるんだろう。

こみ上げる感情、のどから出かかっている言葉、目の前の映像、すべてをシャットダウンするため、私は急いで目を閉じて深呼吸した。そして気持ちを落ち着かせたあと、残された最後の力をふりしぼって官僚みたいな返事をした。

「……検討いたします」

「うん、そうだよ！　私がそう言ってるんだから、絶対にそうした方がいいって!!」

「じゃ、じゃあね、バイバイ……」

ひきつった笑みを浮かべながらみんなに別れの挨拶をすると、私はいつになく早足で地下鉄の駅へと向かった。

（あの子、マジむかつく!!）

地下鉄が動きだしてからも胸のむかつきはなかなかおさまらなかった。私にずっと彼氏がいないってわかってるはずなのに、私が就活に失敗したってわかってるはずなのに、莉奈はなんで私にあんなひどいことを言うんだろう。

（何よりも『おっさんぽい』って発言が一番許せない！　そりゃあ、たしかに新橋でSLを見るとなんだかホッとするし、趣味はデパ地下巡りだけど、あそこにいるのはおばちゃんの方が多いから、おっさんぽいってことは絶対にないはず！）

でも、本当に許せないのはあんな子にも気をつかって別れ際に笑顔を見せた自分だ。小学五年生のとき、クラスで集団いじめに遭ってからというもの、どうしても誰にも嫌われないように八方美人なふるまいをしてしまう自分がいる。

（私だってがんばってるのに。世界に一つだけの花のはずなのに……）

莉奈に対しても、自分に対しても怒りがこみ上げてくる。私は六本木で地下鉄を降りると、エスカレーターに乗らずに駅の階段を一気に駆け上がった。

（はぁはぁ。なんでだろ。なんで私だけこんななんだろ……）

地上に出たところですっかり息が切れた。心も体も疲れはてたのでとぼとぼと歩きだす。悔しさとみじめさがごちゃ混ぜになった気持ちをかかえながら、伏し目がちに六本木ヒルズ近くの湯取坂《ゆとりざか》を上った。途中、ランチ帰りだろうか、制服を着た華やかなOLさんたちの一行とすれちがったので顔を上げる。思わず立ち止まって振り返り、彼女たちの背中をしばらくの間、見送った。楽しそうな笑顔。明るい笑い声。うらやましい。私がなりたかった姿がそこにあった。

（私だって本当はヒルズに入っているような会社でＯＬ生活を送りたかったのに。スーツの似合う白馬の王子様みたいな人と運命的な出会いをして恋もしたかったのに……）

しかし、現実には私はフリーターで変わった仕事をしてるし、出会いがないからいっこうに彼氏もできそうにない。

（しょせん、かなわない夢なのかなぁ。私はあそこには行けないのかなぁ……）

私は再びうつむいて、彼女たちとヒルズに背を向けた。キャピキャピした声も徐々に遠のいていく。

そのとき、ふとさっき莉奈が口にした言葉を思い出した。

「由加里ならもっといいところに行けると思うし」

莉奈にはひどいことばかり言われたけど、そのひと言だけはそれなりに評価してもいいような気がする。

（そうだ。このままじゃ落ち込む一方だ。まだ大学も卒業したばかりだし、莉奈の言うとおり、努力さえすれば案外楽に転職できるかもしれない。よし、まずは資格をとろう。きっと就活で失敗したのは社会で役に立ちそうな資格がなかったからだ。あと英語もそれなりにしゃべれるようになれば、中途採用でそれなりの企業に入れるかもしれない。今はＴＯＥＩＣ二百点だけど、がんばればきっとなんとかなるはず）

そんなことを考えていたらいつの間にか坂を上りきっていた。T字路になっている坂の突き当たりの横断歩道を渡り、道路の向こう側の大きなビルの前に立つ。このビルのなかにもいくつか企業が入っているけど、それはもちろん私の勤め先ではない。

私はビルの脇の参道を通って六本木には場違いな感じのお寺の山門をくぐった。車が一台、ようやく通れるくらいの門を越えるとまず古めかしい本堂と鐘つき堂がパッと見え、続いてその手前にある、派手なのぼりがたくさん立っているお札《ふだ》やお守りの販売所が目に入る。私が目指しているのはそのさらに奥にある庫裏《くり》と呼ばれる建物で、これまたかなり古びた木造モルタル二階建ての昭和チックな一軒家だ。庫裏は本来はお寺の人が住むところらしいけど、今は私だけが住んでいる。

（たしかにここって、言われたとおり女の子の職場じゃないよなぁ……）

私はふぅ、とため息をつくと、重い足取りで庫裏の玄関に向かった。

ここは力道山常照寺《りきどうざんじょうしょうじ》。私が住み込みで働く、ビルの谷間にある蓮華宗《れんげしゅう》の小さなお寺だ。


「ただいま帰りましたぁ」

玄関の木製の引き戸を開けると、奥から住職の遊慇《ユーミン》が床をギシギシ踏み鳴らしながらやってきた。

「遅かったじゃないか。待ちくたびれちゃったよ。先方の都合で取材は予定より三十分早くなったから、急いで着替えてきてくれ」

週刊誌の取材があるせいか、珍しく黒い衣《ころも》にきれいな袈裟《けさ》姿のユーミンは眉間《みけん》にしわを寄せてかなり機嫌悪そうな顔をしている。

(早めに帰ってきたのになんで文句を言われなきゃならないんだろ?　『お昼休みに友達と会ってきてもいいですか?』って訊いたら、自分から『たまには二時間くらいゆっくり食事をしておいで』って言ったくせに)

正直、あきれた。この男、いつもそうなのだが自分勝手でおまけに気が短すぎる。私はただでさえご機嫌ななめだったので、当然イラッときた。

「いえす、あいあむ」

スニーカーを脱ぎながらおざなりな返事をする。それを聞いたユーミンはたちまち怪訝《けげん》そうな顔をした。

「なんで英語で返事をするんだ?」

「ちょっと英語を勉強しようかなと思いまして。これからの時代は英語ですよ。英語力が人生を決めるんです。もう日本語だけでは生きていけないんですよ。グローバリゼーションってやつです」

「バカチン!　何がグローバリゼーションだ。わけのわからないことを言ってないでとっとと着替えてこい!　おまけに英語の使い方が間違ってるぞ!!」

「ひいっ」

いきなり大声で怒鳴られたので、私はあわてて自分の部屋へと階段を駆け上がった。

（まったく、あそこまで怒ることないのに）

立ち鏡の前で着替えをしながら、私は腹が立って仕方なかった。たしかにあのタイミングで英語について熱く語った私も悪かったかもしれないけど、もう少し言い方ってものがあると思う。

（しかも私にこんなものを着せるし……）

私はハンガーで壁につるしてある純白の長襦袢《ながじゅばん》と真っ赤な袴《はかま》を見てうんざりした。このお寺での私の制服はなぜか巫女《みこ》さんの格好だ。勤め始めた初日にユーミンから一式を渡された。さすがに疑問に思って、

「これって神社で巫女さんが着るものですよねぇ。お寺には合ってなくないですか？」

と訊いたところ、ユーミンは、

「明治維新まで日本は神仏習合《しんぶつしゅうごう》だったんだから問題ないさ。それにこっちの方がポップでキャッチーだから世間的にうけると思うんだよね」

という、じつにいい加減な返事をした。私としてはこの衣装は洋服と違って着替えやたたむのがいちいちめんどくさいので、あまり好きじゃない。

（それなのに参拝客からはものすごく好評なのがまたムカつく）

この格好をしていると、しょっちゅう「記念に一緒に写真を撮らせてください！」と頼まれる。それは考えようによっては仕事の一つだからまだいいけど、許せないのがときどきこのお寺に出没するオタクどもだ。やつらはいきなり一眼レフでカシャカシャと私の写真を撮りまく

る。コミケでコスプレしてるわけじゃないんだから、そういうことは絶対にしないでほしい。しかも、やつらときたらお賽銭《さいせん》をあげもしなければ、お札やお守りも買っていかないんだから救いようがない。

（髪を束ねる赤いリボンも見あたらないし、もー、マジでやんなっちゃうなぁ……）

そこへ、人が二階に上がってくる気配がした。ドンドンドンドン、ドスドスドス。がさつな足音は予想どおり私の部屋の前でピタッと止まり、続いてふすまの向こうからユーミンのイライラした感じの声が聞こえてきた。

「ねぇ、由加里ちゃん」

「はい、なんですか？」

「なんですかじゃないよ。たった今、記者さんから携帯に電話があって、あと五分くらいでここに着くってさ。着替え、まだ終わらないの？」

「すみません、今、袴をはいているところです。もう少し待っててください」

チッ。ふすま越しに耳障りな舌打ちの音が返ってきた。

「ったく、これだから女の子は困るんだよな。身支度に時間がかかりすぎ。しょうがない。それじゃ、できるだけ急いで外に出てきてくれよ。なんでも最初に本堂の前で俺たちの写真を撮りたいんだってさ。カメラマンも連れてこないくせに。出版社の知り合いに頼み込んで取材に来てもらう手前、あまり文句は言えないんだけど、勝手だよなぁ」

文句を吐き捨てると、ユーミンは来たときと同じように荒々しく下に降りていった。

（なんでこんなささいなことであんなに怒るんだろ？　カルシウム足りなさすぎなんじゃないの？　あ〜あ、凹《へこ》むなぁ。なんかやる気なくなっちゃった。ユーミンって部下の意欲を引き出せない、典型的なだめ上司だよ。早くこんなところ出て行きたいなぁ）

でも、と私はさっき玄関で見たユーミンの姿を思い出した。

（衣を着たユーミンって久しぶりに見たけどかっこよかったな。背も高いし、顔もいいから何でも似合うんだよなぁ）

そう。じつはユーミンはずばりど真ん中で私のタイプなのだ。お坊さんだから頭は坊主にしてるけど、目鼻立ちが整っているからまるでおしゃれでそうしているかのように見える。鋭いながらも愛嬌のある大きな目、ほどよく彫りが深く、鼻が高いその顔を横から眺めていると、ハートをむぎゅっとわしづかみにされてしまう。年は三十三歳とちょっと離れているけど、もともと年上好みの私としては顔を合わせるだけでもドキドキものだ。身長は百八十センチくらいで細マッチョのよく引き締まった体つきをしている。髪型さえ普通にすればいつでも男性誌のモデルになれると思うくらいだ。

私も身長百六十五センチと決して小さい方ではないので、男は絶対、背が高い方がいい。素敵な大人の彼氏から「由加里はちっちゃくてかわいいな」って言われながら頭をポフポフされるのが永年の夢だ。そんな彼とつま先立ちでチューなんてしちゃったら即、悶《もだ》え死にしてしまうかもしれない。

面接のためにこのお寺に来て、初めてユーミンと会ったときは、そのあまりのイケメンぶり

に「白馬の王子様⁉」と叫びそうになってしまった。できれば住み込みで働いてほしいと言われたときには、

（住み込みってことはこの素敵なイケメンと一つ屋根の下で暮らすってこと⁉　やだ、たちまちあやまちが起こっちゃうかも！）

と胸がときめいたものだ。

もっとも、そんな私の淡い期待はすぐに裏切られた。ユーミンは私の採用が決まると、「俺はおしゃれで快適なところに住みたいから」と近くのマンションに引っ越してしまうし、仕事を始めてからはユーミンの性格の問題点が次々と明らかになったからだ。

まず第一にこの男、極度の夜型人間らしく、昼間はいつも眠そうにしてるし、気が乗らないとすぐにどこかに出かけてしまう。そのせいで私はいつも一人でお札やお守りの販売、留守番、掃除など、寺の雑用をさせられるはめになっている。

続いて人としてどうかと思うくらいのいい加減さ。ユーミンはもともとなんのへんてつもないお寺だった常照寺を、ブームにのってパワースポットにしようと企《くわだ》てた。その計画の一部として巫女さんの格好をさせるために私を雇ったらしいけど、いい加減なのはそれだけではない。江戸時代から庶民の信仰を集めてきたというご本尊の〝縁切り観音〟を、ある日突然〝縁結び観音〟にした。「縁切りはネガティブな感じがするし、縁結びの方が需要のすそ野が広いよね」というのがその理由だ。「運気上昇寺！」なんてばかばかしいキャッチコピーでお寺を大々的に売り出すわ、しかも、暇さえあれば本堂で趣味のダーツを楽しんでいるわで、その仏

をも恐れぬ罰当《ばちあ》たりっぷりにはただただあきれはててしまう。

そして一番許せないのが、美人にだらしないことだ。ユーミンのコネでお寺がテレビで取り上げられたり、雑誌にちょくちょく載るようになってからは、縁結びのパワスポ（？）だけあって女の子の参拝客が激増した。特に増えたのが六本木で働いているクラブやキャバクラのホステスさんだ。お店と距離が近いせいか、彼女たちは縁結びの御利益《ごりやく》と、イケメンのユーミン目当てにしょっちゅうここに出入りするようになった。きれいな女の子に囲まれたときのユーミンはまさに至福の表情をしていて、「必ずお店にいらしてくださいね」「今度マヂで同伴してください！」などというお願いにニコニコ顔でうなずいている。さすがにお坊さんだからまずいんじゃないかと思って、

「住職、そんなことをしたら檀家さんから文句が出ませんかね？」

と指摘したら、

「なに、うちは檀家が十軒しかないから大丈夫。それに最後は仏様と同伴すればいいのさ」

などと、とんでもないセリフを口にした。

（あれで性格さえよければ本当に白馬の王子様なのになぁ。残念だ）

私は内心、ぶつくさ文句を言いながら、鏡の前で着替えを急いだ。

完璧な巫女さん姿に変身して外に出ると、ユーミンは記者さんと思われる女の人と一緒に本堂の前にいた。ユーミンが手招きしたので、私は小走りで二人のところに駆け寄った。

「遅れてすみませんでした」

「いいんだよ、由加里ちゃん。気にしないで。そんなことより、『週刊緊張』の記者さんがぼくたちの写真を撮りたいというから、ぼくの横に立ってくれたまえ」

ニコッと微笑むユーミン。てっきり怒られるかと思っていたら、ユーミンはなぜかずいぶんご機嫌な様子だった。

(さっきまであんなに怒ってたくせに、なんで今はこんなに機嫌がいいんだろ?)

首を傾《かし》げる私に記者さんが声をかけてくる。

「まぁ、かわいらしい巫女さんですね。今日はよろしくお願いします」

「あっ、こちらこそよろしくお願いしま……」

振り向いた瞬間、すべてが納得できた。そこにいたのはものすごい美人だったからだ。

私は思いがけない美人の登場にすっかりどぎまぎしてしまった。記者さんは二十代後半くらいだろうか。びしっとしたスーツに大人っぽいメイクがキャリアウーマンらしくてかっこいい。

(うわー、きれいな人! そりゃ、ユーミンの機嫌がよくなるわけだ)

近くにいるとすごくいいにおいもするし、それはまさに私の理想の姿そのものだった。

(いいなぁ。私もこんなかっこいい社会人になりたかったなぁ……)

初対面の記者さんにまでコンプレックスを抱いてしまう自分がひどく恥ずかしくなる。私はそんな気持ちを打ち消すように、急いでユーミンの隣に並び、身なりを整えた。

写真撮影が終わると、その場でインタビューが始まった。記者さんからのお寺の縁起《えんぎ》や観音様の御利益に関する質問に対し、ＩＣレコーダーを向けられたユーミンがニコニコと笑顔で答える。

「当山『力道山常照寺』は江戸時代初期の開山でして、ご本尊は御利益があると評判の〝縁結び観音〟様です。江戸のころから『運気上昇寺！』として江戸の町民に広く知られ、今でいうパワースポットの先駆けのような存在でした」

元は縁切り観音だったのを知っている私にはユーミンの説明はそらぞらしくしか聞こえなかったけど、何も知らない記者さんは興味深そうに耳を傾けていて、なんだか非常に申し訳なくなった。

「なるほど。由緒のあるお寺なんですね。それを現在、お寺の跡を継がれた住職さんがこちらのお嬢さん、ええと」

記者さんが私の方を向く。

「失礼ですが、あなたのお名前は？」

「本間《ほんま》です。本間由加里といいます」

「本間さんとお二人で切り盛りなさっているというわけですね」

ユーミンがうなずく。

「そうです。前の住職である祖父は旅行に出かけたまま行方不明ですし、『水中考古学』というのを研究している学者の両親は常に海外にいるものですから。もっとも、この子はまだまだ社会経験が不足していて、切り盛りという感じではないですけどね。せいぜい雰囲気づくりに巫女さんの格好をしてもらっているぐらいです。なにせ今どきのホンマに〝ゆとりちゃん〟なもんですから」

途端に記者さんがプッと吹き出した。

「あはは。本間さんの名前とかけてるわけですね。ごめんなさい、笑っちゃ悪いんだけどあんまりおかしいものだから。うふふふふ」

（そう思ってるんだったら笑うな！　ユーミンたら、余計なことを言うんだから、もう）

私がユーミンに対してなによりも憤っているのが、〝ゆとり世代〟の私のことをからかって「ゆとりちゃん」とときどき呼ぶことだ。私は〝ゆとり世代〟って言葉自体がそもそもよくないと思う。みんなそれぞれ個性があるし、この不景気な時代を一生懸命がんばって生きているんだから、私たちをいかにも使えない、今どきの若者として一括《ひとくく》りにするのはやめてほしい。

私の顔色を見たのか、記者さんは「ところで」と話題を変えた。

「事前に住職さんの簡単な経歴をおうかがいしてたんですけど、すごいですね。アメリカのコロンビア大学在学中に、ジョージ・ワロス率いる巨大ヘッジファンド『メンタムファンド』にスカウトされる。若くして有名ファンドマネージャーとなるも、二年前に帰国。修行を終えて住職となる。まさに異色のお坊さんって感じです」

「いやぁ、それほどでも。ふふふ」

ユーミンがえらそうに下あごをなでながら答える。私は美人にほめられて鼻の下をのばしているユーミンを見て、なんだかすごく腹が立ってきた。ヘッジファンドで稼いで、ものすごいお金持ちのはずなのに、私への待遇が月給十八万円、ボーナスなし、社会保険なしなのも腹が立つ。

「異色といえば、本間さんもそうですね。若い方なのにどうしてお寺で働こうと思ったんですか？」

「えーと、その。まぁ、いろいろとありまして……」

まさかどこにも就職できなかったから仕方なく、とは言えなかったので口ごもっていたら、ユーミンが苦笑しながら「じつはですね」と会話に割って入った。

「この子は就活に失敗して『ひがしうんこくさい大学』という三流大学の教授の推薦でここに来たんですよ。私の両親もそこに勤めているものですから」

「……『東雲《しののめ》国際大学』ですっ！」

ムカムカしているところに、あまり他人に知られたくない秘密まで暴露されたので、横からつっこんでしまった。ユーミンがぎょっとして私の方を向く。

「ごめん、ごめん。つい間違えちゃったんだ」

「失礼しちゃいますよ。それに母校の文学部は三流じゃありません。偏差値も一応五十八ありますし」

最近は大幅に定員割れしているらしいというネガティブ情報にはこの際、あえてふれないことにした。

「悪かったよ。調子にのりすぎた。許してくれ」

「どうせ私は住職と違って三流大学出身で就活に失敗した〝ゆとりちゃん〟ですよ」

「悪気はなかったんだよ。それじゃ、これをあげるから許してくれ」

そう言ってユーミンが衣の袖から取り出したのは赤い小さめの箱だった。

「日ごろ君がよく働いてくれるから、プレゼントしようと思ってネットで取り寄せたんだ。五万円もしたんだぜ」

（えっ、プレゼント⁉　しかも五万円もするもの？　いったい何だろ？）

現金な私はプレゼントと聞いてすっかりうれしくなってしまった。男の人からこんなに高価なものをもらうのは初めてだ。

「わー、ありがとうございます」

ユーミンが差し出す箱を喜んで受け取る。よく見たらそれは「スーパーボディガード黒玉《くろだま》」と書かれたあやしい護身用グッズだった。

（い、いらねぇー……）

心底がっかりした。こんなものをもらって誰が喜ぶというんだろう。

「あのNASAが開発した護身用グッズなんだってさ。最近は六本木も物騒らしいから君にあげるよ。敵にぶつければ威力抜群だから、か弱い女性でもこれでもう心配なしってふれこみだよ」

ユーミンが恩着せがましく商品の説明をする。私は本心を隠しつつ、

「……高価なものをありがとうございます」

と適当に礼を言って、箱を白襦袢のたもとにしまった。私たちのやりとりを見ていた記者さんは、

「住職さんてやさしいんですね」

と言ってユーミンに微笑んだ。

「ははは、お恥ずかしい。でも若い子はなんとなくかわいいっていうか、大事にしてあげたくなっちゃうんですすよ。ところで、立ち話もなんですし、よろしければ今からお茶でも飲みに行きませんか？　ヒルズ近くにお気に入りのカフェがあるんですよ」

「カフェですか。いいですね。でも本間さんもご一緒じゃないと悪くないですか？」

「どういうことです？」

「いえ、お二人の仲がとてもよさそうなので、もしかしたらお付き合いしてるんじゃないかと思いまして」

（えっ⁉）

第三者にそう指摘されてドキドキした。無意識のうちにユーミンの方を向いて反応を確かめてしまう。

けれど、ユーミンはいかにも困ったなという感じで苦笑いを浮かべていた。

「まさか。この子はただの従業員です。年も離れすぎてますよ」

（ただの従業員か……）

なぜかちょっと期待してしまった自分が恥ずかしい。

「そうですか。では遠慮なくお言葉に甘えさせていただきます」

記者さんの返事を聞くと、ユーミンはひどくにやけた顔で私の方を見た。

「というわけで、俺はこれから記者さんと出かけるから、販売所の留守番をよろしく。あと、境内《けいだい》の掃除と草むしりも暇をみてやっといてくれ」

「待ってくださいよ。私一人で全部やるんですか⁉」

「当たり前だろ？　俺は雇用主《エンプロイヤー》で、君は従業員《エンプロイー》だ」

ユーミンが当然といった顔でフフフと笑う。

（きれいな人を見るとすぐデレデレするし、おまけに人使いも荒くて最低！）

勝手な言い分に両こぶしがプルプルふるえる。ついさっき「若い子はなんとなくかわいいっていうか、大事にしてあげたくなっちゃうんですよ」と言ったばかりの人間のセリフとはとても思えない。

だけど、ユーミンは一応上司だし、雇い主だから文句は言えない。私は涙をのんで、

「……はい。わかりましたぁ」

と、返事をした。

「じゃ、留守番よろしく。いつも言ってるけど、境内のすみにある〝邪心供養塔〟にはくれぐれも近寄らないように」

「邪心供養塔？　それって何ですか？」

記者さんが興味深そうに訊いてくる。ユーミンは笑って記者さんに答えた。

「江戸時代から当寺で祀《まつ》られている、人々の煩悩を封じ込めたと伝えられている石の塔のことです。嘘かまことか、壊した者には恐ろしいたたりがあるという言い伝えがありましてね。ま、特に気になさらないでください。おそらく迷信のたぐいですよ。一応念のためってやつです」

そう言うとユーミンは小走りで庫裏のなかに入っていき、あっという間にジーンズと薄手のニット姿になって戻ってきた。

「お待たせしました。さぁ、行きましょう」

帰り際、記者さんは私を見て微笑んだ。

「お邪魔しました。お仕事がんばってくださいね。さようなら」

「ありがとうございます。お疲れさまでした」

私は境内の真ん中に立ち尽くしたまま、二人の後ろ姿を見送った。あとに残ったのは記者さんのいい香りと、なんともいえないやりきれなさだけだった。


二人が出かけたあと、それでも言いつけは言いつけなので仕事を始めた。自分で言うのもなんだが、私は基本的に真面目なので、言われたことはきちんと守ってしまう。今日は珍しく参拝客がいないので、庭掃除と草むしりをすることにした。

「ったく、何？　あのニヤけた顔。男ってどうしてきれいな人を見るとあんなにデレデレするんだろ！　それに〝ゆとり世代〟って言うなっつーの！　そもそもゆとりゆとりって私たちをひとまとめにするのは絶対に間違ってるし」

あまりにムカついたので声に出してブツブツ文句を言っていたら、山門の方から女の子の声が聞こえてきた。

「あ、巫女さんいるじゃん。こんにちわー」

振り向くと、髪型もファッションもすべてが派手な女の子が二人やってくるのが見えた。

(またよりによってこんなときに、めんどくさい人たちが来ちゃったなぁ……)

二人はユーミンのことが気に入って、しょっちゅう遊びに来る六本木のキャバクラのホステスさんたちだ。見た目がお寺にはあまりにも似つかわしくないので一発でおぼえてしまった。

「こんにちは。何かご用ですか？」

「特に用はないけどー。住職さんに会いたくてまた来ちゃったみたいな」

住職と聞いて再び怒りに火がついた。

「住職は私に雑用を押しつけて遊びに出かけちゃいましたよっ！」

「えー⁉　今日こそは同伴してくれるようにお願いに来たのにー。マヂ残念。あ、ところで」

「ところで何ですか？」

「こないだ住職さんに会ったときにもちょっと言ったんだけどー。最近六本木界隈《このあたり》で女の子が悪い連中にさらわれてるって噂があるんだよねー。だから巫女さんも気をつけた方がいいんじゃないかなと思って。ほら、巫女さんってかなりかわいいじゃん」

「えへへ。そんなことないですよぅ。でも、その悪者の話って本当なんですか？」

「うちらの間じゃけっこー噂だよ。被害届が出てないから警察も動いてないみたいだけどさー。

なんかやばい連中が関わってるって」

「わかりました。じゃあ、私も気をつけます」

「そうした方がいいよ。今は便利なものもけっこーたくさん売ってるしー。何か護身用グッズでも持ってた方がいいんじゃない？」

「そうします。いろいろ教えてくださってありがとうございます」

「いいって、いいって。それより住職さんに早く同伴してくださいって伝えといてくれない？最近物騒だし、うちらも成績あげたいし」

「……はい。わかりました。住職に伝えた上で検討させていただきます」

「じゃ、そうゆーことでよろしく！」

「うちら住職をマヂで愛してっから！」

二人はそう言うと何がおかしいのか、「門あるとかすごくね⁉」「門、マヂで守備力たけーし」と楽しそうにじゃれあいながら山門を出て行った。

（そうか。だからこんなものをくれたんだ）

キャバクラのホステスさんたちの話で、なんでユーミンが突然護身用グッズをくれたのかがわかった。ユーミンはちょっとわがままで性格は悪いけど、実はあれでとてもやさしいところがある。

私は白襦袢のたもとに入れていた〝スーパーボディガード黒玉〟の箱を取り出して見つめた。

（……ユーミンと記者さん、今ごろ楽しくお茶をしてるんだろうな）

これをもらったとき目の前にいた記者さんのきれいな顔を思い出したら気分が暗くなった。胃の奥のあたりがズーンと重く感じられる。

（もしかしたらあの二人、このまま付き合っちゃったりして。ユーミン、すごく積極的だったし。ユーミンが好きなのはきっとあの記者さんみたいにきれいで頭がいい人なんだろうな。私みたいな子供は恋愛の対象外に決まってる）

メイク一つとっても私と記者さんとはずいぶん差があった。まるでコスメカウンターでお化粧してもらったかのような完璧メイクの記者さんとは違って、私なんてめんどくさいから最近はファンデーションさえ塗ってない。たぶんコスメだって記者さんは有名な一流ブランドのものを使っていると思う。歩いて五分のところにある二十四時間営業の量販店「鈍器《ドンキ》法廷《ホウテイ》」で肌に合うお手頃な化粧品を買いそろえている私とは何もかもが違った。

（なんでだろう。なんでこんなにせつないんだろう？）

ユーミンのことなんて意識してないはずなのに。

こんなお寺、出てってやろうと思っているのに。

いや、そんなの嘘だ。本当は前からずっと、初めて会ったときからずっとユーミンのことを意識してる。それもすごく、すごくすごく。

でも、私のことを「ゆとりちゃん」なんてからかうし、きっとユーミンには私は世間知らずの女の子にしか見えてないに違いない。私だって何度かユーミンにそれとなくアピールしてみたこともあった。フラれたりしたら傷つくからかなり遠回しな感じだったけど、ユーミンにはその都度あっさりスルーされている。

そう思うとユーミンのさりげないやさしさがかえってひどくつらく感じられた。

(ここを出て行きたいのはちゃんとしたOLになりたいのもあるけど、半分はユーミンにまったく相手にされないのがつらいからだ。これじゃいっそのこと冷たくあしらわれた方が気が楽だよ……)

せつなさとやりきれなさに、いてもたってもいられなくなる。私は護身用グッズをたもとに戻すと、再びしゃがみこみ、目の前の雑草を引っこ抜くことで気を紛らわした。単調な作業のせいだろうか。作業中、今日あったことがフラッシュバックのように思い出されてくる。オープンカフェでの嫌な思い、自分でもみじめで情けない記者さんへのコンプレックス、ユーミンへの複雑な感情のせいで、だんだんおさえきれないくらいむしゃくしゃしてくる。しまいには目に涙まで浮かんできた。

(本当の私はこんなんじゃないんだから！　いつか絶対にちゃんとした会社のOLになってやるんだから！　本物の白馬の王子様だってきっと現れるんだから！)

何度も涙をぬぐいながら草取りをしていたら、いつの間にか私は近づくのを禁止されている、噂の〝邪心供養塔〟の前に立っていた。苔《こけ》むした円柱形の石の塔には名前のとおり〝邪心供養塔〟の五文字が刻まれている。

(この塔、初めてこんな間近で見た。別に古いだけで、たたりなんてなさそうに見えるけどなあ……)

なげやりな気分になっていたこともあり、涙をふきふき、なんとなく供養塔を観察してみる。

すると、私は塔の側面になにかひらがなのようなものが彫られていることに気がついた。

（あれ、なんだろこれ？　えっ、嘘っ⁉）

そこにはなんと、

「ゆとりゆかりなるものによってひらく」

という意味深な言葉が刻まれていた。

（こんなところにまで〝ゆとり〟の文字が！　しかも〝ゆかりなるもの〟ってまるで私のことみたいじゃん⁉　もういい加減にしてよ！　それにたたりがなんだっつーの。この科学が進んだ時代にばかばかしい！）

古くさい石の塔にまでばかにされた気がして、いい加減頭にきた。

（こんな供養塔、逆にこっちが罰《ばち》を与えてやる！）

やけくそになった私はたもとから〝スーパーボディガード黒玉〟の箱を取り出した。

「ゆとり、ゆとりって、みんなでよってたかって人をばかにして。これでもくらえ！」

そのままいきおいよく箱を投げつける。箱は供養塔に見事命中し、壊れて地面に落下した。

ふたが開いた箱からはどこかで見たことがあるものがころころと転がり出てくる。

（あれ⁉　これってたしかシルベスタ・スタローンの映画によく出てくるやつ？）

箱から出てきた黒玉は戦争映画でよく使われる手榴弾《しゅりゅうだん》にそっくりだった。

（ま、まさか本物なんてことはないよね）

それでも気になるので急いで箱を拾って付属の説明書を見てみる。そこにはこう書かれていた。


「この商品の使い方」

一．箱、開けたか。だたら次になかにはいてる黒玉取り出すよろし。

二．黒玉についてるピン抜くいいね。

三．爆発するからすぐに敵に投げるよろし。じゃないと危ないね。
※小さい子供の手が届かないところに保管しる。

(嘘っ⁉　何これ、やばいじゃん⁉　まさかピンは抜けて……)

見たら黒玉のピンはぶつかったときの衝撃のせいか、しっかり抜けていた。

(げっ、爆発する……)

次の瞬間、黒玉は「ドカーン！」という轟音とともに大爆発した。あっという間に崩れ落ちる供養塔。私の体もすさまじい爆風で吹き飛ばされる。

「きゃあああ」

どかっ、ずざざざざあっ。

「げほっ」

体がおもいきり地面にたたきつけられた。だんだん意識が遠のいていく。薄れていく視界のなか、ぼんやりと見えたものは、供養塔があったあたりから噴き出ている不気味な煙と、勢いよく飛び出た大量の謎の玉だった。

(な、なんでこうなるの……?)

かろうじて手に持っていた説明書を見てみた。そこには大きく「解放軍謹製」の文字があった。

(全然NASAじゃないし……。こんなばかばかしいことで死にたくない。神様、仏様、お願いです。どうか私を助けてください……)

その直後、私の意識はプツンと切れてなくなった。


「お嬢ちゃん、大丈夫かの⁉ お嬢ちゃん!」

どれくらい時間が経《た》ったのだろうか? 気づいたら誰かが私の肩を揺すっていた。

(う、う〜ん。私、助かったのかな……?)

重いまぶたをなんとか開ける。すると目に飛び込んできたのは、

(巨大梅干し⁉)

なんとでっかい梅干しが私を介抱してくれていた。びっくりして飛び起きると、向こうも驚いたらしく、「ひゃっ」とうしろにのけぞった。

(梅干しがしゃべった!)

信じられない光景にあわてて目をゴシゴシこする。

「意識が戻ったようじゃのー。よかった、よかった」

しゃべる梅干しは、よく見たら人だった。季節外れの日焼けをしていて、まゆ毛が長くて真っ白な、しわしわのおじいちゃんだ。どうやら頭の打ちどころがよくなくて幻覚が見えたらしい。

「あなたはいったい誰ですか⁉」

「それはこっちのセリフじゃよ」

おじいちゃんが困ったように答える。

「わしは幸田謝懋《こうだシャーミン》。この寺の前の住職じゃよ。おまえさんこそなんでそんな変な格好でこんなところに倒れとったんじゃ？」

私は勤め始めのころ、ユーミンが「中国旅行に出かけたっきり、一年以上も戻ってこない困ったじいさんがいるんだ」と語っていたのを思い出した。

「住職のお祖父《じい》様でしたか。介抱してくださってありがとうございました。私は今年の春からここで働かせてもらっている者で、本間由加里といいます。住職さんからもらった護身用グッズが爆発して、それで体ごと吹き飛ばされちゃったんです」

「なんと！　おそろしいこともあるものじゃのう。ふーむ。話を聞くに、どうやらわしが留守の間に遊懋がお嬢ちゃんを雇ったようじゃのう。ところで怪我《けが》はないかの？」

「おかげさまで大丈夫みたいです」

ラッキーなことに、ひどい爆発だったわりには体中どこも痛くなかったし、傷もない。

（それにしてもこのシャーミンとかいうおじいちゃん、なんでこんなに夏っぽい格好なんだろ？）

シャーミンはパイナップル柄のアロハシャツを着て、手にはなぜかマカデミアナッツ入りチヨコの箱を大量に持っていた。

（これってたしかハワイのお土産のはずだよね？）

不思議に思いながらなんとか立ち上がると、しゃがんでいたシャーミンもつられて立ち上がった。

「お嬢ちゃんも無事のようだし、とりあえず何も被害がなくてよかったわい」

「うっ」

そのひと言で嫌なことを思い出した。そういえば私は決して近寄るなと言われていた〝邪心供養塔〟を壊してしまっていた。

「あの、じつはですねぇ。その、爆発のときに〝邪心供養塔〟とかいうものも崩れてしまいましてですねぇ……」

私が指差す方向を見て、シャーミンはアングリと口を開けた。

「〝邪心供養塔〟がなくなってしまっておる‼」

プルプルふるえるシャーミン。まさに驚愕といった感じで目がまん丸になっている。

「これは大変じゃ。たたりじゃ、たたりがあるぞ」

「えっ、たたりって本当の話なんですか⁉」

真剣な表情でシャーミンがうなずく。

「本当じゃとも。塔が壊れたとき、地面から何か出てきたじゃろう」

「あ、たしか煙と大量の玉みたいなものが出てきたような気がします」

「間違いない。言い伝えどおりじゃ。その玉のようなものはそれぞれが人間の百八の煩悩であり、それを封じ込めていた封印が解かれてしまったのじゃ」

「あれって、そんなにやばいものだったんですか⁉」

「うむ。そうなのじゃ」

シャーミンの説明によるとこういうことだった。

●ときは江戸の公方様のころ。当時は飢饉《ききん》や疫病、地震、火山の噴火が相次ぎ、人々の生活は苦しくなる一方だった。明日をも知れない暗い時代。人々の心は完全にすさみきっていた。
●そんな乱れきった世の中を嘆いたのがこの寺の高僧、月仲上人《ゲッチユーしょうにん》と恩仲《ウオンチユー》上人の兄弟だった。彼らは生まれついての強力な神通力で人々の煩悩を吸収。それを秘密の呪法を用いて地下深くに封じ込めた。
●その上に建てられたのが煩悩が再び世に出ることを防ぐための封印、邪心供養塔であった。月仲上人と恩仲上人は、邪心供養塔を壊し、百八の煩悩を解き放ったものにはおそろしいたたりがあるという言い伝えを残した。

「それをお嬢ちゃんが壊してしまったというわけじゃ」

伝説にしては妙にリアルで信憑性《しんぴょうせい》のあるシャーミンの説明を聞いて、私は本気で恐くなった。

「そのたたりっていうのはどういうものなんですか⁉」

「おそろしいたたりじゃ」

「教えてください。お願いします！」

「それはじゃのう」

「それは？」

「それは！」

険しい目つきで私を見つめるシャーミン。私は祈るような気持ちで返事を待った。ところがその直後、シャーミンはひどく困ったような顔をした。

「忘れた」

（忘れんなよ！）

だけど、忘れてしまったのは本当らしく、シャーミンは腕を組んで何度も首を傾げながら必死に思い出そうとしている。

「あの、たたりについて書かれている資料とか文献とかは残ってないんですか？」

私がそう指摘したところ、シャーミンはポンと手を叩いて喜んだ。

「言われてみれば寺に伝わる古文書があったわい。今持ってくるからちょっと待っててくれ。それからこれはこの寺始まって以来の一大事じゃ。お嬢ちゃんは急いで遊憖をさがしてきてくれんかのう」

「ええと、それがですねぇ……」

私はかくかくしかじかとユーミンがどこにいるかを説明した。

「なんと、この一大事に若いおなごと密会とな！　まったく役に立たん孫じゃわい。仕方ないのう。それではわしは古文書を探してくるから、お嬢ちゃんは急いで遊恣と連絡をとってみてくれ。頼んだぞ」

そう言うとすぐにシャーミンは庫裏に向かってとろとろと走っていった。

（なんだか大変なことになっちゃったなぁ。ユーミンがこのことを聞いたらきっとものすごく怒るだろうなぁ……）

ユーミンが鬼のように怒り狂った顔が目に浮かび、気分が暗くなる。私はたもとから自分の携帯電話を取り出すと、ユーミンの携帯におそるおそる電話した。


「〝邪心供養塔〟には近づくなってあれほど言っといただろうが！　このバカチン!!」

帰ってくるやいなや、ユーミンは案の定、大声で私を怒鳴りつけた。

「うひいっ。ごめんなさい。すみませんでした」

今回ばかりは返す言葉もないので、とにかくひたすら頭を下げる。女性記者さんとの楽しいお茶の途中で呼び戻しちゃったし、軽く小一時間は説教されるかと思ったが、思いがけずユーミンの怒鳴り声はそのひと言だけでピタリとやんだ。

「チッ、まぁいい。とにかく君には怪我がないそうだからよかった。それより今はたたりの正体を明らかにすることだ。じつは俺もたたりについてはよく知らなくてな。もしかしたら君の体に悪い影響があるかもしれない」

（やっぱユーミンってやさしい……）

ユーミンの言葉の底にある、私を心配してくれる気持ちが胸にしみた。

そのとき、シャーミンが庫裏の玄関から出てきた。とろとろとこちらに走ってくるその手には古文書っぽい黄ばんだ紙が握られている。

「わかりおったぞ！　お、遊愍もいるな」

「じいさん、久しぶりと言いたいところだが、とりあえず今は後回しにしておこう。その中国帰りにしてはおかしな格好の話もあとで聞く」

「お上人様、何がわかったんですか⁉」

シャーミンが得意そうに私とユーミンに古文書を見せてくる。そこにはミミズみたいなわけのわからない文章が何行も書き記されていた。

「たたりについてはこう書かれておる。『たたりを受けしものは生涯伴侶《はんりよ》を見つけることあたわず。婚姻は勿論《もちろん》不可なり。また、そのものには必ずたたりの印《しるし》があらわれるなり。左右の腕に浮かび上がるおかめと般若《はんにゃ》の顔がそれなり』。つまり、たたりとは一生彼氏、彼女ができないので結婚もできない。おまけに両腕におかめと般若の顔があらわれることらしい」

「それがたたりなんですか？」

「そうらしいの」

冗談のようなたたりの説明に、私はついつい吹き出しそうになった。

(結婚できない？　おかめと般若の顔？　何それ、ばかばかしい。あ〜あ、心配して損した)

それでも念のため、一応袖をまくってみる。余裕だ。ほら、たたりの印なんてあるはずない、

「って、ギャース‼」

体がわなわなふるえ、叫んでしまった。ある！　たしかに私の左の二の腕には入れ墨のような〝おかめ〟の顔がある！　あわてて右腕も確認したら、やっぱり二の腕に〝般若〟の顔がくっきりと浮かび上がっていた。

(何これっ⁉　ダサッ！　これじゃもうノースリーブの服が着られないじゃない！)

またしても気が遠くなる。そのまま倒れかけた私を、すんでのところでユーミンが抱きかかえてくれた。

「気をしっかり持て。彼氏がいなくても人生はなんとかなるさ。それに今は結婚しない人もけっこう多いじゃないか。いっそのこと出家して尼さんとして生きるという方法もある。腕のダサ、ごほん、いかした印もタトゥーだと思えばいい」

「この年で行かず後家決定とはかわいそうじゃが、命までは取られないみたいじゃし、大難が小難と思うしかないのー。ほれ、このハワイ土産のチョコレートをやるから落ち着きなさい」

二人ともなんとかなぐさめようとしてくれてはいるけど、その言葉は私の心にまったく響かなかった。

「それって全然フォローになっとらんじゃん！　それって、どやばいってことだら⁉　うちだって彼氏がほしいいし、いつかは結婚したいと思っとるだに！　勝手なこと言わんでやー‼」

パニクってるせいか、ついつい方言が出てしまう。私の絶叫に驚いたのか、二人とも同時に背をのけぞらした。

「お願いです、なんとかしてください。助けてください」

目に涙まで滲《にじ》んできた。たたりについて誰よりも知識がありそうなシャーミンの袖をつかんで必死にすがる。けれど、シャーミンは残念そうに首を振るだけだった。

「それがのう……。申し訳ないんじゃが、たたりをはらう方法はこの古文書にも書かれてないのじゃよ。こうなったら本堂の観音様に一生懸命お祈りして、なんとかしてもらうしかないのー。わしらもお経を唱えて一緒に祈ってあげるから、とにかく気を鎮めなさい。大丈夫。きっと観音様がお慈悲で救ってくださると思う」

「神頼み、いや仏頼みしかもう方法はないんですか⁉」

「うむ」

うれしくないことにシャーミンのうなずき方は力強かった。

「すまんのー。ゆとりちゃん、じゃったかな？」

「由加里ですっ！」

なんだかまた頭がクラクラしてきた。目の前が真っ暗になる。

（就活に失敗したあげく、彼氏もできないし、結婚もできない。私の人生、これからどうなっ

ちゃうの……⁉︎)

でも、他に方法はないらしい。私は少し休んでから、シャーミンとユーミンにお願いして本堂に向かった。シャーミンの言葉を支えにして、わらをもつかむ思いで観音様に祈り続ける。さすがに私が哀れになったのか、ユーミンもシャーミンも一生懸命、長時間お経をあげてくれた。

(お願いです。たたりをはらってください。このダサい印をきれいさっぱり消してください。このままじゃせっかく白馬の王子様が現れても付き合えないし、結婚もできません。お願いです、お願いですから……)

けれど、ろうそくの炎に淡く照らされる観音様のお顔は穏やかなままで、結局、何の反応も返ってこなかった。

その晩、私は夕ご飯も食べないで泣きながら布団に潜り込んだ。シャーミンのお土産のチョコレートもひと口も食べられなかった。

(もうだめだ。私は一生ひとりぼっちなんだ。きっと最後は一人さみしくオンボロアパートで孤独死するに違いない。そして数カ月後に白骨になって大家さんに発見されるんだ。床には人《ひと》形《がた》のしみができて、荷物は全部始末屋さんに処分され……。うわーん。私ってなんでこんなにかわいそうすぎなの?)

布団のなかで今後の人生について悶々《もんもん》と考え続ける。すると、祈り疲れていたせいか、私はいつの間にか深い眠りに落ちてしまった。

ふと目が覚めたのは夜もかなり更けたころのことだった。

「娘や。これ娘や、起きなさい」

誰かが私を呼んでいた。

(う〜ん、こんな夜更けに誰だろ?)

最初はユーミンかシャーミンかなと思ったけど、二人とも私を「娘」なんて呼んだりしない。それになんだかおごそかな感じの声だ。不思議に思って目を開けてみると、電気もつけていないのになぜか部屋のなかはキラキラした光で輝いていた。びっくりして体を起こそうとしたけど、不思議と体がピクリとも動かない。

(あれ? おかしいな。もしかして金縛り⁉)

それでも目だけは動くので、おそるおそる部屋のなかを見回してみる。すると、驚いたことに枕元に神々しい観音様のお姿があった。

(ああ、観音様だ! きっと私の願いが届いたんだ。ありがとうございます。早くこのおぞましいたたりをはらってください!)

観音様は私にやさしく語りかけてきた。

「やれやれ。邪心供養塔を破壊して、百八の煩悩を解き放ってしまうとは、まったく困った娘ですね。あれは必ず世に災いをもたらすものです。特に悪意はなかったようですが、厄介なことをしてくれました。世に放たれた煩悩は私の力でなんとかおさえ込むつもりですが、じつに面倒な仕事です。ただでさえ日ごろからいろいろと忙しいというのに」

（あれ？　観音様、もしかしてちょっと怒ってる⁉）

口調は穏やかだが、観音様の言葉つきは意外とねちねちしていて、私に対する不快感があらわれていた。

「誤解しないでほしいのですが、私はこれっぽっちも怒ってなんかいませんよ。縁切り観音として何百年間もがんばってきたのに、いきなり縁結び観音にされてしまったことでさえ気にしていません。ええ、ちっとも気にしていませんとも」

（まずい。絶対に怒ってるよ。邪心供養塔の件はともかく、観音様の名前を変えたことには私はいっさいタッチしてないんですけど……）

なんとか誤解を解きたいと思ったけど、なにせ金縛りに遭っているので口を開くことさえできない。

「私はこの寺に来る娘どもにも腹を立てていません。『かっこよくて、頭が良くて、包容力があって、それなりに経済力もある素敵な彼氏がほしい』なんていうずうずうしい願いも極力かなえてあげたいと考えています。身勝手だなんて決して思ってはいません。ただ、たまには他人のために祈ってあげたり、少しは仏教について興味を持ってほしいと願うだけです。そういえばそなたもお寺で働きながら、仏教について残念なくらい知識がありませんね。せっかくの機会です。今からあなたに御仏《みほとけ》のありがたいお教えを説き聞かせてあげましょう」

（そんなことよりも、私のたたりをはらう方法を聞かせてほしいんですけど……）

けれど、私の願いもむなしく、観音様はその後延々と仏教講座を続けた。

(観音様、お願いです。私を許してください。早く解放してください……)

観音様が話をまとめにかかったのは夜も白々と明けてきたころのことだった。

(はぁはぁ、やっと終わりそうだ。仏教は当分お腹いっぱい)

金縛りと難しい話で疲れ果てた私に、観音様が再びやさしく語りかけてくる。

「そなたはたたりをなんとかしたいと強く願っていますね。年ごろの娘なのに恋人もできない、嫁げないというのはかわいそうですから、最後にたたりをはらう方法を教えてあげましょう。それはそなたが解き放った煩悩と同じ数だけ人を救うことです。私も慈悲の心でひと肌脱いであげましょう。明日から私の霊験により、この寺に悩み苦しんだり、困っている人間を順に呼び集めます。それぞれ親身に相談にのってあげるように。一人では大変でしょうから、あなたを支えてくれる者も呼んであげましょう。だから決してあきらめてはなりませんよ。日々精進するように。ゆめゆめ忘るるなかれ」

その直後、観音様の姿はいきなりパッと消えた。

「あっ!」

同時に私の金縛りも解けた。

「ちょっと待ってくださいよー!」

急いで布団から体を起こし、あたりを見回す。けれど、残念ながら観音様の姿はすでに影も形も見えなかった。

(なんで私がこんな目に⁉)

手足をバタバタさせて一応夢じゃないことを確認する。間違いない。観音様を見たのは夢でも幻でもなく現実だ。

(ということは、これから苦しんでいる人々を百八人も救わないと、私へのたたりはなくならないってこと⁉)

肩からへなへなと力が抜けていく。自分も毎日悩んでいるのに、こんな私に人助けなんてできるんだろうか?

(どうしよう、大変なことになっちゃった……。私の未来はいったいどうなるの?)

こうして私は不安いっぱいな気持ちで、たたり二日目の朝を迎えた。

第二章

菊ちゃん登場

「うわ～ん。お上人様《しょうにんさま》～。大変なことになっちゃいましたよ～」

私は起きて着替えるとすぐに、一階の奥の部屋で寝ていたシャーミンをたたき起こした。半ベソをかきながらかくかくしかじかと昨夜《ゆうべ》の不思議な出来事の話をすると、シャーミンは「それは一大事じゃのう」と急いでユーミンを呼んでくれた。眠そうな目をこすりながら作務衣《さむえ》姿でやってきたユーミンにも同じように観音様のお告げの説明をする。しかし、ユーミンはシャーミンとは違って訝《いぶか》しそうに私の顔を見るだけだった。

「由加里ちゃん。それ、本当の話？　夢でも見たんじゃないのか？」

「本当なんです。嘘なんかじゃありません。はっきりこの目で見ましたし、声も聞いたんです！」

「って言われてもなあ。突拍子もない話だし、にわかには信じがたいよ」

「本当に本当なんです。信じてください。助けてください」

そこへシャーミンが「まぁまぁ」と私たちの間に割って入った。

「遊惑よ。わしにはこの子が嘘をついているとは思えん。ここは一つ信じてあげようぞ。それに縁切り観音様が夢枕に現れるなんてありがたい話じゃ。素直にお告げのとおりにしよう」

「そういえばじいさん、うちのご本尊なんだけど、今は名前が変わって縁結び観音になってるから」

「縁結び観音？　どういうことじゃ？」

「ああ、それはだな」

　そのあと、ユーミンとシャーミンとの間ですさまじい大げんかが繰り広げられた。延々と続く激しい言い争いや怒鳴り合い。そのせいで本来最優先されるべき私の話はいったん完全にそっちのけにされてしまったけど、二時間後、なんとか話がついたらしい二人からは私に対する協力の申し出があった。

「はぁはぁ。お嬢ちゃん、とにかくわしらも手伝ってやるから安心するがよい」

「ふぅふぅ。よく考えてみたらさっき由加里ちゃんが言ってたことは、お告げどおり困った連中がここに来ればはっきりすることだな。そうなったら俺も協力するのにやぶさかじゃない」

　それを聞いて私はようやく安心した。

（よかった。二人とも私を助けてくれるんだ。ユーミンたらやっぱり最終的にはやさしいし）

　ところがユーミンは「ただし」と真面目な顔でつけ加えた。

「俺はこれから寺を留守にすることが多くなる。そのときには代わりに、頼りになる助っ人を頼んでやるよ」

「えぇー。住職は助けてくれないんですか⁉」

「申し訳ないがいろいろと用事があって、しばらくの間、身動きがとれなくなりそうなんだ」

（それって今、こんな状況にある私より優先することなの⁉）

　私はユーミンの薄情ぶりに心底がっかりした。想像するのも嫌だが、もしかしたらユーミンは昨日、記者さんとうまいこと約束をとりつけて、今後、逢瀬《デート》を重ねるつもりなのかもしれない。

（ゆ、許せない！）

私は両腕をぶんぶん振りながら怒りにまかせて猛抗議した。

「ちょっと住職、それはあんまりですよ！　まさか哀れな私をほったらかしにして昨日の記者さんとデートしたりするんじゃないでしょうね」

「昨日の記者？　お茶の途中で由加里ちゃんから呼び出されたから、連絡先さえ聞いてないぞ」

「じゃあ、いったいどこに何をしに行くんですか⁉」

すると、ユーミンは照れくさそうに頭をかくしぐさをした。

「詳しくは言えないが、じつは前々から計画していたことがあってな。特に夜、忙しくなるんだ。俺も男だから決めたことは必ず実行しなければいけない。だから勘弁してくれよ」

「夜が忙しいんですか？」

「ああ。いよいよ〝夜の布教〟をするんだ。ふふふ」

（絶対キャバクラかクラブだよ、こりゃ……）

ユーミンはただでさえファンの水商売の女の子たちから「同伴してくださーい。お願いしまーす」などと頼まれている。本人もまんざらではなさそうな顔つきでいつも「わかった、わかった。そのうちな」なんて返事をしているし、きっとその約束を果たそうとしているに違いない。

「どうせ同伴とかするんでしょ！　なんで男の人はそんなことしたがるんですか」

「同伴？　ま、ある意味で仏様となな。なにせ夜の布教だから。はははは」

（遊びに行くのに仏様をだしにするなんて、最っ低！　一瞬でもこの男に期待した私がばかだった）

私はあきらめて、助っ人についてユーミンに詳しく訊くことにした。こうなったら物事を現実的に考えた方がいい。

「ところで、どんな人が助っ人に来てくれるんですか」

「ああ、それはだな」

ユーミンが自信ありげな表情を見せる。

「俺の幼なじみで成駒菊之助《なりこまきくのすけ》という男だ。今は葬儀会社の社長をしている。ここ半年くらいアメリカにエンバーミングの研修に行ってたんだが、ついこないだ帰ってきたんだ。菊之助はまだ二十八歳ながら、実家の小さな葬儀屋をたった六年で都内有数の葬儀会社にしたほどの男だ。だから何かと役に立つと思う」

「へー。やり手なんですね」

「そう。ただ、やり手だけに女に手をつけるのも早いから、その点だけは気をつけるように」

「私、そんなに尻軽じゃないですから大丈夫ですよ」

「う〜ん、どうかな。やつはやり手の上に、なかなかお目にかかれないくらいのイケメンだぞ」

「イケメン⁉　それって本当ですか⁉　少しは希望が出てきました」

「ほら、女の子はすぐこれだ。ま、根はいい人間だし、俺とはガキのころからの付き合いだから、困ったことがあれば遠慮なく菊之助に相談してくれ。俺から話はしておくから。とりあえず今、連絡先を教えるよ」

ユーミンは近くにあった紙に携帯の画面を見ながら電話番号をメモした。

「これが連絡先。やつの携帯だ。基本的に営業一本槍《いっぽんやり》のワンマン社長だから時間に余裕はあるはずだ」

「営業？　葬儀屋さんなのに営業なんてするんですか？」

私の素朴な疑問にユーミンが苦笑する。

「普通の葬儀屋は病院の事務長や看護師さんなんかに『患者さんが亡くなったら遺体の搬送を斡旋《あっせん》してください』などと営業するんだが、やつの場合はちょっと違う。セールスマンが一般家庭を訪問するように、飛び込みで葬儀の営業をしているんだ。『今度うちで葬儀をしませんか？』ってね」

「……訪問先の家の人にいきなりそんな縁起の悪いことを言って怒られないんですかね？」

「そこがやつの腕、というか顔の見せどころでね。さわやかなイケメンのせいか、今まで一度も文句を言われたことがないんだとさ」

「へ～。話からすると本当にイケメンみたいですね」

「だからさっきからイケメンだと言ってるじゃないか。じゃ、今日からもう忙しくなるから、あとのことはよろしく」

そう言うとユーミンは「眠い、眠い」とあくびをしながらマンションに帰ってしまった。

（まったく人が大変な目に遭ってるのに薄情なんだから。でもイケメンの助っ人を紹介してくれるって言うから、一応許してあげるか）

そんなことを考えつつ、隣にいるシャーミンを見たら、シャーミンはものすごく不満そうな顔をしていた。

「遊愍のやつ、つれないのー。パワスポだかエキスポだか知らんが勝手なことをしよるし。だが由加里ちゃん、安心をし。わしは精一杯由加里ちゃんを助けてあげるつもりだからの」

「ありがとうございます。冷たい世の中で頼りになるのはお上人様だけです」

「なんの。わしもかねがね女の子の孫がほしいと思っとったから、由加里ちゃんみたいなかわいい子と一緒に暮らせてうれしいんじゃよ」

「ううっ。ありがたいお言葉。どうかよろしくお願いします」

そのとき、ふいに玄関のチャイムがピンポ～ンと鳴った。

（こんな朝っぱらからいったい誰だろ？）

急いで玄関に行くと、そこに立っていたのはお寺には場違いな感じの、制服を着たおまわりさんだった。

「おはよう、由加里ちゃん。朝早くにごめんね。おや？　どことなく顔色が悪いように見えるけど、おじさんの気のせいかな？」

「おはようございます、日暮《ひぐらし》さん。大丈夫です。ご心配なく」

日暮さんは近所にある麻布《あざぶ》署の巡査部長で、『サザエさん』に出てくる波平のような髪型のおじさんだ。なんで頭のてっぺんに一本だけ髪の毛が残っているのかはよくわからない。昔からこのお寺に出入りしているみたいで、家で妻と娘にばかにされたと言ってはしょっちゅう愚痴をこぼしに来る。そんなとき、ユーミンは「私は用事があるので失礼」と言ってどこかに行ってしまうので、話を聞くのはいつも私の役目だ。

(やだなぁ。ただでさえ凹んでいるのに日暮さんが来るなんて。今日は何の用だろ?)

いつも愚痴ばかり聞かされるので、私はこのおじさんがあまり好きじゃない。しかもこのおじさん、ときどき自分のハゲをネタに自虐ギャグを言うけど、うかつに笑うと「やっぱり俺ってそんなにハゲてるんだ……」と自殺しかねない勢いで落ち込むので扱いがすごく難しい。私が好意で出すお茶の温度についてもやけにうるさいし、ときどきいやらしいことも言うので、日ごろから対応に困っている。決して悪い人ではないので、口に出して文句を言えないのもやっかいな点の一つだ。

「そうかなぁ? 心配ないって言うわりには元気なさそうだけど。はは~ん。おじさんわかっちゃったぞ」

日暮さんが意味深な表情で笑う。この人がこういう顔をするときは必ずと言っていいほどろくなことがない。

「さては今日は〝女の子の日〟かな?」

(死ね!)

人がどんよりと暗い気分なのにまさかのセクハラ発言。このおじさん、いい人なんだけどあまりにも空気が読めなすぎる。なぜ日暮さんが警察で出世できなかったか、なぜ奥さんと娘さんに軽く見られているかがあらためてよくわかった。

「……あの、警察を呼びますよ」

「ごめん、ごめん。冗談だよ、冗～談。それに俺自身が警察だし」

「……警察って朝っぱらから一般人にセクハラ発言をするのが仕事なんですか？」

「わかった、わかったって。そんなに怒らなくてもいいじゃないか。まるで女房や娘と一緒にいるみたいで悲しくなるよ。このとおり謝るから。ごめんなさい、失礼しました」

日暮さんがぺこりと頭を下げたので、とりあえず許してあげることにする。

「ところで昨日、ここのご老僧が帰ってきたって噂を小耳にはさんだんだけど、本当？」

「ええ。たしかにお上人様は昨日ハワイから戻られましたけど」

「よっしゃ！　さっそく署に報告だ！」

日暮さんはなぜかうれしそうにガッツポーズをした。胸ポケットから携帯を取り出して、かなり興奮気味に電話で話し始める。

「日暮です。噂どおり、常照寺のご老僧は現在、寺に戻られてます。それでは本庁にも至急連絡をよろしくお願いします。はい、それではのちほど」

短いやりとりで通話を終えると、日暮さんはそのままニコニコ顔で話しかけてきた。

「いやー、よかった。ご老僧が帰ってこられて我々警察としても大助かりだよ」

「警察がお上人様に何かご用でもあるんですか?」

「なんだ。由加里ちゃん、知らなかったの?」

日暮さんはさも愉快そうに笑った。

「ここのご老僧はものすごい霊感の持ち主でさ。これまでに数多くの難事件をその霊能力で解決してきたんだ。警察のお偉方の間では知らぬ者がいないくらいの有名人だよ」

「本当ですか⁉」

「本当だとも。たぶんこれから全国の警察のトップたちが加持祈禱《かじきとう》をしてもらいに続々とこのお寺にやってくると思う。なにしろ全国で未解決事件がずいぶんたまっているからねぇ。ご老僧はしばらくその対応でかなり忙しくなるんじゃないかな。それじゃ、用事も済んだから本職はこれで失礼します」

日暮さんはニマニマしながら私に敬礼をすると、くるりと背を向けていそいそと玄関から出て行った。

(へぇ〜。シャーミンってそんなにすごい霊能者だったのか。ただの梅干しじゃなかったんだな)

シャーミンの部屋に戻ると、シャーミンはパジャマから薄手の茶色いセーターとカーキ色のズボンに着替えていた。そこにいるのはどう見てもごく普通のしわくちゃのおじいちゃんだった。

「ずいぶん話が長かったの。いったい誰だったんじゃ?」

「麻布署の日暮さんて方でした」

途端にシャーミンの顔があからさまにくもる。

「なんじゃ、日暮のやつか。どうせまたわしにむりやり事件を解決させようという魂胆じゃろう。めんどくさいのー。それが仕事なんだから、犯罪捜査くらい自分たちでやればいいのにのー。昔からの知り合いじゃが、日暮はどうも人に頼りすぎるところがあっていかん」

ため息をつくシャーミン。たしかに外国から帰ってきて早々、警察の事件捜査に巻き込まれれば誰だっていい気分はしないだろう。

「やれやれ。日暮のせいで急に食欲が失せたのー。朝食はご飯とインスタントの味噌汁だけで十分じゃ」

「それなら少し待っていてください。地元からわざわざ取り寄せている自慢の八丁味噌がありますから、それでお味噌汁を作りますよ」

「すまんのー、由加里ちゃん。赤だしなんて久しぶりじゃ」

「私、学生時代ずっと自炊してたんで料理には自信があるんですよ。楽しみにしていてください」

ありあわせの野菜で味噌汁を作ってあげたら、シャーミンは「ちょっとからいのがまた白い飯によく合うのー」と、とても喜んでくれた。食欲が戻ったというシャーミンに味噌汁のおかわりをよそってあげていたとき、またもや玄関のチャイムがピンポ～ンと鳴った。

(またお客さん？　朝ご飯の途中なのに嫌だなぁ)

それでも、「はーい」と返事をして玄関に行くと、そこに立っていたのは日暮さんと、スーツを着た偉そうなおじさんたちだった。そのなかでなぜか日暮さんの表情だけがこわばっていて、完全に浮いてしまっている。

「日暮さん、どうしたんですか？　なんかさっきと全然雰囲気が違いますけど」

不思議に思って訊くと、日暮さんは声をふるわせながら返事をした。

「ゆ、由加里ちゃん。こ、こちらにいらっしゃるのはK視庁の御宮入《おみやいり》総監です。早速で大変申し訳ないのですが、総監自らご老僧に加持祈禱をお願いいたしたいとおっしゃられるのでご案内させていただいた次第です」

日暮さんの紹介に続いて、おじさんたちがいっせいに名刺を取り出して渡してくる。

「はじめまして。K視総監の御宮入と申します」

「その部下です」

「そのまた部下です」

「そのまた部下にあたる麻布署の署長です」

「は、はぁ」

手にはまたたく間に重々しい肩書きが印刷されている名刺が四枚集まった。どうやら日暮さん以外は全員、警察のかなり偉い人たちみたいだ。

「お忙しいところ突然にお邪魔してしまいまして大変恐縮です。ご老僧様にぜひお目通り願いたいのですが」

K視総監とかいう立派なおじさんがそう言うので、私は「はい、ただいま」と、あわててシャーミンを呼びに台所へと走った。

シャーミンを連れてくると、K視総監はお偉いさんとは思えないくらいへりくだった態度で祈禱を依頼してきた。しかし、それにもかかわらずシャーミンはしぶい顔で「う～ん」とうなるばかりだった。

「長旅から帰ったばかりで疲れておるから、祈禱なんてやりたくないのー」

「そこを、そこをなんとか！」

大《だい》の大人たちがシャーミンにいっせいに頭を下げる。特に日暮さんは、

「後生です。引き受けていただかないと、ただでさえ窓際なのに麻布署で私の居場所がなくなってしまいます。それにストレスで残り少ない髪もなくなってしまう恐れが……」

と涙目になりながら必死に何度も頭を下げた。その都度、日暮さんの頭のてっぺんに一本しか残っていない髪の毛がはかなげに揺れる。

（日暮さん、かわいそう。日暮さんの髪の毛もひとりぼっちでかわいそう……）

すると、シャーミンも私と同じで日暮さんが哀れに思えたのだろう。

「もう年だからあんまり祈禱はしたくないんじゃが、日暮がそう言うのでは仕方ないのー」

と言ってしぶしぶ依頼を承諾した。直後に日暮さんをはじめ、そこにいた全員がホッとしたように顔に笑みを浮かべる。特にK視総監はいい笑顔で一礼した。

「ありがとうございます。それではさっそくよろしくお願いします。おい、都内で未解決の重

要事件はどれくらいあるんだ！」

「はっ。今のところ二十件あります」

隣にいる頭の良さそうなおじさんが即座に回答する。

「ではお上人様、二十件分なにとぞよろしくお願いします」

「……二十件か。わしを殺す気か？」

げんなりするシャーミン。対照的に総監は笑みを浮かべたままブンブンと首を振った。

「そんな、めっそうもない。誤解ですよ。それにもしそうなったら、私みずからご老僧様の検死をつとめさせていただきます」

「……全然うれしくないのは気のせいかの」

そんなこんなでシャーミンは朝食もそこそこに本堂に拉致《らち》されてしまった。私はシャーミンがいなくなってから、

（しまった、これで私を助けてくれる人が一人もいなくなっちゃった！）

と気づいたが、いくらあわてても、そのときにはすべてがもうあとの祭りだった。

その日、K視総監の一行が来たのをはじめとして、なんとお昼前には噂を聞きつけた関東全県の警察幹部たちが常照寺に集まった。

「千葉県警の者ですが、幸田謝愍上人はご在宅でしょうか？」

「埼玉県警の者ですが」

「茨城県警の者ですが」

「神奈川県警です」

「群馬及び栃木県警です」

祈禱依頼の人たちで本堂前がたちまちごったがえしたため、代表してK視庁のお偉いさんらしき人が整理券を配り始める始末だった。

（困ったな。この調子だと日暮さんの言うとおり、本当に全国の警察から祈禱の依頼が殺到しちゃうかも。これじゃ何かあってもしばらくシャーミンには助けてもらえそうにない）

いつもどおり販売所で店番をしながら悩んでいると、ちょうどそこへ段ボールの荷物を抱えた宅配便のお兄さんがやってきた。

「すみません。本間さんという方にお荷物です」

「あ、それ私です」

（私宛の荷物なんて珍しいな。誰からだろう？）

差出人の欄には「本間熊五郎《くまごろう》」と汚い字で書かれていた。荷物は珍しく父からのものだった。

昨日からずっと落ち込んでいたので、遠く離れた家族とのつながりを感じて思わず涙が出そうになる。

（ううっ。お父さん、ありがとう。ところで何を送ってきてくれたんだろ？）

さっそく段ボールを開けてみると、なかには地元名産の干し芋がすき間なくぎっしりと詰められていた。

（い、いらねー……）

こんなに大量の干し芋、今どきいったい誰が喜んで食べるというんだろう。

（たまには正規雇用じゃない娘にお小遣いくらいくれてもいいのに……）

父はときどき私に荷物を送ってくるけど、中身は段ボールいっぱいのガラム・マサラや、ルーズソックス、旅先で買ったらしい〝新撰組〟の提灯《ちょうちん》など、センスがないものばっかりだ。

（お父さん、根はやさしいのに、ものごとの方向性が完全に間違ってるからなぁ）

私が小学校でいじめに遭って登校拒否になったときもそうだった。父は、

「俺が悪かった。もう少し強く鍛えていればこんなことにならなかったのに！」

と男泣きして、それから私が高校を卒業するまで、毎日欠かさず武道の稽古をつけるようになった。

（強くなればいじめられなくなるわけじゃないと思うんだけどなぁ。それにそもそも私がいじめられたのもお父さんがはじめた『北東神拳《ほくとうしんけん》』っていうおかしな拳法の名前が原因だったし）

そういったいきさつがあるので、今回のたたりの件も父には絶対に相談できそうにない。

（お父さんはグリズリーみたいな巨体のわりには心配性だから、たたりのことは絶対に言わない方がいいな。だまっておこう。間違いない）

とりあえず段ボールを販売所のすみにでも置いておこうと立ち上がったとき、私は山門の下に女の子の姿があることに気づいた。見た目も幼いし、ファッションもマルキューっぽいから高校生くらいだろうか。山門からおずおずとお寺のなかをのぞいていて、明らかにあやしい感じだ。

気になった私はその子の近くまで行って声をかけてみた。

「こんにちは。何かご用ですか？」

すると、その女の子がためらいがちに寄ってくる。

「あの、こちらのお寺の方ですよね？」

「そうですけど。何かご用ですか」

「はい。じつは……」

女の子はひどく思いつめたような表情で話を切りだした。

「こんなことを言うとおかしく思われるかもしれないんですけど、今朝、耳元で『六本木にある常照寺に行き、そこにいる娘に相談すれば汝《なんじ》の悩みは解決するであろう』って声が何度も何度も聞こえたんですよ。それで一生懸命ネットで調べてここに来てみたんです」

「えっ、それって本当⁉」

観音様の言っていたとおりになったので、びっくりしてついつい声に出してしまう。

（マジで相談者が来ちゃったし⁉　どうしよう）

正直なところかなり焦ったけど、困っている私を女の子が不安そうな目つきで見ているので、とりあえず冷静に対応することにした。それに私としても百八人の悩みや苦しみを解決しなければたたりをはらうことができないなら、とにかく落ち着いてがんばるしかない。

私はできるだけ自然な感じで女の子に訊いた。

「たしかにここでは私が（今日から）参拝者の悩み事なんかを聞いてます。あなたは見たところ高校生だと思うんだけど、何か困っていることでもあるの？」

女の子が急にあたりを気にする様子を見せる。

「ここじゃちょっと……」

「？」

よくわからないが大きな声では言えない事情があるらしい。

（仕方ない。とにかく人気《ひとけ》のないところに案内して話を聞くとするか。販売所の店番はこの際だから勘弁してもらおう）

私は女の子を庫裏の応接間に連れて行き、とりあえずソファーに座らせた。この応接間はお寺にはそぐわない立派な洋間で、シャンデリアの下に古いけど味があるレザーのソファーセットが置かれている。女の子の不安をやわらげるためにお茶と安めのお茶菓子を出してあげると、女の子の表情も少しは落ち着いたように見えた。私も向かいのソファーにゆっくりと座った。

「ここなら誰もいないから。悩んでいることがあったら遠慮なくお姉さんに話してみてちょうだい」

女の子をリラックスさせ、悩み事を聞き出すために微笑みながら話しかける。ある意味では私も必死だ。しかし、その直後、期待に反して女の子は顔を両手で覆《おお》ってわっと泣きだしてしまった。

「えぐっ、うぐっ。私、今の彼氏ともう二年も付き合ってるんですけど、その彼が最近、私の胸が小さいから別れたいって言いだしてるんです。『お前の胸に地平線が見える』って。それで私も自分なりにいろいろ努力してみたんですけど、どんなにがんばってもちっとも大きくならないんですよ。私、もうどうしたらいいのかわからなくなっちゃって……」

一気にまくしたてると、女子高生はさらに声も大きく「うわ～ん」と号泣した。

（観音様、いきなりとんでもないのをよこしたなぁ……）

女の子の泣きわめきっぷりにげんなりしてこっちまで泣きたくなる。高校生に胸を大きくする方法なんて相談されても、どうしていいのかまったくわからない。そんなこと保健体育の教科書にも載ってなかったし、寄せて上げてBカップの私だって逆に知りたいくらいだ。

「お姉さんの意見としては、胸が小さいくらいで女の子と別れたいなんていう男の子は人間の器がAカップ以下だから別れた方がいいんじゃないかと思うんだけど。世の中には逆に巨乳は苦手って男の人もたくさんいるよ（たぶん）」

けれど、女の子は長い髪をブンブン振って私の言うことを聞き入れてくれなかった。

「別れるなんて嫌です！　彼氏のことが大好きだからこれからもずっと付き合って、いつか結婚するんです。絶対に別れません！」

「でも、向こうは別れたいって言ってるんでしょ？」

「それは私が貧乳《ひんにゅう》だからなんです。それさえなければ問題ないんです。なんとか私の胸を大きくしてください。うわーん」

私はますます困ってしまった。

（思春期のときってたまにいるんだよなぁ。恋愛で自分を完全に見失っちゃう子って。それにしても困ったなぁ。どうしよう？　ネットに載っているようなことは、ひととおり試したんだろうし……）

腕を組んであれこれ考えたけど、結局いくら悩んでもいいアイデアは出てこなかった。ユーミンもシャーミンも使えない状態だし、こうなったら私に残された手段は一つしかない。

「大丈夫。安心して。いま頼りになる人に連絡して相談してみるから」

女の子を安心させるためにそう語りかけたあと、私は運を天にまかせるつもりで、ユーミンがくれた成駒菊之助という人物の連絡先に電話をした。


「ちぃ～っす。成駒ですけど～」

約十分後、玄関からチャイムの音に続いて、やけにチャラい感じのする男の人の声が聞こえてきた。

（あっ、菊之助さんだ。もう来てくれたんだ）

さっき電話で話したとき、たしかに「オッケー。俺ってば今、寺の近くにある自分の会社にいるから、すぐに行ってあげる！」と軽く言っていたけど、まさか来るのがこんなに早いとは思わなかった。

急いで応接間を出て玄関に行くと、そこには目にした瞬間、思わず立ち止まってしまうくらいのさわやかなイケメンが立っていた。

（うわっ、この人の顔、きれえぇ～～～。おまけにすごい小顔だし！）

ユーミンが言っていたとおり、菊之助さんはまるで「呪音《ジュノン》」のモデルのような人だった。すらっとしていてスタイル抜群。ちょっと体が細身すぎるのが気になったけど、身長も高いし、足も長いから、着ているスーツがよく似合っている。格好はいかにも葬儀屋さんという感じで、真っ黒なスーツに白いYシャツと黒いネクタイ。胸ポケットに黄色い菊の花を差しているのは意味不明だけど、見た目がいいせいか、それさえもおしゃれでかわいく見えた。

（ふわっとした茶色がかった髪もよく似合ってるし、まるでアイドルみたい）

菊之助さんの顔があまりにも整いすぎているので、かなりびっくりしたが、今はそれどころじゃない。私は気持ちを落ち着かせ、挨拶をしながら深々と頭を下げた。

「お忙しいところ勝手なことを言ってすみません。はじめまして。私はここの従業員で本間由加里といいます」

顔を上げると、菊之助さんはなぜかひどく驚いた様子で私を上から下まで眺めていた。

（あれ？　どうしたんだろ？　私、何か変なことを言ったかな？）

その直後、

「スーパーサプラーイズ！」

菊之助さんが突然、大きな声で叫んだ。

「今朝、ユーミンちゃんから『〝ゆとりちゃん〟っていう従業員がいるんで何かあったら助けてやってくれ』って頼まれたけど、まさかこんなかわいい巫女さんだったなんて知らなかったよ。アメリカで遊びながらエンバーミングの勉強なんてしてる場合じゃなかったな」

そう言った直後、菊之助さんは私に向かって微笑みながらウィンクした。口元からのぞく歯が不自然なくらい真っ白だ。

（すごくかっこいいけど、そのぶんすごくチャラそうな人だな……）

リアクションに困っているところへ、菊之助さんが何かを差し出してきた。

「はい、これ俺の名刺」

「あ、どうも」

受け取った名刺に目を落とすと、そこには、

『気心《きごころ》・真心《まごころ》・仏心《ほとけごころ》　あなたをこの手で昇天させたい』

株式会社　麻布メモリアル　ＣＥＯ
　成駒菊之助
と書かれていた。

「それで、ハイスクールベイビィがバストの問題で困ってるんだって？」

名刺の意味不明な言葉といい、なんちゃって英語をよく使うしゃべり方といい、どうやら菊之助さんは思ったとおり相当軽い男みたいだ。

「ええ。そうなんですよ、成駒さん。私どうしたらいいのかまったくわからなくて」

「ノー！　菊ちゃんでいいよ。コールミー菊ちゃん、ＯＫ？」

「……OKです」

かなり不安になってきたものの、とにかく私は菊ちゃんに女の子の事情を詳しく説明した。ところが人が真剣に話しているにもかかわらず、なぜか菊ちゃんは私の顔を見ながらニヤニヤと笑っている。

私が説明を終えたところで、菊ちゃんはパチンと右手の指を鳴らした。

「オーライ。よくわかったよ。そいつは大変な相談者が来ちゃったもんだね。ところで由加里ちゃんて今、彼氏いる？」

「えっ？　特にいませんけど」

「ナイス！　それからユーミンちゃんと付き合ってるなんてことはないよね？」

「住職は私には興味ないみたいですけど」

「エクセレント！　よし、じゃあこうしよう。もし今夜、君がディナーに付き合ってくれたら、この件に協力してあげてもいいよ」

「ディナー⁉　会ったばかりなのにいきなりご飯を食べに行くんですか？」

まさか菊ちゃんが人の弱みにつけこんでナンパしてくるとは思わなかったので驚いた。この男、想像以上に軽さが半端じゃない。ユーミンが「手が早いから気をつけるように」と言っていた理由がよくわかった。

「いいじゃないか。これもご縁だよ。渋谷にある〝セルリアンタワー投球《とうきゅう》〟ってホテルの、夜景がきれいなフレンチレストランで食事なんてどうだい？」

「私、そんなおしゃれなところ行ったことないんで気後れしちゃうというか……」

「だったらなおさら一度経験した方がいいよ。大人の世界ってやつを見てみたい気もするでしょ？　百聞は一見にしかず、さ」

「でも、そういうところに着ていくおしゃれな服も持ってないし……」

ユーミンに菊ちゃんの手の早さを聞かされていたのと、ご飯を食べに行きたい気分でもないので、やんわりと断っていたら、菊ちゃんはひどく残念そうな顔をした。

「ふ～ん。そっか。せっかくいいアイデアも浮かんだのにな。すげなく断られちゃうんなら、こちらとしても協力は無理だなぁ。しょうがない。帰るとするか」

（ぐっ。まさかここまで来といて引く気⁉）

この状況ではいたしかたない。私はしぶしぶ菊ちゃんの申し出を承諾した。

「……わかりました。ご飯だけということでしたらＯＫです。その代わり、女の子の件を絶対になんとかしてください。お願いします」

「グレイト！　そうこなくっちゃ。大丈夫。葬儀と女のことなら全部俺にまかせといて。じゃあ、さっそくそのハイスクールベイビィに会っちゃおうかな」

私は菊ちゃんを応接室に案内した。菊ちゃんが部屋に入った瞬間、さっきの私と同じで驚いたんだろう。女の子はピタッと泣きやんで目を丸くして固まってしまった。菊ちゃんはそんな女の子のそばにつつっと近寄ると、足元にうやうやしくひざまずいた。

「ボンジュ～ル、マドモアゼ～ル」

菊ちゃんは女の子の手をとるなり、いきなり手の甲にキスをした。私は外国の映画でしか見たことがない光景を間近で見て思わず呆気にとられた。もちろん当事者である女の子も驚きを隠せない様子だ。

「マドモアゼル、ぼくはあなたのナイトです。ぼくにあなたを昇天させてください」

そう言うと菊ちゃんはジャニーズ級のさわやかスマイルで女の子の顔を見つめた。

菊ちゃんの思いがけない行動に興奮したのか、それとも菊ちゃんの不自然なくらい白く輝いてる歯に幻惑されたのか、顔を真っ赤にした女の子が息を荒くする。

「わ、わかりました。しょ、昇天させてください」

中身がない上にわけがわからない会話だが、菊ちゃんがあまりにもイケメンなせいか、女の子は放心したような顔つきで何度もこくこくとうなずいた。

「ありがとう。これはお近づきのしるしのプレゼントです。まずはリラックスして」

菊ちゃんは胸ポケットに差していた菊の花をそっと女の子の手に握らせた。

「話は全部聞いたよ。さぞかし悩み、苦しんでいるだろうね。なんてかわいそうなんだ。胸の問題だけに胸が痛むよ。でも大丈夫、安心して。君のナイトであるこの俺が、悩みなんてすべて吹き飛ばしてあげるから」

「本当ですか⁉」

その瞬間、女の子の顔がパアッと明るくなった。

「もちろんだとも。じゃあ、まず俺の話をよく聞いて。結論から言うと、短期間に女性の胸を自然に大きくさせるなんてことは、残念ながら不可能なんだ。それは君もよく知っているはずだよね。できればなんとかしてあげたいんだけど、俺だってハリー・ポッタージゃないし、魔法の杖も持ってなんかいやしない。でも困った。それだと君は彼氏と別れなければならないっていうじゃないか。君はそれを望んでないいんだろ？」

「はい。彼氏とは絶対に別れたくないです。だからなんとかしてください」

「ＯＫ。それなら残された道は一つしかないね。じつは俺、『ユニコーン美容整形外科』っていう、有名な整形クリニックの院長と友達なんだ。そこだったらヒアルロン酸注入によるプチ豊胸であっという間に君のデリケートな問題を解決してくれる。君はたった一日で2サイズくらい上のバストの持ち主になれるんだ。ヒアルロン酸注入は持続効果が短いっていう難点があるんだけど、それが嫌なら本格的に手術してシリコーンを入れてもいい。それなりにお金がかかるけど、俺が話をすれば君のおこづかい程度でなんとかしてくれると思う。あと、未成年だから一応親御さんの承諾が必要になるかな。それを踏まえて君が最終的な決断をしてくれ。どうする？」

　なぜかまた手の甲にキスをする菊ちゃん。女の子はますます顔を赤らめながら何度もうなずいた。

「わかりました。お金は毎年お年玉を貯めている貯金があるんで、それでなんとかします。親は私の言うことなら何でも聞いてくれるので大丈夫です」

「クール！」

菊ちゃんは指をパチンと鳴らしながら、白い歯を見せて笑った。

「これで問題は解決だね。コングラチュレーション。ようこそ、豊かな谷間の世界へ！」

「ありがとうございます。なんとお礼を言ったらいいか」

「ドントマインド！」

菊ちゃんがまたパチンと指を鳴らす。

「俺って人の役に立つのが好きなんだ。ところで君の親族で亡くなりそうな人っている？」

唐突な菊ちゃんの質問に女の子は少し面食らったような顔をした。

「え、あ、はい。おばあちゃんが入退院を繰り返していて、お母さんはそろそろ覚悟した方がいいって言ってますけど……」

「グッジョブ！　もし俺に感謝してくれるんなら、お葬式の際はぜひ俺が経営してる葬儀会社を使ってくれない？『麻布メモリアル』っていうんだけど、最近はテレビ番組のスポンサーにもなってて、CMも流してるんだよ。〝総司《そうし》とキー坊の天気予報〟って知ってる？『ぼくの名前は総司〜。ぼくの名前はキー坊〜。二人合わせて葬式だ〜。君とぼくとで葬式だ〜。小さな家族葬から大きな社葬まで、葬儀の味方だ。麻布メモリアル〜』って歌が流れるんだけど」

「あ、なんかそれ、聞いたことあります」

「運命的だね。ご縁ができちゃった感じ？」

「はい。じゃあ、もしおばあちゃんが死んだらよろしくお願いします」

「OK。君のおばあちゃんなら特別にポイント還元で葬儀代を五パーセント引きにしてあげるよ」

「本当ですかぁ!? やったぁ！」

私は二人の話を聞いていて唖然とした。

（間違いなく常識はずれな会話なんだけど、菊ちゃんがイケメンだから女の子もなんとなく魔法にかかっちゃってるんだよなぁ……）

なぜ菊ちゃんが葬儀屋の売り上げを大きく伸ばすことができたのか、その理由がよくわかった。どこでもこんな調子で遠慮なく営業しまくったのに違いない。そしてそれに多くの女性たちがまんまと引っかかったんだろう。

菊ちゃんは名刺入れから名刺を取り出すと、裏になにやらペンで書き込んだ。

「じゃ、ここに書いてあるクリニックに行ってみて。俺の紹介って言えばすぐにわかるように話を通しとくから。定休日は水曜日だよ」

「ありがとうございます。お告げどおりにこのお寺に来て本当によかったです」

女の子は来たときとはまるで別人のような明るい笑顔で菊ちゃんから名刺を受け取った。

「ユーアーモストウェルカム。そんなことより、おばあちゃんのお葬式、盛大にやろうね！」

「はい。その際はぜひよろしくお願いします」

女の子がさっそく病院に行ってみるというので、私と菊ちゃんは玄関の外まで彼女を見送ることにした。女の子は何度も何度も振り返って私たちに頭を下げながら、うれしそうに山門を出て行った。

見送りがすんだあと、私は隣に立っている菊ちゃんに深々と頭を下げた。

「ありがとうございました。おかげさまで本当に助かりました。私、女なのにこんな話を聞くのは初めてだったんで、すっかりあたふたしちゃいました。私一人だったら本当にどうしようもなかったです」

「ノープロブレム。最初に女のことは俺にまかせろって言ったでしょ？　俺、こういうのすごく得意なんだよなぁ。ああいう恋愛にとらわれている子には何を言っても無駄だから、とりあえず話を聞いて同情してあげたあと、解決方法をその子の希望にそって上手に教えてあげるのが大事なんだ。それでさっきの女の子も納得してくれたでしょ？　あの子も胸が大きくなって彼氏とうまくいけばそれはそれでオッケーだし、別れたら別れたでヒアルロン酸の効果はどうせ二、三年で消えるから。結果大事《おおごと》にならなければすべて問題なしさ」

自慢げな菊ちゃんが指をパチンと鳴らす。

「それにしても、よくお友達に整形クリニックの院長さんなんていらっしゃいますね」

「ああ、俺は毎週のように合コン、ゴホン、異業種交流会に参加してるから、知らないうちに人脈が広がっちゃったんだ。今日みたいにいろいろ紹介なんかもしてるしね」

「へー。菊之助さんはすごい人なんですね」

「当たり前じゃないか。なにしろうちの社のモットーは名刺に書いてあるとおり、『気心《きごころ》・真心《まごころ》・下心《したごころ》、もとい、仏心《ほとけごころ》』なんだぜ」

「そうなんですか。最後のがなんだか葬儀屋さんぽいです」

「そんなことより見事に一件落着させたんだから、今夜一緒にご飯を食べに行く約束を忘れないでくれよ。七時に車で迎えに来るから、それまでに支度しといて。それなりにいいレストランなんで、ちゃんとした格好でよろしく！」

そう言ってウィンクすると、菊ちゃんは手を振りながらうれしそうに寺から出て行った。

（一難去ってまた一難だ。菊ちゃんはかっこいいけど、チャラい感じがするからあまり気乗りしないなぁ）

広告代理店のチャラい男にさんざん遊ばれたあと、ポイ捨てされたという友達の友達の話が思い出される。

菊ちゃんが帰ったあと、困り果てた私はユーミンに電話で相談することにした。もしユーミンが「行くな」と言ってくれたら、菊ちゃんへのいい断り文句になるし、それに私が他の男の人と食事に行くことに対してユーミンがどういう反応をするのか、ちょっとだけ試してみたい気もする。もしかしたら「俺以外の男とデートするなんて絶対に許さない！」なんてことを言われちゃうかもしれない。そわそわしながら携帯から電話をすると、タイミングよくユーミンはすぐにつかまった。

「もしもし。あの、由加里ですけど。お忙しいところすみません」

「なんだ、由加里ちゃんか。どうした？」

私は観音様のお告げどおり、実際に相談者が来たことや、菊ちゃんとご飯を食べに行かなければならなくなったいきさつについて丁寧に説明した。ユーミンは説明の途中、「ええっ⁉」

と何度も驚いていた。

「信じられん。どうやら観音様の話は本当だったみたいだな」

「それでその女の子を助けるかわりに、菊之助さんと食事に行かなくちゃならないことになっちゃったんですよぅ。私、どうしたらいいんですかね？」

直後にチッ、という舌打ちの音が聞こえてきた。

「菊のやつ、あいかわらず手が早いな。ひと言くぎをさしておけばよかった。でも、それは由加里ちゃんが自分で決めるべきことじゃないかな。そもそも菊之助の提案を了承したのは由加里ちゃんなんだから」

ユーミンから返ってきたのは予想外のつれない返事だった。私は薄々期待していた分だけがっかりした。

「それじゃ私、本当に菊之助さんとご飯を食べに行っちゃいますよ」

「プライベートな時間に何をしようが君の勝手だ。俺もそこまで口出しするつもりはない」

「本当に本当ですよ。もしかしたら真夜中に帰ってくるかもしれませんよ」

「……好きにすればいいさ」

そのひと言を聞いて、また胃の奥のあたりがズーンと重くなる。

（ユーミンのばかっ!!）

通話終了後、私は心のなかでそう吐き捨てると、庫裏のなかに駆け込んで自分の部屋に閉じこもった。

「ふわぁ、よく寝た。あれっ⁉」

時計を見たら時刻はなんと夕方の六時だった。ユーミンに腹が立ったせいで、職場放棄してふて寝していたら、いつの間にか爆睡《ばくすい》してしまったらしい。よく考えてみたら昨夜は一晩中金縛りに遭っていて精神的にも体力的にも疲れきっていた。当然といえば当然の結果だ。

（そういえばシャーミンはどうなったんだろう？）

はっ、と思い出してシャーミンの姿をさがすと、哀れにもシャーミンはまだ本堂で祈禱をやらされていた。本堂の中や外にはあいかわらず警察の人がウジャウジャいて、とてもじゃないが救出できそうな雰囲気じゃない。

（仕方ない。シャーミンもあんなだし、今夜は菊ちゃんとご飯を食べに行くか）

私はとりあえず出かける準備をすることにした。よく考えてみたら菊ちゃんはイケメンだし、フランス料理をおごってくれるというんだからそんなに悪い話じゃない。それにご飯を食べてすぐに帰れば何も問題は起きないだろう。

（それにしても高級フレンチレストランなんて生まれてこの方行ったことがないから、どんな格好をしたらいいのかよくわからないなー）

急いでそれほど多くもないワードローブからあれこれ引っ張り出してみる。だけど、どれも普通な感じがして高級レストランにはふさわしくないように見えた。従姉妹《いとこ》の結婚式で着たドレスじゃ派手すぎておかしいだろうし、基本的に普段はアメカジっぽい服しか着ないので困ってしまう。

（ジーンズにパーカーとかだと、さすがにまずいよね……）

やむをえず私は一番無難と思われるリクルートスーツを着ていくことにした。これならフォーマルっぽいし、高級レストランでも大丈夫なはずだ。あとはメイクで大人感を出せばなんとかごまかせるだろう。私は久しぶりに化粧ポーチからファンデーションを取り出すと、パフを使って丁寧に顔中にのばした。

「ピンポーン」

七時五分前にチャイムが鳴った。出かける準備はとっくにすませていたので、リクルートスーツのジャケットをはおって玄関に行くと、あいかわらず胸ポケットに菊の花を差しているスーツ姿の菊ちゃんが立っていた。

「こんばんは、由加里ちゃん。約束どおり迎えに……って、ええっ⁉」

私の姿を見るなり、菊ちゃんはなぜかぎょっとした。私も自信がないので、自分の格好を眺め回してしまう。

「やっぱこの格好だとまずいですかね……？」

「う、う～ん。なんか入社試験の面接しているみたいだから、普通にワンピにカーディガンとかの方がいいんだけど」

「本当ですか⁉　それでいいなら着替えてきます」

私は急いで部屋に戻り、ワンピースに着替えた。お金がないからそんなにたくさん買えないけれど、ワンピはいくつあってもいいと思うくらい好きだ。カーディガンを着ていれば、二の腕のおかめと般若もうまく隠すことができる。

着替えをすませて再び玄関に戻ると、今度は菊ちゃんもうれしそうに微笑んだ。

「いいね。俺はそういう普通の格好が似合う女の子が一番かわいいと思うんだよ。じゃあ、表に車が停めてあるから乗って。さっそく出かけよう」

「わかりました。よろしくお願いします」

菊ちゃんのあとについて本堂前の駐車スペースに行くと、そこにあったのは、

(霊柩車⁉)

私は一瞬、目を疑った。しかし、それはどう見ても間違いなく葬儀用の車だった。

「……あの、これは俗にいう霊柩車ですよね」

なぜ女の子を迎えに来る車が商売用の、しかも霊柩車なのかよくわからず、菊ちゃんに質問する。菊ちゃんはそれに対し、人差し指をチッチッチッと左右に振って答えた。

「たしかにぱっと見《み》は宮型霊柩車だけど、よく見るとじつは違うんだな。これは俺が特注したリムジンベースの霊柩車風乗用車なんだ。目をこらして見てごらん。お宮の部分が日光東照宮を模していて、じつに凝った造りになっているんだ。もちろん見ざる・言わざる・聞かざるもしっかりあるよ」

そう言われてもまったく興味が湧かないので、なんともコメントのしようがない。

「……うわー、本当だ。お猿さんかわいいー」

仕方ないので、とりあえず適当にあいづちを打っておく。すると、菊ちゃんは案外単純な性格らしく、

「でしょ？　気に入ってくれたみたいでよかったよ」

と、満面の笑顔で喜んだ。誰が霊柩車風乗用車を気に入るというのだろうか？　縁起でもないからこんな車、できればあまり乗りたくない。

それでも上機嫌の菊ちゃんが運転席に乗り込んだので、私も助手席に体をすべりこませた。なかは菊ちゃんが自慢するだけあって木目調のシックな内装で、黒のふかふかレザーシートがゴージャス感を漂わせている。

(外から見ると問題ありありだけど、なかはけっこういいかも)

でも、外見は間違いなく霊柩車なので、やはり後ろの方が気になった。

(まさかお棺なんてのってないよね。って、あれ⁉)

ちらっと後ろを向くと、そこにはお棺はなかったものの、なぜかベッドらしきものがあった。しかも窓は外から見ると鏡みたいなのに、内側から見ると外が丸見えになっている。マジックミラーとかいうやつに違いない。当たり前だが女の警戒心がむくむくと湧き起こった。私は内心、どん引きしながら菊ちゃんに訊いた。

「あの……。なんで後ろにベッドがあるんですか？」

「ああ、えーと。それはなんというか、いざというときのためのものだよ」

「いざというとき？」

「そう。災害に巻き込まれて家を失ったときとか、ボランティアで怪我をした人を運ぶときとかね。俺ってば自称〝愛の伝道師〟だから」

「ボランティアをやってるんですか！　菊之助さんてえらいんですね」

私は基本的にボランティアに参加している人はみんなやさしくて立派だと思っているので、菊ちゃんに対して素直に感心した。

「そんなことないさ。楽しんでやってるよ。おかげさまで使用頻度はけっこう高くてね。どんなに車が揺れても平気なんだよ」

「へー。自分のことだけじゃなく社会奉仕をしている男の人って私、素敵だと思います。あと、なんで窓がすべてマジックミラーになってるんですか？」

「えーと。それはまぁなんというか、趣味みたいなもんかな」

「趣味？」

「俺、昔から街の景色を見るのが好きなんだよ。スモークガラスだとあまりよく見えないでしょ？」

「なるほど。よくわかりました」

話を聞いていたら、菊ちゃんは思っていたよりもずっといい人のようだった。チャラい上にものすごくお金儲けが好きな人かと思っていたけど、ボランティアの話を聞いて私はかなり安心した。

もっとも、それから渋谷のホテルに着くまではずっと菊ちゃんの俺様話を聞かされるはめになった。

「自分で言うのもなんだけど、親父がやってた葬儀屋をここまででっかくしたのは俺でさ〜。俺って顔よし、頭よし、スタイルよしの三拍子なんだよね〜。今後はセレモニーホールに併設してブライダルホールを開こうかな〜なんて考えててさー。前途洋々とはまさに俺のこと？　みたいな〜」

延々と続く自慢話。しかも、その間に菊ちゃんはバックミラーで何度も髪型のチェックを繰り返している。

（もしかしてこの人、かっこいいけど中身はただのナルシストでダメンズ？）

話を聞くのに飽きた私が窓の外に視線を向けても、菊ちゃんはいっこうにおかまいなしで熱く語り続けた。窓ガラスに映る菊ちゃんのきれいな横顔には一点の曇りもない。

（ほんとにこんな人と一緒にご飯を食べて大丈夫かなぁ……？）

心に再び不安がよぎる。

そうこうしているうちに車は渋谷にある高級ホテル「セルリアンタワー投球《とうきゅう》」に到着した。菊ちゃんに連れられて最上階にある高そうなレストランに足を踏み入れた途端、私はついつい大きな声を出してしまった。

「すごいきれーい！　私、渋谷の夜景がこんなにきれいだなんて知りませんでした」

「気に入ってくれたかい？　ここが今夜の二人のディナーの場所だよ」

ホテル最上階にあるフレンチレストラン「シェ・イヤー・ミィーザ・マス」の大きくとられ

たガラス窓の向こうには、視界いっぱいに渋谷の夜景が広がっていた。地上四十階という高さのせいか、外の喧噪《けんそう》などはまったく聞こえず、そこには華やかなうちにも不思議な静謐《せいひつ》さすら漂っていた。ついつい一歩前に身を乗り出して外の夜景に見とれてしまう。

(これが大人の世界かー。大学の学食なんかとは天と地の差があるな)

夜の闇にあざやかに浮かび上がる大小様々なネオンの光に目を奪われていると、タキシードを着たかっこいいおじさんが近くに寄ってきた。

「成駒様、お待ちしておりました。お席にご案内いたします」

おじさんの胸ポケットについたプレートには支配人と書かれている。どうやらこのレストランの責任者らしい。

「夜景のよく見える席をリクエストしておいたけど大丈夫？」

「もちろんでございます。どうぞこちらへ」

菊ちゃんはよくここに来るらしく、お店の人の対応もかなりスムーズだった。

支配人の案内で連れて行かれたのは奥の方にある窓際の席だった。おそらくこのレストランでもいい席なんだろう。そこからは美しい夜の街を一望に見下ろすことができた。私は夜景はもちろん、座るときに支配人が椅子《いす》を引いてくれたことにもびっくりした。

(ここまでしてくれるなんてすごい。今日は初めての体験ばっかりだ！)

支配人が行ってしまうと、向かいの席に座った菊ちゃんが笑顔で話しかけてきた。

「どうだい？　このレストランは。なかなかいいだろ？」

「なかなかどころかすごくいいです！　私、こんな素敵なところに連れてきてもらったの初めてです」

「喜んでもらえてよかったよ。俺くらいビッグな男になると女の子と食事をするのもそれなりの店じゃないと嫌でさ。他にもレストランや料亭、老舗《しにせ》の店をいくつも贔屓《ひいき》にしてるんだけど」

（うっ、まずい）

　また自慢話が始まりそうになったので、私は菊ちゃんのトークをさえぎって別の話題を振った。

「ところで、菊之助さんとうちの住職とは幼なじみだとうかがっているんですけど、やっぱりお付き合いは長いんですか？」

「そうだね。俺が小学校に入学して以来だから、もうかなり長いかな。もともと俺の実家は常照寺の近所にあるから、それで仲良く遊んでもらったんだ」

「幼なじみと大人になっても仲がいいって、なんだかとってもいいですね。だから今回、住職の無理なお願い事も聞いてくださったんですか？」

「う〜ん。それもあるけど、俺にとってユーミンちゃんは〝神〟だからね。たまにはお手伝いくらいはしないと罰が当たるんだよ」

「住職が〝神〟ですか？」

「そう。神」

「…………」

残念ながら会話の内容が宗教っぽくなってきて話が続かない。

当たり障りのない会話をしていたら、噂に聞くソムリエらしき人がワインを持って私たちのテーブルまでやってきた。

「成駒様、ご注文のワインでございます」

「ありがとう。さっそくこの子のグラスに注《つ》いであげてくれ」

「かしこまりました」

ソムリエが私の目の前のワイングラスに赤い液体を注ぐ。続いて菊ちゃんのにも。注ぎ終えるとソムリエは、お辞儀をしてテーブルから離れていった。

「さ、飲んでみて。君のために特別に注文したワインなんだ」

「ありがとうございます。特別にだなんて、なんだか悪いですね。でも、じつは私、あんまりお酒強くないんです」

「ノープロブレム。口当たりがいいから、弱い人でも平気だと思う。さ、ぐぐっと飲み干して感想を聞かせてよ」

「えへへ。それじゃあ」

かっこつけてグラスをクルクルと回してから、ワインをひと口、口に含んだ。次の瞬間、口だけでなく鼻のなかにまで芳醇《ほうじゅん》な香りが広がり、自然と背筋がピンと伸びる。森のなかを通り過ぎる心地よい風が落ち葉をそっと踏みしめるような、ええい、まどろっこしい。もうなんでもいい。とにかくおいしい。私は今までにこんなおいしいワインを飲んだことがなかった。

「このワイン、すっごくおいしいです！」

「そりゃそうさ。なにしろかの有名な『シャトー・ド・ラエモン』の88年ものだからね。わざわざ君の誕生年のものをオーダーしたんだよ。俺はこのシャトーに格別の思い入れがあってさ。以前フランスに行ったとき、知り合いの知り合いのそのまた知り合いの三つ星レストランのシェフ、ジョナサンに強く勧められて、って俺の話聞いてる？」

「あ、すいません。ワインに夢中でドラえもんのとこまでしか聞いてませんでした」

「……まぁいいや。とにかく遠慮しないでどんどん飲んでよ」

「ありがとうございます。いただきます！」

よくわからないが、とてもいいワインらしく、その分口当たりがよくて、ついついゴクゴクと飲み干してしまう。

そのあと、運ばれてきた前菜もおいしかった。当初気乗りしなかったのもどこへやら、いつの間にか私はすっかりごきげんになった。

「この〝煮こごり〟みたいなの、今まで食べたことないですけどとってもおいしいです」

「……〝鴨肉《かもにく》のゼリー寄せ〟のことね。ここのレストランは魅酒乱《ミシュラン》で三つ星を獲得しているんだ。料理はなんでもおいしいよ」

「そうなんですか。楽しみです」

「そんなことよりもっと飲んで。おいしい料理にはおいしいワインがよく合うよ」

「そうですね。それじゃ遠慮なくいただきます」

ワインもおいしい、料理にも大満足で、気がついたら菊ちゃんに勧められるままワインのボトルを二本も空けていた。もともとアルコールに弱い上に、生まれてから一度も飲んだことがない高級ワインを飲んだせいか、顔が火照《ほて》り、意識も少し朦朧《もうろう》としてきた。

（うわー、なんだかぐらんぐらんする。ちょっとやばいかも）

私がそう感じたそのとき、菊ちゃんが突然、私の目を見つめながら猛烈な勢いで語り始めた。

「由加里ちゃん。君はなんて美しいんだろう。君のつぶらな瞳はまるで丹波黒豆のようだ。鼻はクレオパトラみたいだし、口なんてまさに口だ」

（これがほめ殺しかぁ）

ちょっとびっくりしたけど、今まで男の人からこんなにほめられたことはなかったので決して悪い気はしなかった。菊ちゃんの怒濤《どとう》の持ち上げ攻撃はそのままなんと延々五分以上も続いた。最後には「きっと君の前世はいかしたトリケラトプスだったに違いない。角なんてさぞすごかっただろう」と前世までほめる始末だった。

菊ちゃんは熱くほめ終わるとネクタイを締め直し、やがておもむろに口を開いた。

「正直言うと俺も男だからいろいろとあった。でもこんなに胸がときめいたのは由加里ちゃんが初めてなんだ。君を俺の最後の女にしたい」

「うれしいんですけど、今日初めて会ったばかりの人にそんなことを言われても……」

菊ちゃんが微笑みながら首を振る。

「由加里ちゃん、それは間違ってるよ。恋なんて中国人の窃盗団みたいなもんだ。ある日突然、いきなり襲ってくる。それとも君はやつらのように大事なものを盗んでおいて、このまま逃げるつもりかい?」

「盗んだ? 私、盗みなんてしてないですよ」

「いいや、たしかに盗んだ」

菊ちゃんがウィンクする。

「俺からハートをね」

(くっさ! なんてくさいセリフ! 他の人が言ったらじんましんが出そう。しかも何かのアニメのパクリっぽいし)

でも、菊ちゃんならなんとなく許せた。それだけ菊ちゃんの顔は整っていて、透明感にあふれているからだ。

「楽しそうにしているところを見ると俺が嫌ってわけじゃないんだろ? いや、もしかしたらすでに俺を好きになっちゃってるのかも。その証拠に今の君の唇はつやを帯びて熟《う》れて見えるよ」

「あの、それはたぶんグロスをつけてるからそう見えるだけだと思うんですけど」

「……エニウェイ。とにかく奪ってしまいたい唇だ。あとでキスしていいかい?」

男の人にいきなり迫られて、酔いのせいだけじゃなくて顔が赤くなる。

「そんなこと急に言われても困ります。雑誌の『暗暗《アンアン》』にもキスはデート三回目くらいが普通って書いてあったし……」

菊ちゃんが首を振る。

「由加里ちゃんはたたりを受けているんだろ？　だったらそういうものを解くのは昔から王子様のキスと決まっているじゃないか。自由になるのは早ければ早い方がいい」

「でも……」

ふと、ユーミンの顔が思い出された。「バカチン！」というものの声もどこからか聞こえてくる。

「私、そういうのはちゃんとお付き合いした人じゃないと嫌だから……」

「それなら俺と付き合っちゃえばいいじゃないか！」

突然、大きな声を出す菊ちゃん。思いがけないストレートな告白に私の心臓はバクバクと脈打ち始めた。

私を真正面から見つめる菊ちゃんの瞳はまるで透き通っているかのようで、不思議と目をそらすことができなかった。

（やばい。吸い込まれそう……）

心がグラついて危険な状態になったとき、ふいに向こうからきれいなOLさん風の女の人が大股でやってくるのが見えた。女の人は菊ちゃんの真横で止まると、いきなりテーブルの上の菊ちゃんのワイングラスを取り上げ、中身を勢いよく菊ちゃんの顔にぶちまけた。

「私をさんざんおもちゃにしたあげくにポイ捨てしして！　最近姿を見ないと思ったら、今度はこの子をだますつもりなの⁉」

　あわてて手で目のまわりをぬぐったあと、反射的に女の人を見上げた菊ちゃんは一瞬で顔をひきつらせた。

「げっ！　お前はリカじゃないか。なんでここにいるんだ⁉」

「それはこっちのセリフよ、このサイテー男！　いったい女をなんだと思ってるの？『胸が大きい方がいいから』なんて言ってむりやり私に豊胸手術までさせて。あんたなんか地獄に堕ちればいいのよ‼」

　リカさんとかいうらしい女の人はそう捨てゼリフを吐くと、人々がザワつきながら注目しているなかをきびすを返してレストランから出て行った。

「な、何を言ってるんだろう、あの女ったら。頭がおかしいんじゃないか？　あは、あははは」

　リカさんの姿が完全に消えたあと、菊ちゃんは私の方に向き直って白いハンカチで顔をふき始めた。顔には気持ち悪いほどの作り笑いを浮かべている。

「おもちゃにしてポイ捨てしたってどういうことですか？　菊之助さん、もしかしてあの女の人をだましたんですか？」

「そ、そんなことはないよ。完全に彼女の誤解さ」

　菊ちゃんは目を泳がせながらゴニョゴニョと弁解した。

「たいしたことじゃないんだ。彼女はリカちゃんっていうんだけど、あの子をモデルに〝喪服妻リカちゃん〃っていう営業用のおもちゃの人形を作ったんだ。最初はシリーズ化するつもりだったんだけど、あまり評判がよくなくてさ。胸を大きくしたりしてセクシー路線に変えたんだけど、結局不人気で最終的に大量廃棄しちゃったんだよ。たぶんそのことを怒ってるんじゃないかな。エコじゃないって。あは、あははは」

あまりにも苦しすぎる言い訳に、私は残念な気持ちでいっぱいになった。

（確定。こいつ絶対にダメンズだよ……）

大きなため息が口から漏れる。

（私ったらなんでこんな人とご飯を食べてるんだろ……？）

そう思うと、これ以上菊ちゃんと一緒にいるのはどう考えても時間の無駄に感じられた。

「帰ります。ごちそうさまでした」

私はそれでも一応お礼を言ってから席を立った。

「ちょっと待ってよ⁉　夜はまだこれからじゃないか」

菊ちゃんはあわてて引き留めようとしたが、私は一礼してそのままレストランの外に出た。

ワインを二本も空けたせいか足がもつれ、視界が少しぼんやりする。

（うぃー、ヒック。最低な時間を過ごしたな。早く帰ってお風呂に入って寝ちゃおう）

そこへ後ろから誰かが走ってくる気配がした。振り返ると菊ちゃんだ。菊ちゃんは猛烈な勢いで私に近づくと、いきなり私の左腕を強くつかんだ。

「痛っ！　何するんですか」

「何じゃないだろ！　それはこっちのセリフだ。なんで勝手に帰るんだ⁉」

さっきまでのジェントルな態度と違い、菊ちゃんの表情は険しく、私をにらむ目はかなり血走っていた。

「やめてください。やめてったら。放して！」

「うるさい。人が大人しくしてりゃあ図にのりやがって！」

菊ちゃんがさらに強く腕をつかむ。

「今夜は君のためにここの豪華スイートルームもとってあげてるんだぞ。せっかく見目麗《みめうるわ》しい花のようなこの俺様が相手をしてやろうっていうのに、その態度はなんなんだ。君にとっても身に余る光栄のはずだ。もう少し自分てものをわきまえたらどうなんだ？」

「そんなのちっとも光栄じゃないです。とにかく放してください」

身の危険を感じて腕を振ったり、菊ちゃんを押したりして必死に抵抗する。

「放して、放してったら！」

むりやり菊ちゃんの手を振り切って逃げようとしたそのとき、肩のあたりでビリッとやぶける音がした。

「きゃあ、カーディガンがやぶけちゃったじゃない！」

「黙れ。こんな安物の服がなんだ」

菊ちゃんが容赦なく服を引っ張る。さらにビリビリとやぶれるカーディガン。男の人に乱暴なことをされている上に、一生懸命働いて買ったお気に入りの服をやぶかれて、いつの間にか目から涙がポロポロとあふれてきた。

「安物じゃないです。それでも八千円もするんです」

「だからガタガタうるさいっつってんだろ！　誰が値段を教えてくれなんて言った。そんなことより部屋に行くのか行かないのかとっとと決めろ。出会いはスピードが命だ。それともなにか？　ゆとり世代だけに、恋にもゆとりが必要ってか？」

「人をゆとり世代ってことだけでばかにしないでください！」

私は泣きながら、自由になっている右手を無我夢中でふりかぶった。

「おやおや。とんだジャジャ馬だな。もしかして俺を殴るつもりなのか？　上等だ。まさかけんかで俺に勝てるとでも思ってるんじゃないだろうな。俺はこれでも昔はワルだったんだぜ。ユーミンちゃんと一緒に暴走族《ゾク》をやってたくらいだからな」

「俺はワルだったなんて、合コンで嫌われる男の自慢話ワースト3に入るんだから！」

「はいはい、嫌われるようなことを言って悪うございましたね。それじゃ、どの程度のパンチ力があるのか、ほら、殴ってみろよ」

菊ちゃんはそう言うと、ニヤニヤ笑いながらノーガードで顔を突き出した。

「本気で殴りますよ！」

「どうぞご遠慮なく、ゆとりちゃん。あははははは」

ぶちっ。その瞬間、私のなかで何かがキレた。私は腰で体重移動をすると、全身の力を込めて菊ちゃんのあご目がけて拳《こぶし》を放った。

「私の名前はっ、由加里だあぁぁーーー!!」

ごうっ！　腕に電撃が走り、拳が空気を切り裂く。続いて拳の先から「めきゃっ！」という骨がきしむ感触。たぶん子供のころから武道を習っていたおかげだろう。私のパンチは菊ちゃんのあごに見事にクリーンヒットした。そのまま拳を振り切ると、菊ちゃんの体が勢いよく吹っ飛ぶ。

「ぐわあぁぁっ!!」

どかっ！　という大きな音とともに菊ちゃんの体は壁に激突し、そのまま床に落下した。菊ちゃんはしばらくの間、全身をピクピク痙攣《けいれん》させていたけど、やがて弱々しく口を開いた。

「そ、そんなばかな。俺がこんな小娘にやられるなんて……」

それを聞いてまたムカッとくる。

「小娘じゃないもん！　東京で一生懸命がんばって生きてる大人だもん！」

怒りがおさまらないので近くにあった消火器を持ち上げ、菊ちゃんの顔めがけて思いきり投げつけた。

「ぐえっ!!」

消火器が至近距離から顔面を直撃したせいか、菊ちゃんは白目をむいて、そのまま気絶してしまった。

「火遊びばっかりするからよ、このナルシス男《おとこ》！　死んじゃえっ！」

私は口から泡を吹いている菊ちゃんをその場に残し、足元をふらつかせながらホテルをあとにした。

電車を乗り継いで六本木に着いたときにはいろんな意味で気分が悪くなっていた。常照寺にほど近い湯取坂を上り始めたら、ホッとしたのか、また目から涙があふれてくる。私は何度も目をごしごしとこすりながら歩いた。

菊ちゃんにひどいことをされたり、言われたりしたことも悲しかったけど、生まれて初めて人を殴ったのもショックだった。

（最低……。菊ちゃんも自己中《じこちゅう》な最低男だったけど、酔いと怒りにまかせて暴力を振るった私も最低だ）

足はもつれるし、酔って気持ち悪いしで気分はとことん凹んだ。

「ただいま帰りました……」

ようやくお寺にたどり着いて泣きながら靴を脱いでいたら、なぜかこの時間にいるはずがないユーミンが作務衣姿で奥から出てきた。

「思っていたより早く帰ってきたじゃないか。おや？　由加里ちゃん、もしかして泣いてるのか？　いったい何があった」

「なんでもないです。なんでもないですよぅ」

あわてて涙をふきふき返事をする。

「泣いているのになんでもないってことはないだろう。まさか菊之助に乱暴でもされたんじゃないだろうな?」

私は変な想像をされても困るので、ブンブンと大げさに首を振った。

「大丈夫です。そんなことはありません。ちょっと悲しいことがあっただけです」

「ならいいが……」

ユーミンは一応安心したらしく、フゥと軽く息を吐いた。

「ところで、住職こそどうしたんですか? なんでこんな時間にここにいるんですか? 夜も用事があるとか言ってたじゃないですか」

「今日はたまたま用事を早めに切り上げることができたんだ。ここにいるのはじいさんが早めに寝ちゃったから、由加里ちゃんが帰ってくるのに玄関の鍵が開いてないと困るんじゃないかと思ったからだ」

「私、いつも鍵を持ってるからその必要はないですよ」

「……なんとなくそうしたかっただけだ」

ユーミンが気まずそうに横を向く。それを見て私の冷えきっていた気持ちは急に温かくなった。

(ユーミン、もしかして私のことをずっと心配してくれてたの?)

そう思った瞬間、

「うわーん、住職~」

またもや涙と感情がこみ上げてきて、酔いにまかせて思わずユーミンに抱きついてしまった。

ついでに胃の奥からも気持ち悪さが一気にこみ上げてくる。

「おえー」

「うわー、人に抱きつきながらいきなりゲロ吐くんじゃねー！」

そのあと、私が吐いたものの始末はブツクサ文句を言いながらもユーミンがしてくれた。

「とりあえず水を飲め。俺もお茶を飲むから」

汚れた作務衣の上着を脱いで白いTシャツ一枚になったユーミンがそう言うので、ユーミンの後ろについて台所に行く。申し訳なさと自己嫌悪で椅子に座りながら小さくなっていると、ユーミンがコップに水をくんで渡してきた。ユーミンは自分も向かいの椅子に座り、電気ポットから急須にお湯を注いだ。

「あの……服を汚しちゃってすみませんでした」

「ったく、いい迷惑だ。どうやら由加里ちゃんはアルコールに弱いみたいだな。酒が苦手なら女の子なんだからもう少し気をつけた方がいい。そんなことよりも、涙なんか流していったい何があった？」

「たいしたことじゃないんですけど……」

私は今日あったことをかくかくしかじかと説明した。ちなみにユーミンには乱暴な女と思われたくなかったので、菊ちゃんを殴り飛ばして消火器でとどめをさしたことまでは言わなかった。ユーミンはその間、ずっと湯飲みを持ち上げたまま、忌々《いまいま》しそうに話を聞いていた。

「なるほど。菊之助のやつ、由加里ちゃんにむりやり手をつけようとしやがったのか。わかった。明日あいつを呼びつけてきっちり落とし前をつけさせるからもう気にしなくていい」

「ありがとうございます。でも、今日は一応私を助けてくれたし、あんまり菊之助さんを責めないでください」

「そうはいかないさ。菊之助とはガキのころからの付き合いだが、由加里ちゃんを泣かすなんてまねは絶対に許せん。それにひと言あいつにくぎをさしておかなかった俺にも責任がある」

眉間にしわを寄せながらお茶をすするユーミン。ユーミンがじつは私のことを大切に思ってくれていることがよくわかって、私はすっかりうれしくなった。

（そういえばこんな夜中にユーミンと面と向かって話をするのって初めてだな）

二人っきりなのも最高のシチュエーションだ。自然と笑みがこみ上げてくる。

「えへへへへ」

「泣いたり吐いたり笑ったり、よくわからない子だな」

ユーミンが怪訝そうな顔をする。私はできるだけこのままでいたくて違う話題を振った。

「そういえば菊之助さん、住職と一緒に暴走族《ゾク》をやっていたって言ってましたけど、本当なんですか？」

ユーミンは私が言い終わる前にブッ、とお茶を吹いた。

「……昔の話だ。俺にもガキのころがあった」

いつも気取ってばかりいるせいだろうか。ばつが悪そうなユーミンがなんだかとてもかわいく見えた。それに今はとび職をやっているうちのお兄ちゃんも、昔は地元で「魅訴勝連合《みそかつ》」という暴走族の頭をやっていたので、なんとなく距離を感じていたユーミンにすごく親近感が湧いた。

「えへへ。ワルだったんですね。〝仏恥義理《ぶっちぎり》〟ですか？」

「由加里ちゃん、頼むからもうその話は勘弁してくれ。恥ずかしいじゃないか。それに俺らのころは、暴走族《ゾク》ったってバイクで集団暴走ばかりしているようなやつじゃない。どっちかと言うと当時流行っていた〝ギャング〟に近いやつだ」

「いひひ。わかりました。あと菊之助さん、食事中に『ユーミンちゃんは神』って言ってましたけど、どうしてですか？」

私の質問にユーミンはこれまた恥ずかしそうに苦笑した。

「菊のやつ、そんなことを言ってたのか。あいつは女にはだらしないが、あれで意外に義理堅いところがあってだな。昔、俺が助けてやったのをまだ恩に着てるらしい」

「へー。住職にも少しはいいところが……。ごほん、昔からやさしかったんですね」

「まぁな。あいつは今でもユニセックスな感じがするけど、中学のころはもっともっと少女漫画に出てくる美少年みたいでな。女の子にメチャクチャもてたから、それをひがんだヤンキー連中に目をつけられて殴る蹴るのすさまじいいじめに遭ってたんだ」

「そりゃひどいですね。あっ、わかった。それを住職が守ってあげたんですね」

「そういうこと。ある日、やつらに追われた菊が寺に逃げ込んできてだな」

「逃げ込んできて？」

「追いかけてきたやつらが、菊をかくまった俺を取り囲んでけんかを売ってきたもんだから」

「売ってきたもんだから？」

「刺した」

「は？」

「刺した。相手のリーダー格を。じいさんからもらった脇差《わきざし》で」

一瞬、ユーミンが何を言ってるのか理解できなかった。思わず気が遠くなる。

「……あの、なぜそんな物騒なもので人を刺したのですか？」

「ちょうどそのとき寺にいたじいさんが俺にドスを握らせて『こんな下衆《げす》どもは殺してしまえ！』って言うんだから仕方ないだろ？　俺もそのころはピュアだったからな。黙って指示にしたがっちゃったんだよ」

「ピュアという言葉の使い方が絶対間違っていると思うんですけど……」

「そうかな？　ま、とにかく刺してやったら向こうもビビッて、その後は菊に対するいじめもなくなったというわけだ」

「それはよかったですけど、よく人を刺して警察に捕まらなかったですね」

「刺したところが腕で急所は外れていたし、相手の親のチンピラヤクザもじいさんの威光に恐れをなしてさ。それでなんとか話《ナシ》をつけてもらったんだよ。だから少年院に行かないですんだんだ」

「じいさんの威光って、お上人様は昔、いったい何をなさってたんですか⁉」

「じいさんか。じいさんはひところは有名な大物右翼だったんだよ。当時はまだ政財界の大御所連中とつながりがあって勢いがあったんだ。戦前は満洲で大暴れしたり、上海《シャンハイ》の寺で一生懸命偽札《にせさつ》を作ってたらしいよ。たしか十三歳で日本にいられなくなって大陸に逃げたって言ってたな」

「今はあんなにやさしいのにですか⁉」

「最近になってようやく枯れてきたんだよ。さすがにもう九十五だから少しはまるくならないと。ははは」

（ははは、じゃないだろう……）

この人と話をしていると、その分だけ常識がなくなっていきそうな気がする。でも、そんな過激なところも、もしかしたら心のやさしさがそうさせているのかもしれない。私は自分にそう言い聞かせた。うん、そうだ。そういうことにしておこう。

「それにしても住職ってすごいですね。他人のために人を刺すなんて」

「他人じゃない。ガキの時分からの幼なじみだ。友達ならそうするのが当たり前だろ？」

照れ笑いをしながら鼻をこするユーミン。

（ほんと、ばかみたい。ヘッジファンドで働いてたっていうのに、頭がいいのか悪いのかよくわからない人だな）

でも、ちょっぴりユーミンらしい、とも思った。私はこの際だからと、おそるおそる訊いてみた。

「あの、もしもの話ですよ。もしも私がいじめられたら……。住職は私を命がけで守ってくれますか?」

「由加里ちゃんを? 守るに決まってるじゃないか。当たり前だろ?」

意外なことに、返事をするユーミンの顔は真剣そのものだった。

(やっぱりこの人が私の白馬の王子様だ!)

自分でも顔が赤くなるのがよくわかる。私は頭のなかでユーミンの言葉を繰り返し思い出しながら、目の前の男らしくてかっこいい顔をうっとりと眺めた。

(私の王子様、大好き!)

しかし、その直後、ユーミンの唇の端《はし》がいやらしくゆがんだ。

「お布施さえよこせばな」

クックと笑うユーミン。幻滅する私をちらっと見ると、ユーミンは湯飲み茶碗のお茶をおいしそうに飲み干した。

第三章

あやしいキムさん

次の日、ユーミンは昨日の夜の予告どおり、朝一で菊ちゃんを常照寺に呼び出した。

ユーミンが言うには菊ちゃんはひどい顔面骨折で入院していたそうで、本人はユーミンが電話で用件を伝えると、

「入院してるから無理だよ～。お願いだから勘弁して～」

と泣きそうな声で断ってきたらしい。だけど、結局最後はユーミンにむりやり押し切られて、しぶしぶ呼び出しに応じたみたいだ。

八時過ぎに麻布メモリアルの社員らしき人が運転する〝霊柩車風乗用車〟が本堂の前に着くと、病院の浴衣《ゆかた》姿の菊ちゃんが例のベッドがある後部座席から降りてきた。待ちかまえていたユーミンは菊ちゃんの襟首《えりくび》をつかみ、本堂の前まで引きずって地面に正座させ、自分は本堂の縁先に上がった。

「菊よ。なんで俺がこんな朝っぱらからお前を呼び出したか、わかってるよなぁ？」

「いや、あの、その。はい、なんとなく……」

今日のユーミンはいつもの作務衣じゃなく、黒の衣《ころも》に袈裟《けさ》姿だ。菊ちゃんはよれよれの浴衣を着て正座しながらおどおどと小さくなっている。その光景はまるでユーミンがお奉行様で、菊ちゃんが悪徳商人のようだった。私も証人として出席を求められたので本堂の軒下《のきした》にちょこんと立っているけど、他人が見たら町娘に見えるのかもしれない。

うつむき加減の菊ちゃんの顔はすっかり腫《は》れあがっていて、顔中に包帯がグルグルと巻かれていた。

（うわー、痛そう。まるでミイラみたい……）

昨日はずいぶんひどいことをされたり、言われたりしたけど、菊ちゃんのあまりに痛々しい姿に私の良心はまたちくりと痛んだ。男の人を病院送りにするなんて女の子としてありえないし、決してほめられたことじゃない。自己嫌悪と申し訳なさで私までなんとなくうつむいてしまう。

〝お裁き〟はユーミンによって一方的かつ強引に進められた。

「菊。俺はお前に由加里ちゃんを〝手助けしてやってくれ〟とは頼んだが、〝手を出してくれ〟と言ったおぼえはないぞ」

「いや、その、なにせあんまりかわいかったもんだからついつい……」

菊ちゃんが小声でゴニョゴニョと返事をする。

「なにがついついだ。しかも由加里ちゃんを泣かしやがってこの野郎！　カーディガンもやぶいたらしいし、てめえ、このケジメ、どうやってつけるつもりだ！」

「ひいっ」

ユーミンのおそろしい怒鳴り声に、菊ちゃんは見苦しいくらい怯《おび》えまくった。

「で、でも、俺もこのとおり由加里ちゃんにひどい目に遭わされたし……」

「わけがわからないことを言ってんじゃねえ！　なんでお前が怪我をしているのかは知らないが、女の子がどうやってお前をそんな目に遭わせられるっていうんだ！」

「でも、事実俺は由加里ちゃんにパンチ一発でＫＯされて……」

「ガタガタうるさい！　まがりなりにも暴走族《ゾク》をやってた男がそう簡単に女の子にやられるわけがないだろうが。言い訳がましくつまらない嘘をつくんじゃねえ！」

「本当なんだよ。信じてくれよ、ユーミンちゃん！　俺はマジで由加里ちゃんにボコボコにされたんだ。由加里ちゃんは呂布女《りょふおんな》だ。武力100なんだよ！」

菊ちゃんが弱々しい声で叫んだせいか、ユーミンが私の方を見る。

「……由加里ちゃん、菊はそう言ってるが本当か？」

（まずい！）

ユーミンに乱暴な女と思われたくない私は、適当に笑ってごまかすことにした。

「えへへ。腕をつかまれたときにちょっとくらいは抵抗したかも、みたいな」

「嘘だ。殴っただけじゃなくて、消火器で俺にとどめを……」

（それ以上しゃべるな！）

私はユーミンに見えない角度で、愛知県全域に名を馳《は》せるほどのスーパーヤンキーだったお兄ちゃん直伝のガン飛ばしで菊ちゃんをにらみつけた。

「菊之助さん、たちの悪い冗談はもうやめてください。そこのところ夜露死苦《よろしく》お願いします」

「ひっ！」

うまくいったらしく、菊ちゃんはのけぞってふるえ上がった。

「すみません、由加里姐《ねえ》さん。冗談です。冗談ですから許してください。ルーラ、ルーラ！」

そのまま座った状態で後ずさりする菊ちゃん。必死に何か呪文のようなものを唱えている。

ユーミンはその様子を怪訝な表情で眺めていたけど、すぐに、

「菊、逃げるな！」

と一喝した。菊ちゃんはビクッと大きく体をふるわせると、うなだれて元いた位置に戻り、両手をついて地面に土下座した。

「俺がすべて悪うございました。とにかく服は弁償します。それでなんとか勘弁してください。お願いします。このとおり深く反省しています」

「そうか」

何度か小さくうなずいたあと、ユーミンが私の方を向く。

「由加里ちゃん。菊はそう言ってるがそれでいいか？」

「はい」

私もコクリとうなずいた。

「そもそも私は菊之助さんに対してそれほど怒ってないので、服を弁償してもらえるならそれでけっこうです。それに昨日は一応困っているところを助けてもらってますし」

「わかった」

ユーミンの顔が菊ちゃんの方に向き直る。

「だ、そうだ。寛大な由加里ちゃんに感謝するんだな。ただし、罰としてカーディガンだけじゃなくワンピースも買ってやれ。どちらも安物を買うんじゃないぞ」

「わかりました。カーディガンはエルメス、ワンピはエミリオ・プッチで用意させていただき

ます」

「それならいいだろう。菊よ、これもすべて女罰《おんなばち》だと思え。今度やったら〝成駒〟から〝女《スケ》駒《コマ》〟に名字を変えさせるからな」

「ダサっ。ユーミンちゃん、オヤジっぽいからそれだけは勘弁してよ」

「だったら少しは女遊びを控えろ！　そもそも女を泣かせるようなやつはカスだ！」

（自分だって私をほったらかしにして夜遊びしてるくせに）

心のなかで反射的にユーミンに対して文句が出た。そこへ、祈禱で疲れはてて寝坊していたシャーミンが昨日と同じ格好で庫裏からとろとろ歩いてきた。

「まぁまぁ。遊懲よ。どういう理由か知らないが、そこまで菊之助くんをいじめることもないじゃろう。二人とも昔から仲のよい幼なじみではないか。それよりも最近はこの寺にも若くてかわいい水商売の女の子がたくさん来るようになったそうじゃの。昨夜、布団のなかでそれにちなんで一つ和歌を詠《よ》んでみた。それを発表したくてな」

シャーミンはコホン、とせきばらいをすると、大きく息を吸い込んだ。

「夏すぎて　秋来にけらし　白妙《しろたえ》の　ころもホステス　天《あま》の香《か》具《ぐ》山《やま》」

途端に境内はシーンと静まりかえった。

「……なんか有名な歌をめちゃくちゃパクってるような気がするんですけど」

私のつっこみに対し、シャーミンはいかにも照れくさそうに笑った。

「そうかの？　ま、少しくらいはいいじゃろ。詠み人もとっくに亡くなっておられるからのう」

そこにいた人間はシャーミン以外、全員脱力感に襲われたけど、気づいたらさっきまでの険悪な雰囲気はどこかに消えてしまっていた。

「じいさん、せいぜいその下手くそなのを辞世の歌にすることったな」

邪魔されたのが気にくわなかったのか、ユーミンがいまいましそうに悪口を言う。

「嫌な孫じゃのう。わしに死ねと言うのか？　わしはまだまだ若い。当分くたばりゃせんぞ」

ちょうどそのとき、どこからかふいに、

「そうですよ。ご老僧様にはまだまだがんばっていただかないと」

という日暮さんの声が聞こえてきた。声がした方を振り返ると、山門の方から日暮さんを先頭に、スーツ姿のおじさんたちがぞろぞろと境内に入ってくるのが見える。日暮さんの手には「全国都道府県警・常照寺ご祈禱ツアー」と書かれた旗が握られていて、それを見るなりシャーミンの顔は気の毒なくらいひきつった。日暮さんはシャーミンの目の前までやってくると、ニコニコ笑いながら深々とお辞儀をした。

「お早うございます。昨日に引き続き今日もよろしくお願いします。本日、私めは麻布署を代表して全国各地からいらっしゃった警察トップの案内係をつとめさせていただいております」

「引き続きとはもしかして……祈禱のことか？」

シャーミンが顔をひきつらせたまま訊く。それに対し日暮さんは腹を揺すって大笑いした。

「あっはっは。これはまたきっついご冗談を。決まっているじゃないですか。祈禱ですよ、き・と・う。それではさっそくで申し訳ないのですが、あまり時間もないので本堂で速やかに始めていただけませんかね？」

「……一つ訊いていいかの？　全国分とすると、わしはいったい何件祈禱をすればいいんじゃ？」

「ざっと数えて二百件分ですかね」

次の瞬間、シャーミンの顔色がいきなり真っ青になった。

「うひゃあ、警察に殺される。誰か助けてくれ！」

「人聞きの悪いことをおっしゃる。これもすべてお国のため、善良な市民のためです。どうかご協力をお願いします」

「嘘をつけ。お前たちが楽するためじゃろうが。いやじゃ、いやじゃー！」

シャーミンは必死に側《そば》にいた私にしがみついたけど、トレンチコートを着た強そうな警察関係者二人に引っぺがされ、そのまま引きずられるようにして本堂に連れて行かれた。

「いやじゃー、助けてくれー」

その光景はまるでＦＢＩに捕まった宇宙人のようだった。

「じいさんも多少霊能力があるばかりに災難なこった。成仏しろよ。南無……」

ユーミンが本堂に向かって合掌する。今日も一日中祈禱をやらされるとなると、高齢のシャーミンなら本当に死にかねないので、それはまったくしゃれになっていなかった。

（あんなお年寄りなのに、警察にこき使われてシャーミンがかわいそう）

けれど、私に国家権力に立ち向かう力なんてあるはずもなく、せめてもの気持ちで本堂に向かって手をあわせて祈った。

(シャーミン、死なないで。でも、もし死んだら迷わず成仏してください。南無……)

そのあと、お裁きを受けた菊ちゃんは部下の社員によってご自慢の霊柩車風乗用車のベッドに寝かされ、入院先の病院に戻ることになった。

(これが天罰ってやつか)

本来の使用目的とは異なる(であろう)使われ方をしているベッドで「う~ん、う~ん」と痛そうにうなっている菊ちゃんを見ていたら、ユーミンがたまに口にする〝因果応報《いんがおうほう》〟という仏教の言葉の意味をあらためて痛感させられた。

(よい行いをした人にはよい報い、悪い行いをした人には悪い報いがあるから、やっぱり悪いことはしちゃだめなんだな。菊ちゃんもしっかり罰《ばち》があたってるし)

私はうんうんとうなずきながら菊ちゃんの乗った車を見送った。

車が門を出て行くと、ユーミンが、

「よし。これでとりあえずけじめがついたな」

と言って庫裏に向かったので、私も一緒について行こうとした。そこへ、車と入れ違いに華やかな感じの女の人が境内に入ってきた。

(早めだけど、お参りの人かな?)

てっきり参拝客かと思ったら、その女の人は本堂には向かわずになぜか私のところまでまっすぐに向かってくる。美しくカールさせたセミロングに、着ているのは上品なシャネルっぽいスーツ。ぱっと見、セレブな感じだ。近づいたところでさらに詳しくチェックしたら、その人は目尻のしわがちょっと目立つけど、メイクがばっちりな上に大人っぽいおしゃれなネイルをしていて、女優さんみたいにきれいなマダムだった。しかもシャネルっぽいと思ってたら、本当にスーツのボタンにシャネルのロゴがあるし、おまけにバッグはエルメスのケリー。かなりのセレブっぽかった。

女の人は私のすぐ近くで足を止めると、「あの……」と声をかけてきた。

「すみません、あなたはこちらのお寺の方でしょうか？」

「はい。私はここの従業員ですけど何か？」

すると、マダムは堰《せき》を切ったように一気にしゃべり始めた。

「そうですか、よかった。私、近くの六本木マッドタウンに住んでいる者で松下《まつした》と申します。こんなことを言うとおかしく思われるかもしれませんけど、じつは昨晩、夢に仏様が現れて、近くにある常照寺に行って相談すればそこにいる女の子が私の悩みを解決してくれるっておっしゃったんです。最初は半信半疑だったんですけど、ネットで調べたら本当に近所にそういうお寺があるじゃないですか。しかも有名なパワースポットのようですし。ですから今日、さっそく来てみたんです」

（げっ、まさかの相談者のご登場⁉）

私は昨日に引き続き間髪を入れずに相談者をよこす観音様の人使いの荒さにげんなりした。

心の準備がまったくできてなかったから、肩からガクッと力が脱ける。けれど来てしまったものはもうどうしようもない。立場的にはたたりをはらうためにひたすらがんばるしかないので、私はあわてて作り笑顔を浮かべると、できるだけ愛想よくした。

「全然おかしな話じゃありませんよ。たしかにこのお寺では私が参拝者からの悩み事相談をしております」

途端に松下さんの顔がパアッと輝く。

「まぁ、よかった。仏様のお告げのとおりだわ！」

（こっちはよくないっつーの……）

ちょっとだけイラッとしたとき、背後でいきなり男の人の声がした。

「それでいったいどういう悩みでここにいらっしゃったんですか？　差し障りがなければお聞かせください」

びっくりして振り返ったら、すぐ後ろにユーミンが立っていた。さすがは女好き。ナイスマダムのにおいをかぎつけて、いつの間にか戻ってきていたらしい。

「あの、こちらの若いお坊さんは……？」

松下さんが驚いた様子で私に訊いてくる。

「あ、こちらはうちの住職です」

すると松下さんは「まぁ！」と言って目を丸くした。

「住職様でしたか。大変失礼いたしました。お若い上にすごくかっこいいお坊さんだったものですから」

美人にほめられたせいでユーミンの顔がみっともなく崩れる。

「ふふっ。よく言われます。気になさらないでください。ところでどんなお悩みがあるんですか？　オーソドックスなところでお姑《しゅうと》さんとの問題ですか？　それともお子さんの悩みとか？」

ニコニコ顔のユーミンの質問に松下さんは悲しそうに首を振った。

「そういうことではないんです。じつは私、恥ずかしながらこのところ主人の浮気のことでずっと悩んでるんです」

「浮気⁉」

松下さんから返ってきた思いがけない返事に、ユーミンと私は同時に顔を見合わせた。

「はい。そうなんです。主人は私と十五、年が離れておりまして、今から五年前、まだ私がモデルとして働いているときに向こうから積極的に言い寄られて結婚したんです。主人は結婚してから数年間はやさしくていい人だったんですけど、一昨年、勤めている『富田林組《とんだばやし》』という大手ゼネコンの社長に若くしてなってからは急に態度が変わって、だんだん女のにおいがしてくるようになったんです」

「旦那さんはあの『富田林組』の社長さんなんですか。すごいですね。なるほど、よくわかりました。出世にともない女の影がちらつき始める。よくある話です。でも、それはまずご夫婦でよく話し合われるべきことじゃないでしょうか？　ご夫婦間の微妙な問題となりますと、私ども他人が口出しできるようなことではないように思われるのですが」

ユーミンが困ったような顔をすると、松下さんは深くため息をついた。

「おっしゃるとおりです。私もその点はよくわかっているつもりです。ですが、主人は浮気のことを追及するとはっきり否定するんです。『俺は浮気なんてしてない。いい加減にしろ！』って」

「だったら一度探偵でも雇って調べてもらった方がいいんじゃないですか？」

「ええ。ですからそのために探偵をすでに二人雇って調べてもらいました。ところが二人とも、まったく浮気の形跡なし、って報告だったんです。主人の携帯をＧＰＳ追跡機能があるものにして、その他に主人のカバンに超小型ＧＰＳ発信器や盗聴器をしかけたりもしましたが、浮気の気配はまったくないんです」

「探偵にＧＰＳ発信器や盗聴器ですか……。ずいぶんご念のいったことですね。しかし、それで証拠があがらないのならやっぱり旦那さんは浮気をしてないんじゃないですか？」

「でも、わかるんです。女の勘でわかるんです。主人は絶対に浮気をしてます！」

「奥さんがそう思っていても証拠がないことにはなんとも対応のしようがありませんね。探偵も浮気の形跡なしと結論を出してるわけですし」

「ですけどわかるんです。最近やけに身なりに気をつかってますし、不思議なくらいいつも上機嫌なんです。それに……」

松下さんは一瞬ためらってから、恥ずかしそうに言った。

「主人はもともと女好きといいますか、性欲が強い方なんですけど、私とはここ一年、夜の生活がいっさいないんです。それなのにあの主人が我慢なんてできるはずがありません」

「……な、なるほど」

さすがのユーミンも松下さんのあまりにも生々しい説明に言葉を失ったようだった。

(うえ～。貧乳の女子高生の次は旦那さんの不倫疑惑か。どうして観音様はこういうやっかいな相談者しかピックアップしないんだろ？　いなくなった猫を探してほしいとか、一緒にオセロをしてもらいたいとか、そういうほのぼのとした悩みはないものかなぁ……)

心のなかでブツブツ愚痴を言っていたら、松下さんがいきなり両手で私の手を握ってきた。

「そういうわけで娘さん、あなたが最後の頼みの綱なんです。私はなんとしてでも主人の浮気の証拠をつかみたいんです。仏様のお告げどおり協力してもらえると思ってよろしいんですよね⁉」

「え⁉　ええ、まぁ……」

血走った目で見つめられて、私はかなりどん引きした。松下さんの目からは女の執念みたいなものがメラメラと燃えているのが見てとれた。

(でも、浮気の調査なんてお願いされても、どうしていいのかよくわからないし……)

昨日に引き続きまたしても困りはててしまう。

「あの、松下さん。大変申し訳ないんですけど、少しここでお待ちいただいてもよろしいですか？　じつは住職と今日の仕事について緊急かつ内密の相談があるものですから」

「そうですか。それでしたらどうぞ私にはおかまいなく」

そう言うと松下さんはようやく手を放してくれた。

「じゃあ、住職。ちょっといいですか？」

私は松下さんに会話を聞かれないようユーミンの袖を引っ張って販売所の前まで行くと、できるだけ目をうるうるさせながらユーミンにすがりついた。

「住職〜。お願いです。助けてくださ〜い」

直後にユーミンの眉間に深いしわが寄る。

「おいおい、なんでもすぐに人に頼るのはよくないことだぞ。まずは自分で解決策を考えることも大切だ。ドラえもんだってのび太にいつもそう言ってるだろうが」

「そんなこと言われても、浮気の調査なんて私にはどうしたらいいのかわからないですよぅ」

「チッ、しょうがないな。わかった。協力してやろう。しかし、俺は今日もこれから夜まで用事がある。弱ったな」

「そんなぁ。そこをなんとかお願いします。お上人様は警察に捕まっちゃってるし、菊之助さんも入院しちゃったから、私にはもう他に頼る人がいないんです」

「やれやれ。のび太で苦労するドラえもんの気持ちがよくわかったよ。さて、どうしたものか……。こういうとき、キムさんがいればアドバイスくらいはくれるだろうから助かるんだけどなぁ」

「キムさん？」

「ああ、そう言えば由加里ちゃんはキムさんに会ったことがないんだっけな。キムさんは知り合いの自称私立探偵だ。前はしょっちゅうこの寺に遊びに来てたんだが、なぜかここ一年くらいは姿を見せないんだ」

「へ～、住職って探偵さんの知り合いがいるんですね。たしかに探偵さんだったらこういうことに詳しいでしょうから残念です」

「もしかしたら死んだのかもしれない。哀れなもんだ」

するとそのとき、

「おい、勝手に人を殺すんじゃねぇ」

というドスのきいた声がどこからか聞こえてきた。声がした方を見た私は思わず「きゃっ！」と叫んでしまった。誰もいないはずの販売所のなかに、いつの間にか見るからにいかつい、見知らぬおじさんが座っていたからだ。

（誰、このおじさん⁉）

おじさんは何匹けものを殺したかわからないくらいの立派な毛皮のコートを着ていて、なぜか手にはマトリョーシカを持っていた。

（百パーセント不審者だ！）

おじさんの頭の形はまるでジャガイモみたいにごつごつとしていて、丸顔な上にかなりエラがはっていた。大きな鼻や口とは対照的に目はかなり細めで冷たそうな感じがする。ボサボサに伸びているといった感じの短めの髪にはかなり白髪がまじっていて、口のまわりには無精ひげがびっしり生えていた。年は五十歳～六十歳の間くらいだろうか。とにかく〝あやしいオーラ〟を周囲に惜しげもなく放出しまくっていることだけは間違いない。

私と同じくおじさんの存在に気づいたらしいユーミンは「おっ！」と驚いたような声をあげ、すぐに笑いながらおじさんに声をかけた。

「噂をすれば影。キムさんじゃないか！　久しぶり。前に会ったのが一年前くらいかな」

（えっ、この変なおじさんが噂のキムさん⁉）

キムさんとかいうらしいおじさんは表情を変えずに「おう」と返事をすると、販売所を出て私たちのところまでやってきた。

「たぶんそれくらいだ。久しぶりだな、遊愍君」

「キムさん、どこで何をしてたんだい？」

「秘密だ」

「でも、なんとなくわかるけどね。どうせロシアにでも行ってたんだろ？」

「もしかして超能力者か？」

「ははは。じいさんゆずりでそれなりに霊感は強い方だよ」

「そのわりには俺を死人扱いにしてたけどな」

どうやら二人はふざけた内容の会話からしてそれなりに仲はいいみたいだ。

（キムさんていうからには韓国の人かな？　顔の雰囲気もそれっぽいし。でも、それにしては日本語がペラペラだな）

なんとなく興味が湧いてきて注意しながら二人の会話を聞いてみる。

「ところで遊慇君、ご老僧が帰ってきたと聞いたんだが本当か？」

「耳が早いね。たしかに一昨日《おととい》帰ってきたけど、今は警察のお偉いさんたちに拉致されて本堂にいるよ」

ユーミンの返事を聞いて、キムさんがフン、と鼻を鳴らす。

「なるほど。ご老僧は例によって祈禱をやらされているのか。最近じゃ警察も仏頼みでずいぶんいい加減になっているらしいな。それから話は変わるが、この巫女さんの格好をしたかわいらしいお嬢ちゃんは誰だ？　なんとなく気になって久しぶりに来てみたら、この寺もずいぶん様変《さまが》わりしたもんだ」

「そうそう。キムさんに紹介しようと思ってたんだ」

ユーミンはそう言うと私の肩にポンと手を置いた。いきなりユーミンにさわられた私はちょっとだけドキッとした。

「紹介するよ。この子は今年採用したうちの従業員で由加里ちゃんっていうんだ。この春に大学を卒業した、ゆとり世代の〝ゆとりちゃん〟だよ」

途端にキムさんがプッと吹き出す。

「〝ゆとりちゃん〟か。そいつはけっさくだ。よろしく、ゆとりちゃん」

(何が〝ゆとりちゃん〟だ！　いっつもいっつも私のことをばかにして！)

私は横に移動して肩から手を振り落とすと、ユーミンに抗議した。

「私は〝ゆとりちゃん〟じゃありません。由加里というちゃんとした名前があります！」

するとと、ユーミンは一瞬ぎょっとしてから、申し訳なさそうに謝ってきた。

「ごめん、ごめん。俺が悪かったよ。それに肩にさわったのもちょっとセクハラっぽかったかな」

「これからはもう二度と私をゆとりちゃんて呼ばないでください」

「わかった、わかったよ。今後、君の気に障ることは言わないし、体をさわるようなこともしない。誓うよ」

ユーミンの返事を聞いたら、ふと、さっき肩に置かれた手の感触がよみがえった。

「あの、呼び方はともかく、肩にふれるくらいなら、その……別にかまわないですけど」

「うん？　怒ったと思ったらお次は急にわけがわからないことを言いだしたな。前は素直で大人しかったのに、爆発事件以来ちょっとのことですぐ怒るし、それにおかしなことも口走るようになってるぞ。少し情緒不安定になってるんじゃないか？」

「あんなたたりを受けたら誰だって情緒不安定になりますよっ！」

私たちのやりとりがおかしかったのか、キムさんがヘッと苦笑する。

「労使ともに仲がいいことで。とにかくご老僧が忙しいんじゃ仕方ない。俺は警察は虫が好かんからまた来ることにするよ」

「ちょっと待ってくれ」

立ち去ろうとしたキムさんをユーミンがあわてて引き留めた。

「じつはキムさんに頼みたいことがあってね」

「頼み事だと？」

「ああ、じつは」

ユーミンはキムさんに松下さんのことを説明した。話を聞き終わると、キムさんは、

「あそこに立っているのがそうか」

と言いながら松下さんがいる方を見た。

「でも遊惑君、観音様のお告げだなんてその奥さん、ちょっと頭がおかしいんじゃないか？」

「ところがキムさん、あの人が言っていることはすべて事実なんだ」

「そんなばかな。夢に観音様なんて、誰がどう聞いたってあほらしい与太《よた》話じゃないか」

「仕方ないな。話せばちょっと長くなるんだが」

ユーミンは私がたたりを受けるはめになったいきさつと、たたりをはらうための観音様のお告げについてさらに説明した。

「ふ～ん。たたりねぇ。この世にそんなもんが本当にあるとはな」

「それが本当なんだ。古文書に記されたとおりになったのがその証拠だ」

「すると、このお嬢ちゃんは一生結婚できないということか」

「いわゆる〝おひとりさま〟街道をまっしぐらだ」

「〝おひとりさま〟は嫌です！　私は結婚して専業主婦になりたいんですっ！」

たまらず声をあげた私を二人が哀れそうに見つめてくる。

「というわけで、なんとか由加里ちゃんのたたりをはらってやらなければいけないんだ。その

ためには観音様によって寺に呼び寄せられる百八人の悩みを解決しなければならない」

「なるほど。それでその奥さんがここに来たというわけだな。納得したよ」

「そこでキムさんの出番だ。キムさんは探偵なんだからそういうのが得意なはずだよな。もしかしたら由加里ちゃんの助っ人として観音様に呼ばれたのかもしれないし」

「おいおい、冗談じゃないぜ。たしかに肩書きは一応探偵になってるが……」

なぜか渋い顔をするキムさん。

「一応だろうが二応だろうがそんなことはどうだっていいさ。こういう事情だからなんとか手助けをしてやってくれないか？　薄謝でよければ俺からお礼の報酬も払うよ」

「薄謝ってどれくらいだ？」

「一日一万円でどうだろう？」

「一万円……。経費にもならんな。〝一万元〟（一元＝約十二円）の間違いじゃないか？」

「そこをなんとか。デフレ時代だし頼むよ」

「私からもお願いします」

困り果てているので必死に頭を下げる。顔を上げるとキムさんは「う〜ん」とうなりながら私の顔を見た。

「たしかお嬢ちゃんの名前は由加里とか言ってたな」

「はい、そうですけど」

「……わかった。なんとなく今日は気分がいい。手伝ってやろうじゃないか」

「本当かい？」

ユーミンはうれしそうに笑うと、キムさんにペコリと頭を下げた。

「ありがとう。恩に着るよ」

「ありがとうございますっ」

私も急いで頭を下げる。そんな私にキムさんはマトリョーシカを渡してきた。

「ロシア土産だ。くれてやる。それから依頼を受けるにあたって一つ条件がある。浮気調査の場合、俺一人だけじゃ面倒だ。何かあったら必ず協力してくれ」

「わかった」

「わかりました」

「ならいい」

そんなわけで松下さんの旦那さんの浮気調査については一応私立探偵だというキムさんにお願いすることになった。一時はどうなることかと思ったけど、観音様のおかげか、なんとか助っ人が現れて私はほっと胸をなでおろした。

キムさんを連れて松下さんのところに戻ると、松下さんは案の定、キムさんの普通じゃない見た目に圧倒されたみたいだった。

「あ、あの、こちらの方はいったい……⁉」

ユーミンが、キムさんの職業とキムさんが浮気調査に協力してくれるということを松下さんに告げる。すると松下さんはようやく安心したような表情を見せた。

「そうなんですか。私立探偵の方なんですね。それなら頼もしい限りです」

キムさんはずずいと奥さんの前に出た。

「はじめまして。俺はキムっていうんだが、こう見えても以前、内閣調査室で働いていたこともあってね。こういうのを調べるのはお手のものだ。だから安心してまかしてくれ」

「内閣調査室ってあの内閣調査室ですか⁉　すごい。それなら安心です！」

キムさんの説明を聞いて松下さんはうれしそうに目を輝かせた。私は絶対嘘だろうと思ったけど、今はそのことについてつっこむべきではないのでやめておいた。それに正直なところ、内閣調査室というものがいまいちよくわからない。キムさんが続ける。

「じゃあ、調査を始めるにあたっていろいろと話を聞きたいんだがいいかな？」

「ええ、もちろん。なんでもお話しします。よろしくお願いします」

キムさんは軽くうなずいてからユーミンの方を向いた。

「それじゃ、遊憨君。俺は松下さんと一緒に行くよ。調査の性質上、細かく話を聞いて打ち合わせもしなきゃいけないんだが、立ち話もなんだからヒルズの喫茶店にでも行くよ。今日は毛皮を着てるんでセレブな気分だしな」

「すまないね。よろしく頼むよ、キムさん」

「よろしくお願いします」

ユーミンと一緒に頭を下げると、キムさんがへッと鼻で笑う。

「なんとかしてやるから万事俺にまかせておけ。これくらいのことなら朝飯前だ」

キムさんと松下さんが連れ立ってお寺から出て行ったあと、ユーミンも出かけると言って身支度を始めた。キムさんが浮気調査の依頼を引き受けてくれたのはうれしかったけど、私は内心、あやしいキムさんに対してかなり不安を感じたので、そのことについてユーミンに訊いてみた。

「キムさんていったいどういう人なんですか？　キムさんっていうからには韓国か北朝鮮の人なんですか？」

「さあ？　どうなんだろうな」

ユーミンがなぜかおかしな返事をする。

「初めて会ったとき以来、ずっとキムさんって呼んでいるからなぁ。もしかしたら木村さん、または単なるあだ名かもしれない。いずれにせよ、よくわからん」

「よくわからんって、住職の知り合いじゃないんですか？」

「キムさんは元々じいさんの古い知り合いなんだ。それで俺も自然と長い付き合いになっているわけなんだけど、うちとけているようでうちとけてないっていうかな。基本的にキムさんは住所不定だし、自分のことを語りたがらないから、詳細についてはまったく知らないんだ」

「ふーん。なんだかあやしいですね。本当に何も知らないんですか？」

「ああ。詳しいことを聞いてもほとんど答えてくれないし、じいさんもキムさんのことについては何も教えてくれない。すべては謎だ。そういえば俺が住職になったときには祝儀だと言ってレアアースの入ったドラム缶を十本も送ってよこしたっけ。高値でさばけたからいいものの、たぶん真っ当なルートからのものじゃないだろうな」

　私は、

（レアアースって何だっけ？）

と思いつつ、またユーミンに訊いた。

「でも住職、そんな謎の人物に松下さんのことを頼んで本当に大丈夫なんですかね？　おかしなことにならないでしょうか？」

　すると、ユーミンが能天気な笑顔を見せる。

「ま、問題ないだろう。キムさんはあれで義理は欠かさない人間だし、俺もじいさんも彼に対して今まで一度たりとも不快な思いをいだいたことはないよ」

「それならいいんですけど……」

「なによりタダみたいな値段でお願いしようってんだ。本物の探偵を雇えばそれこそ何十万円もかかる。文句を言う筋合いなんてどこにもないだろう」

「それもそうですね」

　ユーミンの言葉に納得した。不景気なご時世だから値段はすべてにまさるのだ。たしかに言われてみればキムさんはあやしい上に乱暴で言葉づかいもものすごく悪いけど、嫌みを言いつつも快く依頼を引き受けてくれた。

（ユーミンが言うとおり案外いい人なのかもしれない。ここは一つキムさんを信じてまかせてみることにしよう）

現金な私はそう自分に言い聞かせると、ちょっぴり安心して爆発事件以来二日ぶりにお寺の通常業務に戻った。

それから一週間は不思議なくらい何事もなく過ぎた。シャーミンはあいかわらず祈禱地獄の日々で、ユーミンもほとんど不在だったけど、私の身辺にはこれといって目立った変化はなかった。


松下さんが相談に来てからちょうど一週間後は、週に一度の私のお休みの日だった。休みの日はユーミンが販売所の店番をしているので、いつもどおり昼まで起きないつもりでグーグー寝ていたら、突然、携帯がやかましく鳴った。

(ふわぁ。人が気持ちよく寝てるのにもう！)

寝ぼけまなこで枕元をごそごそまさぐり、さがし当てたパカパカ携帯を開いて画面を見たら、時刻は朝の九時過ぎ。しかも番号非通知でかかってきていた。

(ったく朝っぱらから誰だよ！)

ムカつきながら通話ボタンを押すと、電話の向こうから聞きおぼえのある独特の低い声が聞こえてきた。

「おはよう、ゆとりちゃん。元気か？」

「ほわっ？　その声はもしかしてキムさんですか⁉」

「もしかしてじゃなくて俺だ。他に誰がいる？」

私はびっくりして布団から上半身を起こした。

「どうして私の携帯番号を知ってるんですか？　住職にでも聞いたんですか？」

「遊懸君なんかに聞かなくても調べればすぐにわかるさ。簡単なことだ」

聞こえてくる声はあくまでも落ち着いた感じで、私はますますキムさんのことをあやしく思った。

(携帯の番号なんてどう考えてもそんな簡単に調べられるはずないよ。この人、絶対にただ者じゃない！)

底知れない不気味さに不安になりながらも、とりあえず用件を訊いてみることにする。

「あの、ところで私にどんなご用ですか？」

「それよ。じつは今日、ゆとりちゃんにちょっと調査を手伝ってもらいたくてな」

(調査の手伝い、ってまさか浮気の⁉)

キムさんからの思いがけない頼まれ事に、私はまたまたびっくりした。浮気調査の手伝いなんて本音を言えばできるだけやりたくないし、しかもあやしいキムさんがらみとなるとなおさら嫌だ。

(よし。ここはなんとか適当な言い訳をして断ろう！)

私はおずおずと小さな声で、

「あの、じつは私、今日久しぶりのお休みなんですけど……」

とキムさんに伝えた。直後に電話の向こうから「おいおい」というあきれたような声が返ってくる。

「俺はゆとりちゃんのために、ここんとこずっと休みなしで働いてるんだぞ。いくらなんでもそりゃあないぜ。それに何かあったら必ず協力するって言ってただろ？」

（そ、そういえば）

もう忘れかけてたけど、たしかに何かあったら必ず協力するって約束をしてしまっていた。

私は仕方なくキムさんに、

「……わかりました。私でよければお手伝いさせていただきます」

と弱々しく返事をした。

「ところで私は何をしたらいいんですかね？　自分でもあんまりお役に立てなそうな気がするんですけど」

「なに、たいしたことじゃない。詳しくはその場で説明する。それにそんなに時間もとらせないつもりだから安心してくれ」

「そうですか。それならよかったです」

「じゃあ、十一時に渋谷の駅前にある喫茶店『パリ』で待ち合わせしよう。場所は携帯かネットで調べてくれ」

「渋谷の『パリ』っていう喫茶店に十一時ですね。わかりました」

するとキムさんは、

「よろしく頼むぜ」

と言い捨てて、一方的に通話を切った。

(うわぁ、やだなぁ～。休みの日に浮気調査の手伝いなんてしたくないよ～。しかもキムさんが不気味だから余計にやだよぉ～)

私はパカパカ携帯を閉じると、心底気乗りしないまま、やむをえず起きて身支度を始めた。


渋谷にある喫茶店『パリ』に着いたのは約束の十一時の五分前だった。それほど広くない、いかにも昭和の喫茶店といった感じの店内はタバコのにおいが充満していて、お客さんがいっぱいだった。私は店の入り口付近に立ち止まってさっそくキムさんの姿をさがしたけど、不思議なことにキムさんの姿はどこにも見あたらなかった。

(おかしいな。もういてもおかしくない時間なのにな。あれ?　もしかしてあそこにいるあの人がそう⁉)

私は窓側の一番奥の席にキムさんらしき体の大きなおじさんを発見した。ところがそのおじさんは顔や頭の形こそキムさんだったけど、髪型はきれいな丸坊主で、無精ひげも生えてないし、目には今どきっぽいデザインのメガネをかけていた。ファッションもかなりおしゃれで、ビシッとしたイギリスっぽいネイビーのストライプスーツに、クレリックシャツとパープルのドット柄のネクタイを合わせている。

(前会ったときと全然違う!　いったいどういうこと⁉)

私はこないだ会ったときとはまるで別人のようなキムさんの見た目にぽかんとしてしまった。

椅子にもたれかかって外を見ながらコーヒーを飲んでいる姿は堂々としていてまさに〝優秀なビジネスマン〟という感じだった。

「あの、キムさん、ですよね？」

近づいておずおずと声をかけてみる。するとその人がクルッと私の方を向いた。間違いない。キムさんだ。キムさんはカップをテーブルに置くと、ニヤリと笑って私に話しかけてきた。

「時間にはルーズじゃないんだな。いい心がけだ」

「よかったぁ。今日のキムさんは髪型もさっぱりしてるし、ひげもそってビシッとした格好をしてるから、本人かどうかわからなくて声をかけるのがドキドキものでしたよ」

「俺だってたまには身ぎれいにしてスーツくらい着るさ。ところで、ゆとりちゃんの今日のいでたちはジーンズに中日ドラゴンズのパーカーか……。東京でそれを着ている女の子なんて初めて見たな」

「そうですか？　けっこう普段から着てるお気に入りなんですけど。かわいいかなって。えへっ」

父からもらった自慢のパーカーだったので、私はモデルのように一回転してキムさんに見せてあげた。てっきりほめてもらえるものとばかり思っていたけど、なぜかキムさんの表情が微妙な感じになる。

「……背中にＩＭＡＮＡＫＡってプリントされてるな。今中《いまなか》なんてとっくに引退してるじゃないか。古そうだし、ちょっとダサくないか？」

（だ、ダサい⁉　この守護神今中のドラゴンズパーカーをダサいって言った⁉）

　お気に入りのパーカーと今中選手をけなされて私は当然ムカッとした。

「失礼しちゃいますね。今中は愛知県民にとって永遠のヒーローなんですよ。漢《おとこ》の中の漢です。だからこのパーカーはイケてるんです」

「大概是不《ダーガイシーブ》景气的《ジンチーダ》关系《グアンシ》，不知从何时起《ブーチーツォフーシーチー》，在日本的《ザイリーベンダ》女性时尚的基准《ヌーシンシーシャンダジージュン》 好像《ハオシャン》 起了变化《チーラビエンホア》。但是《ダンシー》，中日《ジョンリー》龙队的外套任谁 来看都很土《ロンドゥイダワイタオレンシエイライカンドーヘントウ》（不景気のせいか、いつの間にか日本では女の子のおしゃれの基準がだいぶ変わったみたいだな。でも、やっぱドラゴンズのパーカーは誰が見てもダセェと思うぞ）」

「……今、もしかして外国語で私の悪口言いました？　なんかそんな感じでしたけど」

「悪口なんて言ってない」

「じゃあ、なんて言ってたんですか？」

「『かわいいね』って言ったんだ」

「絶対嘘ですよ！　そんな短い言葉じゃなかったですし！」

「気のせいだろう。そんなことよりも、とにかくそこに腰かけてくれ。なにしろ話しづらくてかなわん」

（ったく、ファッションセンスなんて人それぞれなんだから、キムさんにはどうだっていいじゃん。大人は若者の個性をもっと評価したり、尊重すべきだよ）

　心のなかでブツブツ文句を言いながら向かいの椅子に座ると、キムさんは私の前に大きくて分厚い茶封筒を置いた。

「これは何ですか？」

たちまちキムさんがあきれたような顔をする。

「何って調査報告書に決まってるじゃないか」

言われてみればたしかに封筒の表には『マル秘　松下氏浮気調査報告書』と書かれていた。

（タイトルから調査内容が完璧にわかるから、ちっともマル秘じゃないじゃん）

と思ったけど、とにかくちゃんと調査してくれたのはありがたかった。急いでキムさんに頭を下げる。

「ありがとうございました。本当に助かりました」

「この一週間、ずっと尾行してたからそれなりにめんどくさかったんだぜ。調査結果はなかの報告書に書いてあるとおりだ」

私はさっそく封筒から書類を取り出し、目を通してみた。報告書にはここ一週間の松下さんの旦那さんが家を出てから帰宅するまでの行動が、すべて記録されていた。

「すごい。よく調べてありますね。でもこれだと旦那さん、不倫はしてなさそうなんですけど」

キムさんが無愛想にうなずく。

「そうだ。どんなに調べても不倫をしている形跡が見つからない。奥さんが旦那のカバンのなかにGPS発信器や盗聴器をしかけたり、探偵を二人も雇ったにもかかわらず証拠をつかめないと言ってたが、たぶんそのとおりなんだと思う」

「じゃあ、やっぱり松下さんの勘違いなんじゃないですか?」

「そうとばかりは言えん。一番身近で生活している人間の、それも女の勘だ。決してばかにはできないだろ?」

「……たしかにそうですけど」

「そこで今日は最終的な調査をしたいと考えている。そのためにゆとりちゃんの協力が必要だ」

「私の協力がですか?」

「そうだ」

「調査でお世話になってますし、私にできることなら何でも協力しますけど……」

「存外ものわかりがいいじゃないか。それじゃ、さっそくここのトイレで俺が用意した服に着替えてくれ」

「えっ、着替えなきゃいけないんですか?」

「ああ。その格好だとまずい」

キムさんはそう言いながらスーツっぽい生地の服が入ったデパートの紙袋を私に渡してきた。

「なんかスーツみたいな感じの服ですね」

「そりゃそうだ。これはＯＬ変身セットだからな」

「ＯＬ変身セット?」

「とにかく着替えてこい。じゃないと話にならん」

「はぁ……」

とりあえずキムさんに言われるままにお店のトイレで着替えをすることにする。狭めのトイレに入って紙袋の中身を見てみたら、なかには紺色で地味な感じの会社の制服と、白いブラウスに赤いリボン、黒いラウンドトゥのパンプス、多少フォーマルっぽい時計が入っていた。キムさんがＯＬ変身セットと言ったとき、

（あこがれのＯＬに変身⁉︎）

と少しだけ期待したけど、ベストとスカートを組み合わせたあんまりイケてない制服だったので私はちょっとがっかりした。それでも着替えてみたら服も靴も不思議と体にフィットしたので驚いてしまう。もと着ていたものを紙袋に入れ、トイレから出て再びテーブルに戻ると、キムさんは私を見てニヤニヤした。

「なかなか似合うじゃないか。馬子にも衣装とはよく言ったもんだぜ」

「えへへ、そうですかね？　もとがいいんですよ、もとが。ところで、もらったものは全部体にぴったりなんですけど、よく私のサイズがわかりましたね」

「身長百六十五センチ。上からＢ84、Ｗ65、Ｈ88。足のサイズは二十四センチ。ドンピシャだろ？」

（うっ、見事に当たってる！　だ、だけど）

ウエストだけは女の意地でなんとしてでもさばをよみたい。私はお年ごろの女の子として気

合いと根性で反論した。

「私のウエストは五十八センチですっ！」

「どう見ても六十五あると思うがな」

「ありません！　本人がそう言ってるんだからそうなんですっ！　それに私はウエストはちょっと太めに見えるかもしれませんが、足はすっごく細いんです。美脚なんです。まるでカモシカですっ！」

「……まぁいい、わかった。ピーピーうるせぇよ。この際カモシカでもウマシカでも何でもかまわん。好きにしてくれ」

（ウマシカって何!?　さっきから人をばかにしすぎ！）

ふてくされてなんとなくベストのポケットに手を入れてみる。すると、なかにはなぜか薄くて四角いものが入っていた。取り出してみたらそれは女物の名刺入れだった。

（あれ？　なんでこんなものが入ってるんだろ？）

不思議に思ってあちこち服のチェックをすると、他のポケットにマツキヨのレシートが入っていたり、襟や袖のあたりにほんのりと香水のにおいが残っていたりした。

（この制服どうしてこんなに生活感が漂ってるんだろ？　古着や借りたものだとしても絶対におかしいよね？　まさかとは思うけど、もしかして盗んだもの!?）

私は急いでキムさんに訊いた。

「……あの、この服どこで手に入れたんですか？」

「これか？　これは一昨日、上野の古着屋で買ったものだ」

（なんだ、思い過ごしか）

内心、ホッとひと安心する。

「そうですか。よかったです。名刺入れやレシートが入ってるし、それに香水のにおいもするんで私、てっきりキムさんがどこかで盗んできたんじゃないかなんて思っちゃいました。あはははは」

「………………」

すると、キムさんはなぜか視線をそらして遠い目で窓の外を見た。

（ちょっと、本当に盗んだの⁉）

はらはらしながら否定の返事を待っていたら、キムさんは、

「そんなことはどうでもいい。とりあえず移動しよう」

と言って急に席を立った。

（どうでもよくないって！）

けれど、キムさんは勘定を払ってそのまま店から出て行こうとする。

「ちょ、ちょっと、待ってくださいよー」

私もあわてて立ち上がって店を飛び出した。私はずんずん先を行くキムさんの背中に不安を感じながら、慣れない靴で走ってキムさんのあとを追いかけた。

渋谷駅のハチ公口に近いエクセル投球《とうきゅう》前の横断歩道まで来たところで、キムさんはようやく

私の方を振り返った。

「車を回してくるからちょっとここで待ってろ」

言われたとおりにそこで五分くらい待っていると、「プップー」と大きな音でクラクションを鳴らしながら、銀色のベンツが私の前で停まった。見たらなんと左ハンドルの運転席にキムさんが乗っている。キムさんはパワーウィンドウを下げ、

「待たせたな。とっとと助手席に乗れ」

と言って自慢そうに笑った。

「すごーい。キムさん、ベンツに乗ってるんですね！」

私はびっくりしながら反対側に回り、他の車に気をつけながらドアを開けて助手席に座った。車のなかはレザーのいいにおいがして、内装も豪華だし、いかにも高級車といった感じだ。

私が乗ると、キムさんはすぐに車を急発進させた。

「あの、ところでこれからどこに行くんですか？」

いそいでシートベルトをしながらキムさんに訊く。

「青山にある松下さんの旦那の会社だ。松下さんから教えてもらったスケジュールによると、今日は旦那は自分の会社にいることになっている」

「行って何をするんですか？」

「それは着いてのお楽しみだ」

そう言うとキムさんはアクセルを踏み込んでいきなりスピードを上げた。

キムさんが車を停めたのは、車で十五分くらい走ったところにある、黒い外壁のビルの前だった。

「ここが松下さんの旦那の会社、富田林組の本社ビルだ。旦那がいる社長室は十五階にある」

「へー、そうなんですか。さすが一流企業の本社だけあって大きいですね。なんかいかにも大手ゼネコンって感じです」

「黒いビルだからおぼえやすいだろう。このビルの外観と位置を頭にたたきこんどいてくれ。ここだと駐禁をくらっちまうから、まずは最寄りの駐車場をさがそう」

言い終わるよりも早くキムさんが車を発車させる。たまたまビルから二百メートルくらい先にあったコインパーキングが空いていたのでそこに車を停めると、キムさんは、

「よし、始めるか」

と言って何か免許証のようなものが入ったパスケースを私の首にかけてきた。

「キムさん、これ何ですか？」

「何って見たまんまだ。富田林組の社員証を兼ねたＩＤカードだよ」

「へー、サラリーマンとかＯＬさんってこういうのを身につけてるんですね。ところでこれ、どうやって手に入れたんですか？」

「昨日、一生懸命真心こめて作ったんだ」

「ちょっ、それっていわゆる偽造じゃないですか⁉　一生懸命真心こめてってポジティブな言葉でも、罪はごまかせませんよ！」

「それを作るのはけっこう大変だったんだぞ」

「大変とか楽とか、そういう問題じゃなくてっ！　それにこんなものをいったい何に使うつもりなんですか？」

「何って、ゆとりちゃんが富田林組に潜入するために使うに決まってるだろ？　そのためにわざわざ富田林組の制服も調達したんじゃないか」

「へっ？」

「俺はここで待ってるから、ちょっと潜入調査してきてくれ」

「はっ？」

「だから何度も言わせるんじゃねぇ！　今の時間、松下さんの旦那は社長室にいる。だから会社に忍び込んで浮気の潜入調査をしてこいと言ってるんだ！　ボヤボヤしてないで言われたとおりにしろ！」

「ええっ⁉」

怒鳴られるわ、突然無茶苦茶なことを言われるわで、私はすっかりパニックになった。

「ちょっと待ってくださいよ⁉　それっておかしいですよ。完璧に不法侵入じゃないですかっ⁉　犯罪ですよっ！」

「それがどうした。虎穴《こけつ》に入らずんば虎児《こじ》を得ずだ」

「そんなの絶対に無理ですよ！　それに潜入調査っていったい私に何をやらせるつもりなんですかっ⁉」

キムさんはビビりまくってる私に『一人でできるもん～初めての潜入調査～』と書かれた紙の冊子と安っぽいナイロンのトートバッグを渡してきた。

「さっき見た富田林組のビルはバブル華やかなりしころに建てられたもので、社長室の横に役員専用の無駄な会議室がある。そこに入ったらこのマニュアルを読んで、書かれてあるとおりに動け。必要な道具はすべてそのバッグのなかに入っている。わかったな」

「ちょっと待ってくださいよ。テレビの〝はじめてのおつかい〟みたいに簡単に言わないでください！」

「Shut up! Do it as you were told, fuckin' bitch!!（黙れ！　言われたとおりにしろ、このク●アマ!!）」

「ファッキンビッチくらい私でもわかりますよっ！　とにかくこんなの危険ですからやめましょう」

　するとキムさんは「フーン」と言いながら急に上から目線で私を見た。

「じゃあ、松下さんの依頼はこのまま永遠に解決できないな。となると、ゆとりちゃんのたたりもはらえないままか。彼氏もできない、結婚もできない、さみしい孤独な人生が今後もずっと続くと」

「ぐっ、それは困ります」

「だったら思いきってやってみろ」

「で、でも」

「でもクソもない。自分の人生は自分で切り開け。別に俺はこのまま帰ってもかまわないんだぜ。なんせもともと他人事《ひとごと》なんだからな」

「そんな意地悪なことを言わないでください。それに無理なものは無理ですよ」

「無理？　そんなの頭からそう決めつけるからそう思うんだ。お前ら若い連中はこれからただでさえ苦難に満ちあふれた時代を生きるんだぞ。これしきのことでガタガタ騒いでどうする。そもそも人生は待ったなしの一回勝負だ。そこにゆとりなんてあると思ってんのか」

「ちょっと、私がゆとり世代だからってばかにするのはひどいですよ」

「そう思うんなら、なおさら一人で行ってこい。ゆとりだなんてばかにされる存在でないことを自分で証明してみろ」

「わかりましたよ！　やればいいんでしょ。やればっ！」

ゆとり、ゆとりと何度も言われて腹が立つ。やけっぱちで返事をしたら、キムさんがニヤリと笑った。

「ものわかりがいいじゃないか。大丈夫。下調べもすんでるし安心しろ。基本的に会議室には鍵がかかってないし、昼休みには使われないから見つかることもまずないはずだ」

「……信じていいんですね」

「もちろんだ。それより、こういうときは堂々としていることが一番大切だ。いいか、今回のゆとりちゃんのコンセプトは〝一人暮らしで生活には余裕がないけど、社会人生活にはようやく慣れてきた愛知の田舎出のがんばり屋さん新人ＯＬ〟だ。常に自分をそう思い込んで行動しろ」

「……どうして私が愛知の出身だって知ってるんですか？」

「顔が〝金のしゃちほこ〟っぽいからだ。まぁ、そんなことはどうだっていい。ビルに入ったら駅の改札の要領でそのＩＤカードをセキュリティゲートのセンサーにかざすんだ。そこを通過したらマニュアルの最初のページに一階の見取り図が書いてあるから、それを見て役員専用エレベーターに乗って十五階まで行け。次のページには十五階の見取り図もある。とにかく十五階にある社長室の横の会議室に潜入できればもうこっちのもんだ。ゆとりちゃんの健闘を祈ってるぜ」

そう言うとキムさんは両手で私の体をドアの方にぐいぐい押してきた。

「痛っ。わかりました。行きますよ。行きますってば！」

仕方なく私はバッグを持って車から降り、富田林組本社ビルに向けてとぼとぼと歩きだした。

（私はＯＬだ。この会社の入社一年目の新人ＯＬだ。一人暮らしで生活には余裕がないけど、社会人生活にはようやく慣れてきた愛知の田舎出のがんばり屋さん新人ＯＬだ）

自己暗示をかけながらビルのなかに足を踏み入れたとき、時刻はちょうどお昼の十二時になっていた。近くのお店にランチでも食べに行くのか、大勢のサラリーマンやＯＬさんがセキュリティゲートとかいうらしい、駅の改札みたいなところを通ってぞろぞろと外に出て行っている。私はそれらの人々とすれ違いつつ、機械のちょっと手前で首からパスケースをはずした。

（本当にこれで通過できるのかな？）

なんせキムさんが偽造したＩＤカードだから、異常音が鳴って警備の人に捕まるような気がして不安になる。

（もしバレたら絶対にやばいよね……。最悪の場合、警察に突き出されちゃうかも）

でも、今さら後には引けない。私はちらっと受付のお姉さんがいる方を確認すると、覚悟を決めてＩＤカードをセンサーにかざした。

（えいっ！　どうだ⁉）

すると、ピッという電子音が鳴って、なんなく通り抜けることができた。

（やった！　うまくいった。キムさん、こんなのを偽造できるなんてすごい！）

偽造はもちろん犯罪だけど、無事にゲートを通過できたせいもあって素直にキムさんに感心してしまう。私はそのままなにくわぬ顔でビルの奥に進むと、マニュアルにあった一階の見取り図を頼りに役員専用エレベーターの前までたどり着いた。

（松下さんの旦那さんがいるのは、たしか十五階って言ってたよね）

周囲に人気《ひとけ》がないのを確認してエレベーターの△ボタンを連打する。さすが役員専用だけあって扉がすぐに開き、私は急いでそのなかに乗り込んだ。

（ここまではうまくいったけど、たぶんここから先が問題なんだろうな）

私は手に持っていたマニュアルをバサバサめくって、十五階の見取り図を一夜漬けどころか一分漬けで頭にたたきこんだ。エレベーターがどんどん上がっていくにつれ、私の緊張もどんどん高まっていく。やがてポーンと音が鳴って扉が開き、私はいよいよ社長室のある十五階に着いた。エレベーターのなかから左右をのぞいて、周囲に人がいないかどうか確認する。

(ラッキー、誰もいない!)

私はエレベーターから飛び出すと、キムさんに「堂々としていることが一番大切だ」と言われたことを思い出し、内心ドキドキしながらもできるだけ胸を張って会議室目指して歩いた。

(あそこの角を右に曲がった突き当たりが社長室のはず。あともうちょっとだ)

廊下の角のところで壁に背中をつけ、顔だけ出して探偵ドラマのようにチラッと社長室の方を確認する。

すると、ちょうど秘書らしきおしゃれなスーツを着た女の人が社長室と思われる部屋に入っていくところだった。社長室付近にはその人以外、誰も見当たらない。

(よし、今がチャンスだ!)

できるだけ音を立てずに忍者みたいな走り方で会議室に向かう。会議室の立派な木製のドアの前までたどり着くと、私は音を立てないようにそっとドアノブを回した。キムさんの言っていたとおりドアには鍵がかかってなくて、ゆっくり引っ張るとカチャッという音とともにドアが開く。なかに誰もいないのを確かめてから急いで室内に体をすべりこませ、開けたときと同じく、音を立てないよう静かにドアを閉めた。その瞬間、緊張がゆるんだせいか、全身からへなへなと力が脱ける。

(し、心臓に悪い!)

人気のない豪華な会議室はシーンと静まりかえっていて、精神的疲労でまいってしまった私につかの間の安心感を与えてくれた。

だけど、安心ばかりしてはいられない。私にはこれからここで浮気の証拠をつかむという大仕事が残っているのだ。私はキムさんの指示どおり急いでマニュアルをめくって眺めた。この階の見取り図の次には『一人でできるもん～劇的盗聴講座～』というページがあり、そこにはこう書かれていた。

①会議室に着いたら周囲の安全を確認の上、バッグの中からイヤフォンがついた機械と、付属のＩＣレコーダーを取り出せ。
②機械はコンクリートマイクといって、壁の向こうの室内の様子を盗聴するための便利な道具だ。電波を使ってないからバレないし、誰でも扱える簡単なものだからビビることはない。
③社長室は会議室の入って右横にある。耳にイヤフォンをしたら右の壁に機械からのびているマイクの接触部を押し当てろ。医者の聴診器の要領だと思えばいい。
④音量やノイズは機械についているつまみで調節できる。
⑤社長室での会話がクリアーに聞こえるようになったらＩＣレコーダーの録音ボタンを押せ。あとはそのままじっと耳を傾けていろ。社長室から浮気の決定的な証拠となる声が聞こえてくるはずだ。

（ちょっと、これって私にこの部屋で盗聴しろってこと⁉）

思わず気が遠くなる。今まで清く正しく生きてきたのに、今日一日だけでどれだけ犯罪を積み重ねなければならないんだろう。正直なところキムさんには本気で腹が立ったけど、ここまできたらもう覚悟を決めて何でもやるしかない。

私はバッグのなかから機械を取り出すと、マニュアルどおりに耳にイヤフォンをし、壁にマイクを押し当てた。すると、壁の向こうから松下さんの旦那さんと思われる男の人と、さっき社長室に入っていった人と思われる女の人の話し声が思っていたよりもはるかにはっきりと聞こえてきた。

「ヒロミ、いつものとおり室内の盗聴器のチェックはしてあるだろうな？」

「はい。もちろんです。奥さん、カバンに盗聴器をしかけるくらいだから、何をしてくるかわかりませんもんね」

「そうだ。こっちはそれを逆手にとってお前と会うときはカバンを別の部屋に置いてるんだけどな。それがかえって浮気をしてない証拠になるんだから皮肉なもんだ。女の浅知恵はせいぜい利用してやらないと。はははは」

（よくわからないけど、キムさんの言うとおり、なんかすごいことになってる！）

衝撃的な会話内容にびっくりした私は急いでＩＣレコーダーの録音ボタンを押した。

「社長ったら悪賢いんだから」

「ふふふ。私の悪口を言うとさっそくお仕置きだぞ。えいっ」

「あ〜ん、いきなりそんなとこ触ってエッチぃ〜〜」

「いいじゃないか。減るもんじゃないし」

「そんなことより〜、いつ奥さんと離婚してくれるんですか？」

「ゴホッ、すまないがいろいろ話し合いもあるから、あともう少し待ってくれ」

「社長ったらいっつもそればっかり。あんまり遅れるとセクハラされたって訴えますよ。それにこのままだと奥さんに私たちの関係がバレるかもしれないし」

「ふふふ。大丈夫だ。ここで秘書のお前と浮気しているかぎり女房や探偵にも絶対にバレやしない。それに最近は不景気で忙しいからこのシステムはいろんな意味で都合がいいんだ。それよりも見ろ。俺はもうこんなに円高になってしまった」

「やだ〜。日銀に為替《かわせ》介入されちゃう〜」

「ふふふ。今日は日銀の介入でもなかなか円安にはならないぞ。なにせ日銀よりギンギンだからな」

「や〜ん。やさしく量的緩和でお願いしま〜す」

「まかせておけ。俺は日銀総裁なみに紳士だからな」

　それからは延々とあんあん、あふあふといった声が聞こえてきた。生で他人のこういう声を聞いたことはなかったので、心臓がドキドキして私の顔はすぐに熱くなってしまった。それはそのまま延々と続き、三十分くらい経って、ようやく終わりそうな気配が感じられた。

「ううっ、ヒロミ。そろそろ決算を出していいか？」

「あふ〜ん。わかりました。ちょっと早いから四半期分ですね」

「いくぞ、いくぞ。うっ、出ました好決算！」

「あは〜ん。上方修正〜」

（……はぁ、やっと終わった）

その瞬間、私はため息をつきながらイヤフォンをはずした。なんだか聞いていてすごく疲れた。この人たち、頭がいかれてるとしか思えない。

（それにしても、まさか社長室で浮気してるとは思わなかったな。探偵が調べてもわからないわけだ。マニュアルに書いてあったとおりだったけど、キムさん、よくこのことがわかったな）

私は録音停止ボタンを押すと、急いで機械をトートバッグにしまった。

（よしっ。とにかくこれで証拠はばっちりつかめた。さっさとここから出て行かないと）

そう思った私がバッグを持って立ち上がったときだった。背後でガチャッとドアが開く音がして、いきなり男の人の怒鳴り声が聞こえてきた。

「こら、ここで何をしてるんだ！」

（きゃっ、まずい。見つかっちゃった!!）

あわてて振り向くと、スーツを着た神経質そうなおじさんがものすごい顔つきで私をにらんでいた。

（やばい。このままじゃ警察に逮捕されちゃう！）

『ＯＬになれなかったので、ＯＬのコスプレで会社に潜入した女、盗聴容疑で逮捕される。本間由加里容疑者（23）は昨日正午頃、株式会社富田林組に違法入手した同社の制服を着て侵入。社長室を盗聴した容疑で逮捕された。本人は「ムシャクシャしてやった。一流企業ならどこでもよかった」と語り、現在は反省の言葉を口にしているという』

そんな内容の新聞の記事が頭に浮かんで足がガクガク震える。背中からは嫌な汗が一瞬のうちに噴き出した。

「あ、あの、私、一人暮らしで生活には余裕がないけど、社会人生活にはようやく慣れてきた愛知の田舎出のがんばり屋さん新人ＯＬで、ここでお弁当を食べてたんです」

テンパった頭で我ながら苦しい言い訳をしたら、意外にもおじさんは苦々しそうに「はぁ～」とため息をついて肩を落とした。

「ここで弁当を食べちゃだめだって何度も口をすっぱくして注意してるのにだめじゃないか！　そもそも普通の社員がアポもとらないで役員専用フロアに来ちゃだめだ！　ったく、最近の若い連中は何を考えてるのかよくわからないよ。ほら、突っ立ってないでとっとと自分の職場に戻って。これからは自分の席か社員食堂で食べるように。あと、大事なミーティングの最中にプリンを食べたりとかしちゃだめだよ。今日もそれをうちの秘書課の若い子に注意したんだ。そしたら不満そうな目つきで俺を見やがって。注意しなきゃ常識はずれのことするし、注意したらしたでふてくされるし……。ったく、俺にどうしろっていうんだ。そういえば今朝も庶務二課の田中《たなか》ってアホは社内なのにガリガリ君を食べながら歩いてたな。ぶつぶつ……」

「あ、あの。わかりました。これからは絶対に気をつけます」

「口だけじゃなくて本当に気をつけてよ。会社は遊び場じゃなくて仕事をするところなんだからさ」

「は、はい、もちろんです」

どうやらここの会社では私の同世代がかなり暴走しているらしい。おかげで助かったけど、なんとなく微妙な気分になる。私は作り笑顔を浮かべて、

「失礼しました」

と言うと、おじさんの横を通り抜けてそそくさと会議室をあとにした。

（うわーん。恐かったよー）

エレベーターで一階まで降りた私は半ベソをかきながらビルを飛び出した。冷や汗のせいで背中はぐっしょり濡れていてブラウスが体にはりついている。慣れないパンプスにもかかわらずダッシュでコインパーキングに戻ったら、キムさんは人の気も知らずに運転席のシートを倒してグーグー居眠りしていた。

（ムカつく！　絶対に許せない！）

私はキムさんに本気で殺意をおぼえながら助手席のドアを引っ張った。けれど、ドアは内側からロックされているらしく、いくらガチャガチャやってもまったく開かない。一刻も早く車のなかに避難したい私は運転席側にまわってドアのガラスを必死にゴンゴンと叩いた。

「キムさん、キムさん、開けて！」

するとようやく目をさましたキムさんが大あくびをしながらロックを解除してくれた。私は助手席に乗るとすぐにキムさんに詰め寄った。

「人を会社に入り込ませといて盗聴なんかさせてさ、何考えてるとよっ！　会議室に人が来たもんで、もうちょっとで捕まるところだっただにっ!!」

あんまり腹が立ったので、ついつい地元の方言が出てしまう。ところが、キムさんは首を傾げて不思議そうな顔をするだけだった。

「捕まってないところをみると大丈夫だったんだろ？　問題ないじゃないか。それに盗聴なんて日常茶飯事だ。たいしたことじゃない」

「それはキムさんだけですって！」

「そんなことより首尾はどうだった？　松下さんの旦那は社長室で秘書と浮気してただろ？」

「えっ、なんでキムさんがそれを知ってるんですかっ!?」

驚く私をキムさんがヘッと鼻で笑う。

「簡単な推理だ。それくらいわからないでどうする」

「ていうか、全然わからないんですけど。どういうことなのか教えてください」

「説明するのが面倒くせぇ」

「ちょっと、私にここまでさせたんですから説明くらいしてくれてもいいじゃないですか」

「説明したら耳元でピーピーわめくのをやめてくれるのか？」

「……わかりましたよ。やめますよっ」

しぶしぶ返事をすると、キムさんは伸びをして首をポキポキ鳴らした。

「よし。じゃあ説明してやろう。実は俺は松下さんの旦那の尾行を始めてから二、三日で、やつは浮気してるだろうという結論に達した。理由は簡単。やつは美人やかわいらしい女の子がいると、やたらとその子たちをじろじろ眺めやがるんだ。すれ違った女をわざわざ振り返って目で追うんだから相当な女好きだよ。奥さんが言うとおり性欲が強いってのもうなずける話だ。

最近は奥さんと夜の生活がないってんで当初はEDなんかも考えたが、奥さんに言わせるとそんなことはないらしいし、物欲しそうな様子を見る限り特に性欲が減退してるってわけでもないらしい。それにこの旦那は奥さんと結婚する前は業界でも有名な遊び人だったみたいでな。そんな人間が禁欲的に大人しく仕事だけしていると思うか？」

「……思いません」

「そうだ。大の女好きなのに奥さんはほったらかし、浮気の形跡もないなんてありえない。となりゃあ結論はただ一つ。どこかで誰にもわからないように浮気をしている。違うか？」

「はぁ……、まぁそうなんでしょうけど」

「ところが過去の探偵の捜査でもそうだったように、旦那には家を出て帰ってくるまで外で女と会っている形跡がまったくない。だとしたら残る可能性は〝会社内で浮気してる〟だ。意外かもしれんが、会議室や仮眠室での社内不倫ってのはよくあることなんだ」

「そ、そうなんですか。初めて知りました」

「そこで俺は奥さんに頼んで旦那のスケジュールを詳しく調べてみた。過去の分も含めて精査したんだが、やはり社長だけあって昼は仕事、夜は接待や業界の付き合いだのなんだのでけっこう忙しい。唯一自由になるのは社長室で昼飯を食うときだけだった」

「そうか。だとしたら浮気ができるのは昼休みしかないということになりますね」

「ご明察。しかも奥さんに詳しく訊いてみたら昼休みだけは盗聴器に何もひっかからない空白の時間になっているらしいんだ。奥さんはてっきり飯でも食いに行ったと思い込んでいたそうだがな」

「あっ、そういえば旦那さんと秘書の会話のなかで、カバンに仕込まれた盗聴器を逆手にとって浮気のときはカバンを別の部屋に置いてる、って内容のやり取りがありました。それがかえって浮気をしてない証拠になるからって」

「ふん、小賢《こざか》しいまねをしてやがったんだな」

「でも、旦那さんが秘書と浮気しているというのはどうしてわかったんですか？」

「社長室に女が頻繁に出入りしたらすぐに会社の人間に浮気がバレちまうじゃねぇか。社長室にいても違和感がない、いろんな面で都合がいい女、そんなのは秘書しかいねぇ」

「そうですね。たしかに言われてみれば。あと、これが一番訊きたかったんですけど、今日が浮気の日だってのはどうしてわかったんですか？」

私の質問を聞いてキムさんはニヤリと笑った。

「それも奥さんに頼んでおいてたんだ。旦那があやしい動きをしたらちくいち報告してくれってな。昨日の夜、奥さんから連絡があって、それによるといつもいろんなことを奥さんにまかせきりの旦那が珍しく自分でパンツを買ってきたんだそうだ。ラルフローレンのボクサータイプの黒いパンツだとよ。あやしいだろ？　しかも今朝、さっそくそのパンツをはいて、いつになく上機嫌で出かけたという連絡もあった。となると浮気の可能性は限りなく今日が高いというわけだ」

「なるほど。さすがは探偵ですね。でも、そこまでわかっていたんなら、私じゃなくて自分で会社に潜入すればよかったじゃないですか？」

「おいおい、ばかだな。俺の図体で潜入したら目立つだろ？　それに万が一捕まりでもしたら嫌な気分になるじゃないか」

「ちょ、ちょ、ちょっと、それだけの理由で私を犯罪に巻き込んだんですか⁉」

「ああ」

私はキムさんの返事を聞いて唖然とした。あまりにもひどいので言葉を失っていたら、キムさんが不思議そうに私の顔をのぞいてくる。

「悪いか？」

「悪いに決まってるじゃないですか！　潜入も偽造も盗聴もれっきとした犯罪ですよっ！」

「安心しろ。犯罪ってのはな、捕まらなければ罪には問われないんだ」

「そういう問題じゃなくてっ！」

けれど、キムさんは私の抗議などどこ吹く風で、口笛を吹きながら私から盗聴道具が一式入っているトートバッグをひったくった。

「さて、これで調査は無事終了と。ここからは駅まで歩いて帰ろう」

「えっ、この車でお寺まで送ってくれるんじゃないんですか⁉」

「こいつはここに置いておく。もともと俺の車じゃないしな」

「は？　じゃあいったい誰の車なんですか？」

「栗山《くりやま》さんのだ。たしか表札にそう書いてあった」

「栗山さんって誰なんですかっ⁉　もしかしてこの車も盗んだんですかっ⁉」

「……栗ちゃんのを借りたんだ」

「今さら友達っぽく言っても無駄ですよっ！　盗んだんですね」

「人聞きが悪いな。一種のカーシェアリングだよ。時代はエコロジーだ」

キムさんは不機嫌そうにそう言うと、車を降りて勝手にずんずん歩きだした。私はキムさんに完全に呆れはてたけど、ひとりぼっちになるのもなんだかおっかなかったので、あわててあとを追いかけた。

「ま、待ってくださいよぉ～」

しばらく歩いて地下鉄の青山一丁目駅の前に着いたところで、キムさんは私に一人で電車に乗って帰るように言ってきた。

「キムさんは電車で帰らないんですか？」

「俺はタクシーで帰るよ。身の安全のために、なるたけ公共の交通機関は使わない主義でな」

「は⁉」

キムさんのわけのわからない発言にびっくりする。

（身の安全のためってどういうこと⁉）

意味不明のオリジナルルールといい、平気で罪を犯すことといい、私のなかでキムさんに対する不信感は頂点に達した。その常識離れした考え方や行動には恐怖すら感じる。

キムさんはスーツの胸ポケットからタバコの箱を取り出すと、ライターで火をつけておいしそうに吸った。

「松下さんへの報告は証拠の提出と一緒に俺からしておく。ゆとりちゃんも今日はお疲れだったな。おかげでまんまと証拠をつかめたよ」

（お疲れどころじゃないでしょ⁉　人を犯罪者にしといて！）

腹が立ってムスッとしていたら、キムさんが私の顔めがけて煙を吐いた。

「げほっ、ごほっ」

「協力してやったんだからそう怒るな。それじゃあ、ここで別れよう。俺はこれからまだ用事がある。着ている制服は記念にプレゼントするよ。ご老僧と遊慇君によろしく伝えといてくれ」

「……申し伝えます」

「じゃ、あばよ」

キムさんは今どきめったに耳にしない、古くさいセリフを吐き捨てると、ビル街の路地に消えていった。

そのまま地下鉄に乗って常照寺に帰ったら、ユーミンが販売所でつまらなそうに店番をしていた。私はさっそく販売所に飛び込んで、ユーミンに今日のキムさんのひどい仕打ちを全部説明した。

「というわけで、キムさんたらひどかったんですよ。もし捕まってたら私は今ごろ警察に突き出されてたんです！」

けれど、ユーミンは私が話しているあいだじゅう、ずっと愉快そうに笑っていた。

「あっはっは。よりによって由加里ちゃんに探偵ごっこをさせるとは傑作だな。キムさんもなかなかおつなことをするじゃないか」

（なぜここで笑う⁉）

私はてっきりユーミンがキムさんの非道っぷりを怒り、私をやさしくなぐさめてくれるものとばかり思っていたので、思いっきり肩すかしをくわされた気分になった。

「ちっとも面白くないですよっ！　冷や汗かきまくりで背中がグッショリになったんですからっ！　しかもキムさんたらよくわからない外国語や英語で私の悪口を言って、私のことをファッキンビッチって呼んだんですよっ！」

「でも、そうしないと松下さんの依頼を解決できなかったんだろ？　結果よければすべてよしとしないとな。何事にもリスクはつきものだし、自分のことは自分でするのが当然だ。それに悪口でも英語の勉強になってよかったじゃないか。由加里ちゃん、前に『これからの時代は英語ですよ。英語力が人生を決めるんです。もう日本語だけでは生きていけないんですよ。グローバリゼーションってやつです』って言ってたじゃないか」

「……よくそんなくだらないことを正確におぼえてましたね」

「昔から記憶力だけは人一倍よくてね」

「英語のことなんてどうでもいいんです。とにかく女の子にあんな無茶なことをさせるのはちょっとひどくないですか？」

「だけど、キムさんを松下さんの旦那の会社に潜入させたらそれこそすぐにバレちゃうじゃないか。よく考えてみろよ。あの顔は歩く軽犯罪だ。変質者よりもずっと変質者っぽいんだぜ？　絶対無理に決まってる」

「ぐっ、それはたしかに……」

言葉につまった私をユーミンが鼻で笑う。

「じゃあ、仕方なかったということで。たたりからの解放にもまた一歩近づいてよかったじゃないか。コングラチュレーション」

（他人事だと思ってまったく！）

ムカついて黙り込んでいたら、ユーミンがまた話しかけてきた。

「それにしても携帯の追跡機能の他にＧＰＳ小型発信器と盗聴器か……。いくら旦那に浮気疑惑があったからとはいえ、女の執念ってやつはすさまじいな」

「それって住職が浮気をしようと思ってるからそう思うんじゃないですか？」

「失敬な。俺は浮気なんてしない。女の子に失礼だろ？」

「へー。だったら女子的には住職はポイント高いですよ。私も浮気する男なんて嫌ですから」

「光栄だね。ところで、おほめいただいたところで三十分ばかり販売所の店番を交替してくれないかな？　捨多場《スタバ》に行ってキャラメルマキアートを買ってきたいんだ」

私はここぞとばかりにニコッと微笑むと、わざと明るい声で返事をした。

「休みだからぜえったいに嫌です。どうせなら仕事も浮気しないでくださいね！」

途端にユーミンの目が白目になり、体がプルプルふるえだす。それを見て、私のなかでたまりにたまっていたストレスはかなり解消された。

その日の夜、キムさんから報告を受けたらしい松下さんから私の携帯に直接お礼の電話がかかってきた。松下さんがなぜ私の番号を知っているのか謎だったが、たぶんキムさんが勝手に教えたんだろう。

（つくづく信用できない人だ……）

あらためてキムさんにあきれたけど、電話の向こうからはそんなのおかまいなしで松下さんの興奮した様子が伝わってくる。

「あなた、主人の浮気の証拠をつかむために大活躍してくださったんですってね。本当にありがとう。感謝の言葉も見つかりません！」

松下さんはのっけからいきなりハイテンションな声でまくしたててきた。証拠を握れたのがよほどうれしかったらしく、

「子供もいませんし、主人とはこれから協議離婚するつもりです。慰謝料をたっぷり請求して地獄に落としてやります。おほほほほ」

と、こっちが聞いていないことまで言ってくる。私は「離婚、慰謝料、地獄に落とす」というおそろしげなキーワードを聞いて、

（うわっ、どろどろしてて、こわー……。まるで昼ドラの世界みたい）

と携帯を持つ手がふるえたけど、喜んでくれているということは松下さんの悩みがなくなったということなので、とりあえずホッとひと安心した。

（よし。これで今回の相談はなんとか解決できた、と）

こうして不倫疑惑事件はキムさんの協力と私の捨て身（？）の潜入調査により、無事に解決した。今回もかろうじて観音様のミッションをクリアーした私は今後に不安をおぼえながらも、たたりからの解放に向けてまた一歩近づくことができた。

それから三日後、新しい相談者もなく、私は落ち着いた日々を過ごしていた。今日はたままお昼時に参拝者が集中したのでピークが過ぎたあと、久しぶりに気分転換もかねて末苦《マック》でハンバーガーのセットを買ってくることにした。

一番近い末苦に着くと、もう二時を回っていたので店内はすいていた。

（お腹ペコペコだし、ここはガッツリ食べちゃおうかな。よしっ、久々にビッグ末苦にトライだ）

さっそく注文しようと思っていそいそとレジまで行く。ところが次の瞬間、私はびっくりして二、三歩あとずさってしまった。

(な、なぜここにいるの⁉)

なんとレジではキムさんが働いていた。末苦の制服のシャツを着て、ちゃんと帽子もかぶっているけど、あまりにも似合わなすぎて、まさに違和感の見本みたいな感じだった。

「ちょっとキムさん、こんなところで何をしてるんですかっ⁉」

あわてて声をかけると、キムさんは平然とした顔で返事をした。

「なんだ、ゆとりちゃんか。何って仕事に決まってるじゃないか」

「仕事⁉　キムさんがここで⁉」

「悪いか？　そんなことより注文は？」

「え？　あ、じゃあ、ビッグ末苦のセットをお願いします。ポテトはL、ドリンクはコカ・コーラで」

「カロリー三種の神器《じんぎ》だな。ますます太るぜ」

「そんなのこっちの勝手ですよ！　それにますますってどういうことですかっ⁉」

「わかった、わかった。あいかわらずピーピーうるせぇな。今、ちょうどポテトを揚げてるところだから少し時間がかかる。ちょっと待ってろ」

「それはかまわないですけど。で、キムさんはどうしてここで働いてるんですか⁉」

「だから仕事だと言ってるじゃねぇか。誰だって働かなきゃおまんまは食えねぇんだよ」

そのとき、私はキムさんの返事を聞いてハッとした。

（一応探偵なのにここで働いてるってことは、もしかしてキムさんってかなり貧乏？　だから仕方なく服や車も盗まなきゃいけなかったのかも。じゃなきゃ普通そんなことしないよね……）

もしかしたら私は自分の都合でキムさんにかなり迷惑をかけたのかもしれない。私はキムさんにそこまでさせたのが申し訳なくなって、うつむきながら真剣に謝った。

「バイトしなきゃいけないくらいお金に困ってるんですか。それなのに松下さんの依頼を手伝わせちゃって……。本当にごめんなさい」

ところが、顔を上げたらキムさんはきょとんとした顔で不思議そうに首をひねっていた。

「金？　別に俺は金には困ってないぞ。昨日、松下さんの旦那からたんまりせしめたしな」

「松下さんの旦那さんから？　どういうことですか⁉」

わけがわからなくて訊くと、キムさんはニヤリと笑った。

「旦那ばかりじゃ不公平だから、奥さんの方の素行調査もしてやったのさ。話を聞いたら旦那の浮気に腹を立てているというより、どことなく焦っているような感じだったんで夜中に尾行したんだ。すると、案の定、歌舞伎町のホストといい仲になってやがったよ。たぶんけっこうな慰謝料をもぎとってそのホストにつぎこむつもりだったんだろう。松下さんの旦那は俺が奥さんに報告したあと、さっそく離婚を申し渡されたらしくてな。圧倒的に不利な状況をくつがえすことができる情報があるって言ったら即座に食いついてきやがったぜ。おかげでしばらくはリッチに暮らせそうだ。さすが、大手ゼネコンの社長だけある」

キムさんのいろんな意味で生々しすぎる返事を聞いて、私はかなりげんなりした。

「……あのきれいな奥さんが浮気してたなんて信じられないです」

「おいおい、人を見た目で判断するのはよくねぇぞ。それにW不倫なんてよくあることだ。夫婦っていったってもとは他人だし、うまくいかなきゃいろいろとあるだろう。それにしても俺がこうするのを見越してゆとりちゃんを手伝わせたのなら、観音様もなかなか味なことをするぜ」

「W不倫に離婚かぁ……。お互い好きだから結婚したはずなのに夫婦ってよくわからないですね。私、浮気が原因で離婚とか、絶対に嫌だし許せません」

「へっ。結婚どころか、ずっと彼氏がいないくせに」

「そ、それとこれとは別ですよっ。それにどうしてそのことを知ってるんですか⁉」

「男がいない女は体つきですぐにわかる」

「えっ、本当ですか⁉」

「本当だ。ホルモンの関係だろうな。どこかしら体が硬く見えるんだ。ま、えらそうなことを言う前に、とっととたたりをはらって彼氏でも作るこった。今回の件で、ゆとりちゃんはそのために一歩前進できたし、俺は小遣いを稼げた。お互いによかったじゃねぇか。めでたしめでたしだ」

「……わかりました。もういいです。ところで、キムさんはお金をたくさん稼いだはずなのにどうしてここで働いてるんですか?」

「いろいろと仕事の都合があってな」

そのとき、スーツを着たインド人みたいな外国人の男の人が、スパイシーな香りを漂わせながらいきなり私の前に割り込んできた。男は何か小さなものが入った封筒をキムさんに渡すと、代わりにキムさんから中身がぎっしり詰まった末苦の紙袋を受け取った。

「早かったな」

不気味な笑みを浮かべるキムさん。男は軽く口元をゆるめると、そのまま黙って店から出て行った。どう考えてもあやしいとしか言いようがない光景を目撃した私はすぐにキムさんに訊いた。

「今の人は誰ですか⁉」

「さあな。スマイルでも買いに来たんだろう。なにせ0円だ」

「嘘をつかないでください。あやしい封筒をキムさんに渡したのを見ましたよ」

「目の錯覚だろ?　そんなことよりゆとりちゃんが注文したビッグ末苦のセットがまだだったな。ちょっと待ってろ。おい、店長!」

すると、厨房《ちゅうぼう》の方から店長っぽい男の人があわてて出てきた。

「お待たせしました。何かご用ですか?」

店長はなぜか店員のキムさんに対してへーこらしている。

「店長、この子にビッグ末苦のセットを作ってやってくれ。ポテトを多めで頼む」

「はい、かしこまりました」

キムさんはそう言うと、私に〝1〟と書かれた番号札を渡して店の奥に消えていった。店長にお金を払って、言われるままに近くの椅子に座って待っていたら、二、三分ほどして、

「お待たせしました。1番でお待ちのお客様」

と私を呼ぶ女の子の声が聞こえてきた。番号札を持ってレジまで行くと、キムさんの代わりに、さっきまでいなかった若い女の子の店員が微笑みながら待っていた。

「ビッグ末苦のセットのお持ち帰りでございますね。こちらになります」

「あれ？　キムさんは？」

「キムさん、ですか？」

店員が不思議そうに訊き返してくる。

「ついさっきまでここにいたおじさんの店員さんなんですけど」

「ああ、仙谷《せんごく》さんですね。もしかしてお知り合いですか？　オーナーの紹介でごくたまに働きに来る方らしいんですけど、たった今、お腹が痛いとおっしゃって帰ってしまいました」

「……仙谷さん、ね」

どうやらキムさんは偽名を使ってこのお店で働いているらしい。キムさんだったらやりかねないことだ。

（でも、なんで末苦の店員なんてやってるんだろ⁉　松下さんの旦那さんから大金をせしめたことといい、さっきの外人さんとのやり取りといい、絶対あやしい。あやしすぎるよ！）

私のなかでキムさんの謎はますます深まるばかりだった。

常照寺への帰り道、私は湯取坂を上りながらキムさんの正体についていろいろと考えてみた。ただ、はっきりしているのは間違いなくあやしいということだけで、結局いくら考えても結論は出なかった。

(う～ん、謎だな。とりあえずお腹も減ったし、ご飯を食べてからまた考えてみよう)

販売所に戻ると、私はさっそく末苦の袋からポテトやハンバーガー、ドリンクを取り出した。

(えへへ。末苦のポテト、大好き!)

すると、袋の底に二つ折りのメモ用紙のような紙が入っているのが見えた。

(何、これ?)

不思議に思ってつまみ上げる。それには汚い字で、「ゆとりちゃんへ」と書かれていた。

(間違いない。キムさんが書いたものだ!)

急いで紙を広げたら、なかにはこれまた汚い走り書きで携帯電話の番号と、

『俺の連絡先だ。ゆとりちゃんにだけ特別に教えてやる。何かあったら遠慮なく連絡してくれ』

というメッセージが書かれていた。

(キムさん、頼りにはなるんだけど、私に無茶なことをさせるからできれば連絡したくないなぁ……)

そんなことを考えていたら、黒い衣に袈裟姿のシャーミンが本堂からとろとろと歩いてきた。

シャーミンの頬はげっそりとこけ、見るからにやつれはてている。シャーミンは販売所に入ってくると、そのまま安物のパイプ椅子に座り込んだ。

「由加里ちゃん、すまんがしばらくの間、ここにかくまってくれんかのー……」

「お上人様、大丈夫ですか⁉　今、お茶を入れますから休んでください」

販売所用の電気ポットから急須にお湯を注ぎ、お茶を入れてあげたら、シャーミンは人心地がついたのか、ホーッと大きく息をはいた。

「いやー、茶がうまいのー。それにしても警察の連中ときたらこんな年寄りを休憩なしで来る日も来る日も酷使しおって最低な連中じゃわい。こんなことなら日暮に同情して祈禱の依頼なんて引き受けなければよかったのー」

「本当にひどいですね。そういえばお上人様がずっとご祈禱をやっている間に相談者がやってきまして……」

私は浮気調査の件とキムさんのことをシャーミンに報告した。シャーミンは驚きあきれるといった感じで話を聞いていたけど、特にキムさんについてはひどく驚いたみたいだった。

「ほー。そんなことがあったのか。キムさんが人助けなんてクリーンな政治家なみに珍しいのー」

「そうなんですか？」

「うむ。キムさんは根は悪い人間ではないんじゃが、決して人と深く付き合ったりはしないからのー」

「へー。たしかにそんな感じはしました。昔からあんなぶっきらぼうで滅茶苦茶な人だったんですか？」

「まぁ、いろいろとあってての。ははあ、それでわかった。もしかしたら死んだ奥さんが由加里ちゃんと同じ名前だったから、今回は協力してくれたのかもしれんの」

「キムさんに奥さんがいたんですか⁉　しかも私と同じ名前だったなんて意外です」

「もうずいぶん昔の話じゃがの。暴走したトラックにはねられてキムさんの目の前で亡くなったんじゃよ」

「そうだったんですか。それはお気の毒に……。お上人様はキムさんのことをよくご存じですね」

「そりゃまぁ、付き合いが長いからの」

「あの人、いったいどういう人なんですか？　いろいろとあやしいことが多すぎですよ。教えてください」

するとシャーミンは苦笑しながら首を振った。

「それはやめた方がいいの」

「どうしてですか？」

「普通の人生を歩めなくなるからの」

そのとき、販売所の外から「あっ、いたぞ！」という男の人の声が聞こえてきた。見たら日暮さんを先頭に、鬼のような大男の警察官二人がこちらに向かって走ってきていた。

「ひゃ、ひゃあっ！」

一気にシャーミンの顔が青ざめる。日暮さんと警察官は販売所のなかに入ると、逃げようとするシャーミンをいっせいに取り囲んだ。

「ご老僧様、笑ってる余裕があるんならご祈禱をしてください。今日はあと三件でおしまいです。がんばってください」

「日暮よ、わしももう年じゃ。このとおり疲れきっておる。少しは休ませてくれ」

「だめですよ。全国でどれだけ未解決事件が発生してると思ってるんですか」

「そんなのお前らの責任じゃろうが。わしの知ったことではない」

「私もなんとかしてさしあげたいのはやまやまですが、本庁からの指示で動いておりますので仕方がないのです」

「だったらその本庁とやらにかけあってくれ。わしゃあもうテコでも動かんぞ」

「ぺーぺーの私には無理に決まってるじゃないですか。仕方ありませんね。では」

日暮さんが目で合図すると、鬼警官二人がシャーミンの両腕を無理矢理つかんだ。

「容疑者《マルタイ》確保。ただちに連行する」

「ちょっと待て。せめてもう少し休ませてくれ」

足をバタバタさせるシャーミン。けれど、抵抗むなしくシャーミンは大男たちによってそのまま本堂までずるずると引きずられていった。

「いやじゃー、いやじゃー」

（かわいそうなシャーミン……）

本当はシャーミンを助けてあげたかったけど、強そうな警官によるあっという間の出来事だったので、私はただ呆然とするだけだった。シャーミンの「普通の人生を歩めなくなるからの」というひと言も気になってしょうがないけど、とりあえずすぐには確かめられそうにない。

（キムさんて本当に何者なんだろ？　犯罪行為を平気でするし、やばい人には違いないんだろうけど……）

私はもう一度メモを取り出して読み返してみた。

『俺の連絡先だ。ゆとりちゃんにだけ特別に教えてやる。何かあったら遠慮なく連絡してくれ』

文面からすると、キムさんは私のことを助けてくれると言ってくれてるし、シャーミンの言うとおり根は悪い人ではないように思われる。

（とりあえずそれだけわかればいいか。詳しいことはまたいつかシャーミンが教えてくれるかもしれないし）

メモのすみには『あばよ』というキムさんのお気に入りらしいセリフも書かれていた。

（またおかしな死語を使ってる。でも）

私はその古くさい言葉をちょっとだけかわいいかも、と思った。

第四章

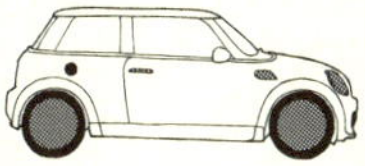

ミニミニ大作戦

「すみません、縁結びのお守りを四つください」

「はい、二千円になります」

「あの、こっちには五つお願いします」

「はい、ただいま。二千五百円です」

「巫女さん、私が注文したお札《ふだ》、まだですか？」

「申し訳ありません。ただいま大変混み合っておりますのでもう少々お待ちください！」

二日後の金曜日、今日は朝からたくさんの参拝客が常照寺に押しかけてきていた。平日にもかかわらず、しかも、今朝早く神奈川県で大きな地震があったのに、販売所でお札やお守りを買い求める人があとをたたない。しかもそのほとんどが十代から二十代の若い女の子で、私はひ〜こら働きながら不思議でしょうがなかった。

（いったいどうして急に、こんなにたくさん人が来るようになったんだろ？　そういえば昨日も参拝客が多かったな。う〜ん。わけわかんない）

現時点での私の一番の気がかりは、次はどんな相談者が来るのかということなので、

（こんなときに相談者が来たらどうしよう？）

とも思ったけど、今はそれどころではない。とにかく目の前のお客さんを一人でさばくのに精一杯だからだ。

（それにしてもきりがないな。もう嫌だ。やってらんない。誰か助けて〜!!）

だけど、そんな私の心の叫びも「すみませーん」「巫女さーん」などという参拝客の声にか

き消されてしまう。助けを求めようにもユーミンはあいかわらずいないし、連日の祈禱で心身ともにボロボロになったシャーミンは昨日、

「もうだめじゃゃ、太陽が黄色く見えるようになった」

と言い残して熱海《あたみ》の温泉旅館に逃亡してしまった。私は泣きたくなるのを我慢して、心のなかで恨みつらみを炸裂させた。

（みんなで私をほっといてひどいらっ。ど、嫌っ。みんなどむかつく。大っ嫌い！）

結局、その後も参拝客からの注文はひっきりなしに続き、午前中、私はずっと働きっぱなしだった。

昼過ぎになり、ようやくひと息つけるようになったころには、私はすっかりくたびれ果てていた。昼ご飯を食べる余裕もなかったので、椅子に座って手元にあったペットボトルのお茶を飲んでいたら、珍しく機嫌がよさそうなユーミンが、手に持っている紙袋を振り回しながらやってきた。

「やあ、由加里ちゃん。おはよう」

（なにが「おはよう」よ。もうとっくにお昼だっつーの。私ばっかり働かせて自分は夜遊びしてるし、まったく！）

けれど、ユーミンはムスッとしている私なんて気にもかけず、販売所をのぞきこんでお守りやお札が残り少なくなっているのを見ると、ほくほく顔になった。

「すばらしい。我が常照寺もいよいよ本格的なパワースポットになったな」

「すばらしい、じゃありませんよ。朝からずっと忙しくて、私はもうへとへとですよ」

「少し時給を上げてやるから気合いでがんばってくれ」

「それはうれしいですけど、できれば住職も手伝ってくださいよ」

「やなこった。俺は人に愛想を振りまくのは苦手でね。働くのは週に一回、由加里ちゃんが休みの日だけで十分だ。だからこそ君を雇ってるんじゃないか」

「そんなぁ、かんべんしてくださいよー。それはともかく、なんで突然こんなにたくさんの参拝客が来るようになったんですかね？　これは大きな謎ですよ、謎」

ユーミンはフフンと鼻を鳴らすと、紙袋のなかから女性向けのファッション雑誌を取り出し、私に投げて寄こした。

「一昨日《おととい》出た人気雑誌の『暗暗』。この雑誌によく出てる炉端《ろばた》ジェンガってモデルを知ってる？」

「ええ、もちろん。有名なモデルさんですよね。女の子はみんな好きですよ」

「そう。そのモデル。たまたま知り合いにその子の所属事務所で働いているやつがいてね。つてをたどってブログや雑誌でうちの寺を取り上げてくれるよう頼んでみたところ、今月号の『暗暗』のインタビューでさっそくうちの寺を紹介してくれたというわけさ。昨日のブログにも『恋愛パワーがほしいガールズは常照寺にGO、GO！』って書いてくれてたよ。そうしたら結果がこれだ。炉端効果は絶大だなぁ。さすが顔が濃いだけはある」

「顔の濃さは関係ないと思いますけど……」

「そうかい？　ま、とにかく結果よければすべてよしさ。あっはっは」

いつになく上機嫌なユーミン。だけど、人が必死に働いているのに手伝ってもくれないし、へらへら笑うのはあんまりだ。

私は顔をひきつらせながらユーミンに話しかけた。

「ところで住職、今日は出かけなくていいんですか？　たたりを受けている上に忙しくててんてこまいの私にはかまっていられないくらい、大事な用事があるんじゃないですか？」

するとユーミンがまたもやフフンと鼻で笑う。

「今日はオフだ。たまの休みには日ごろのストレスを発散させないとな。ははは」

(何がストレスだ。毎晩毎晩夜遊びしているだけのくせに)

ますますイライラしたのでムスッと黙り込んでいたら、ふいにユーミンが真顔に戻った。

「ところで、由加里ちゃんにぜひとも見せたいものがあるんだ」

「見せたいもの？　いったい何ですか」

「俺たちの将来にかかわる大事なものさ」

(俺たちの将来にかかわる大事なもの？　それって……!?)

いつになく真剣なユーミンの表情と、思わせぶりなキーワードが私の妄想をはてしなく広げていく。バクバクする心臓。急に熱くなる顔。私は襟元を直すと、両手をきちんとひざの上に置いた。

「あの、心の準備ができたのでその大事なものを見せてほしいんですけど」

「このなかに入ってるんだ。ちょっと待ってくれ」

そう言うとユーミンは手にさげている大きな紙袋のなかをガサゴソといじくった。

（うん？　将来にかかわる大事なものを入れてるのが紙袋？）

私が不思議に思ったとき、ユーミンは『コスプレ専門店メイドるふぃん』と書かれた包みを差し出してきた。

「も、もしかしてこれは……」

「そ。お察しのとおり」

ユーミンが包装を解いて何かを取り出す。それは予想どおり、萌え感に満ちあふれたメイド服一式だった。

「どうだ、いいだろ？　昨日、アキバで買ってきたんだ。それも一番高いのなんだぞ」

「……あの、目の前にメイド服が見えるのは私が正直者だからでしょうか？」

「なんだか『はだかの王様』みたいなことを言うね」

「……ぶっちゃけ、いらないんですけど」

「わがままだな。それじゃ、由加里ちゃんが欲しいのは金のメイド服かい？　それとも銀のメイド服かい？」

「ですから、どちらもいらないんですけど」

「正直者め。ではご褒美に普通のメイド服をあげよう」

「だからいりませんてばっ。それにどうしてこれが私たちの将来にかかわる大事なものなんですか？」

「いい質問だ」

ユーミンがニヤリと笑う。

「では教えてあげよう。六本木って略すとRPGだろ？　ゲームみたいでアキバっぽいと思うんだ。というわけで今後うちの寺でも〝萌え〟を全面的に押し出していきたいと考えている。おかげさまで我が常照寺もパワースポットとして一般にかなり認知されるようになってきた。だから、ここらで一つだめ押しの新機軸を打ち出したいんだ。

そこで考えたのがパワースポット併設のメイドカフェだ。六本木は外国人が多いから、物珍しさで意外と繁盛する可能性があると思う。寺だけにメイドならぬ〝冥土カフェ〟だけどね。とりあえずいきなり大々的にカフェを開くのは金もかかるし、リスキーだから、将来を見越して由加里ちゃんが抹茶とお茶菓子を有料で出すサービスを始めようかと考えているんだ。というわけで君には新しい制服としてこれを着てほしい」

（ただでさえ忙しいのに冗談じゃない。そんな将来は絶対にお断りだ！）

私が徹底的に抵抗しようとしたそのときだった。

「お～い、由加里ちゃ～ん」

うっとうしいことに日暮さんが手を振りながら販売所に向かってきた。

（また来たのか。ほんとタイミングの悪いときにばかり来て迷惑な人だな。今日は何の用だろ？）

よく見たら日暮さんの格好はいつもの制服ではなく私服だった。「I♥NY」と大きく書かれたトレーナーにケミカルジーンズという、派手な格好が人目を引く。しかも隣にはなぜかギャル風のかわいい女の子も一緒に歩いていた。

（……援交《えんこう》？）

それはぱっと見、そうとしか思えない光景だった。

もっとも、二人が近づいてくるにつれ、すべては私の誤解であることが判明した。理由は簡単。女の子があからさまに日暮さんを煙たがっていたからだ。

「だからぁ。マヂでそんなにくっつかないでほしいんだけどぉ」

「そんなこと言わないで。パパだってたまには美優《みゆ》ちゃんと仲良く歩きたいんだよ」

「それが気色《キシヨ》悪いんだって。いつも言ってんじゃん」

「いいじゃないか、許してよ。あとでお洋服を買ってあげるから。アムラーっぽいやつ」

「それ、十年以上前の流行でしょ。美優、もう大人だからスライとかの服じゃなきゃやだっ！」

「わかった、わかった。スライでもサライでも何でも買ってあげるから」

（……やっぱりある意味では援交だな）

どうやら一緒にいるのは日暮さんの娘さんらしい。それも日暮さんとは似ても似つかないかわいい女の子だ。濃いめのギャルメイクはちょっといただけないけど、目はぱっちりしてるし、ぽってりとした唇も女の子らしい。日暮さんに少しわけてあげたいくらいフサフサしている明るめの茶色い髪の毛を巻き巻きした髪型もよく似合っている。手の爪は全部ネイルアートでデコられていて、職業柄そういうことができない立場としてはちょっとだけうらやましくなった。

私は女の子が気になったので、販売所から顔を出した。

「こんにちは、日暮さん。私服で珍しいですね」

「由加里ちゃん、お疲れさま。今日は非番で休みなんだ」

「そうなんですか。ところで、となりのかわいいお嬢さんは娘さんですか？」

途端に日暮さんはデレッと気持ち悪い笑みを浮かべた。

「そう。美優っていうんだ。今年、大学に入ってね。顔が俺似でしょ？」

「違うよ。絶対にママ似だもん！」

美優ちゃんがほっぺをふくらます。そこへユーミンが二人の間に体を割り込ませた。

「へー、日暮さんの娘さんか。天国のメンデルが頭をかかえそうなくらい、遺伝を感じさせないな」

その直後、ユーミンを見る美優ちゃんの目がまん丸になった。

「だっ、誰？　このイケメン⁉」

「誰ってここのお寺の住職さんだよ。お父さんの知り合いなんだ」

なぜか日暮さんが自慢げに説明する。

「やっばいよ、激やば！　リアルかっこいいんだけど⁉　美優とぜひともお友達になってほしいと思うよ！」

私はユーミンにちょっかいを出そうとする美優ちゃんにイラッとしたが、同時にそのしゃべりかたにも不快感をいだいた。

（なんかばかっぽい子だなー。日暮さんは大学生って言ってたけど、たぶん試験のとき名前さえ書けば誰でも入れるようなひどい大学に通ってるんだろうな）

あきれる私をよそに、ユーミンは美優ちゃんとうれしそうに話をしている。

「俺と友達になりたいって？　もちろんいいとも。今日から仲良しだ。女子大生らしいけど、どこの大学に通ってるんだい？」

「東雲国際大学ってとこだよ」

「なんだ、由加里ちゃんと一緒の大学じゃないか。そこの販売所のなかにいる女の子も東雲国際大学を出てるんだよ」

すると、私の顔を見た美優ちゃんは、

「先輩っすか。よろしくっす」

と言って、ペコリと頭を下げた。

「ど、どうも……」

返事をしながらとてつもない虚《むな》しさに襲われる。どうやら母校の地盤沈下は想像以上に深刻らしい。暗い気分になった私とは反対に、ユーミンはニコニコしながら日暮さんの方を見た。

「ところで、日暮さんは今日はどうして娘さんと一緒に来たんだい？　珍しいじゃないか」

「いや、娘が一度縁結び観音に連れてってくれって言ってきかなくてさー」

「嘘つくなっつーの。場所さえ教えてくれれば一人で行くっつってんのに、オヤヂが勝手についてきたんじゃん。一人でお参りして願い事をするからもうついてこないでよ！」

容赦ない美優ちゃんのつっこみに日暮さんがおどおどする。

「ね、願い事っていったい何をお願いするんだい？」

「縁結び観音にお参りするんだから決まってんじゃん。イケメンの彼氏が欲しいの。ったく、本当に勘が悪いんだから」

美優ちゃんは眉間にしわを寄せてマジギレした。本当は縁切り観音だなんて口が裂けても言えない雰囲気だ。

「なにもそんなにきつく言わなくてもいいのに……」

日暮さんは肩を落としてがっかりしていた。私は一部始終を見ていて日暮さんがとても気の毒になった。それにお父さんのことをオヤジと呼ぶのはいくら今どきの若い子だからといってよくないと思う。聞いているこっちまで悲しくなってしまう。

(これはちょっと言ってあげた方がいいな)

心のなかで正義感がむくむくと湧き起こったので、私はできるだけやさしく美優ちゃんに話しかけた。

「ねぇねぇ、美優ちゃんはどうしてお父さんのことをオヤジって呼ぶの？　一生懸命働いて美優ちゃんを育ててくれてるじゃない？」

「だって、ハゲなんだもん」

「うっ」

予想外に説得力のある返事に、私は一瞬、言葉につまってしまった。

「で、でも、せめてもうちょっとやさしい言葉づかいで接してあげるべきなんじゃないかな。その方がお父さんも喜ぶと思うよ」

「えー、やだぁー。ハゲてるだけじゃなくて、おまけにしつこいんだもん。どこかに出かけようとするとすぐに行き先を知りたがってうざいし」

「最近は美優ちゃんが夜遊びばっかりしてるから、パパはすごく心配なんだよ」

日暮さんが本当に心配そうに口をはさんでくる。

「夜遊びびっつったって飲み会とか知り合いのパーティーに行ってるだけだって。全然危なくないし。それに私ももう大人なんだから、できるだけ放っといてほしいの」

「放っとけるわけないだろ。そこにはもちろん男もいるんだろうしさ。若い男なんてのは狼《おおかみ》なんだから気をつけなきゃだめだよ。パパは毎日、美優ちゃんのことが心配で心配で……」

「大丈夫、大丈夫。今どきのメンズは草食系ばかりだから問題ないって」

「だけどさ……」

そこへユーミンが「まぁまぁ」と二人の間に割って入った。

「日暮さん、若いときは誰だって夜遊びしたいもんだよ。そんなことよりせっかくこのお寺に来てくれたから、記念にこれを娘さんにあげよう」

そう言うとユーミンは手にさげていた紙袋からかわいらしい〝鬼帝《キティ》ちゃん〟のぬいぐるみストラップを取り出した。

「はい、どうぞ。ストラップになってるらしいんだけど、ちょっと大きめだからバッグか何かにつけたらいい」

「わー、ありがとう。これ、超かわいいー！　美優、鬼帝《キテイ》ちゃん大好きだから、さっそくバッグにつけるね」

美優ちゃんはもらったばかりの鬼帝ちゃんをうれしそうにギュッと抱きしめた。

（ちょっと、ユーミン、私には⁉　メイド服よりそっちの方が全然いいし！）

悔しくて歯ぎしりしそうになった私は販売所から急いで身を乗り出した。

「これ、すごくかわいいじゃないですか。どこで買ったんですか？」

「昨日、メイド服を買いに秋葉原に行ったついでに買ってきたんだ」

「いいなー。私にもくださいよー」

けれど、ユーミンはおねだりする私をフンと鼻で笑った。

「これは由加里ちゃんよりも美優ちゃんが持っていた方がいい」

ぶちっ。そんなことを言われてカチンとこないわけがない。

私はすぐにユーミンに抗議した。

「日暮さんのお嬢さんと違って、どうせ私には鬼帝ちゃんなんて似合いませんよっ！　住職に鼻で笑われるくらい、ミスマッチですよっ！」

「おいおい、そんなに怒るなよ。そういう意味で言ってるんじゃない」

「じゃあ、どういう意味なんですかっ！」

そのとき、美優ちゃんが突然ユーミンに抱きついて腕を組んだ。

「けんかなんかより、美優は住職さんにお寺を案内してほしいと思うよ」

途端にユーミンがすごくうれしそうな顔をする。

「だ、そうだ。仕方ない。その話はまたあとでしよう。とりあえず俺はこの子を案内してくるよ」

そう言うと、ユーミンは美優ちゃんを連れてうれしそうに本堂に向かった。

「ついでだから本堂で本格的なダーツも教えてあげよう」

「うん。美優、ダーツ大好き！」

あとには呆然とする私としょんぼりしている日暮さんだけが残された。美優ちゃんがユーミンと一緒に本堂に入ってしまうと、日暮さんはさみしそうにため息をついた。

「小さなころはパパ、パパって言ってどこにでもついてくる子だったんだけどなぁ……。年をとってからできた子だからかわいくてしょうがないんだけど、近ごろじゃいつもあんな調子で参っちゃうよ。おまけにご老僧に逃げられちゃったせいでK視総監以下署長にまで大目玉をくらっちゃうし、最近はまったくいいことがないなぁ」

「そうなんですか。お気の毒に」

「仕事や家庭のストレスのせいでこのごろはますます毛が抜けてきてさー。そのせいで女房なんて俺のことを山崎豊子《やまざきとよこ》って呼ぶんだよ」

「山崎豊子ってドラマの原作にもなった有名な小説を書いた人ですか？　不思議ですね。日暮さんは男の人なのに」

「『不毛地帯《ふもうちたい》』だって。うまいこと言うよな。あはは……」

「ぶふっ」

日暮さんの渾身《こんしん》の自虐ネタに思わず吹き出しそうになる。私は笑いをこらえるため、強く唇を噛んだ。

（うぷぷっ。でも今ここで笑ったらこの人自殺しちゃうかもしれないから我慢しないと）

爆笑を苦笑程度にしてなんとかごまかす。私は吹き出さないようにお腹に力を入れながら根性で返事をした。

「そ、そんなことないですよ。うぷっ」

「ありがとう。気をつかってくれるのは由加里ちゃんだけだよ。でも自分でもよくわかってるんだ。ツルピカだって。計画停電のときは俺の頭が懐中電灯の光を反射して、部屋中が明るくなったたって感謝されたのになぁ」

（うひゃっ。光を反射したんだ！）

また腹がよじれそうになったが、今度は咳をするふりをしてなんとかこらえた。ゲラゲラ笑いながら転がりたい衝動を必死におさえる。仕方ないので私はさっきよりも強く唇を噛んだ。

（ひぃーっ、ひぃーっ。このままじゃ口内炎がたくさんできちゃうじゃない）

身の危険を感じた私は日暮さんを体《てい》よく追い払うことに決めた。

「あの、日暮さんも娘さんとご一緒にお参りされてはどうですか。観音様の御利益で少しは運気がよくなるかもしれませんよ」

「そうだね。せっかくここに来たことだしそうするよ。せめて娘の無事と健康を祈らないと。住職、俺にもダーツを教えてくれるかな……」

そう言うと日暮さんはとぼとぼと本堂に向かって歩きだした。私は内心ほっとしながら、哀愁漂う日暮さんの背中を見送った。


(さて、参拝客が来ないうちに昼ご飯でも食べて、また店番するか。それにしてもユーミンのやつ、腹が立つなぁ)

心のなかでブツブツ文句を言いながらカップラーメンとプッチンプリンをとりに庫裏に行こうとしたら、販売所を出たところでふいに誰かに呼び止められた。

「あの、お忙しいところ申し訳ありません」

振り返ると、いつの間にか背後に見知らぬおばあさんがちょこんと立っていた。

(うわっ、びっくりしたぁ。おじいちゃんとかおばあちゃんって、たまにまったく気配がない人がいるよなぁ)

おばあさんはニコニコと微笑んでいる、背の小さい、かわいい感じの人だった。ちょっと日焼けしたふっくらとした丸顔に、短めの真っ白な髪が似合っていてなんとなく上品な感じがする。まだ暑いせいか、袖付きのゆったりとしたワンピみたいな服に長めのスカートをはいていて、全体的にほんわかした印象を受けた。

「失礼ですが、あなたはこちらのお寺の方でいらっしゃいますか？」

「はい、そうですけど。お守りのお買い求めですか？」

すると、おばあさんが微笑んだまま首を振る。

「いいえ、お守りではないんです。つかぬことをおうかがいしますが、こちらのお寺のご住職の幸田謝愍上人はご健在でいらっしゃいますでしょうか？」

「ああ、お上人様のことですね。お元気でピンピンしてますよ」

おばあさんは私の返事を聞くと、うれしそうに胸の前で手を合わせた。

「よかった。はるばるブラジルから訪ねてきたかいがありました」

「ブラジル⁉　ブラジルっていうと、あの地球の裏側のサンバでアミーゴなサッカー王国ですか⁉」

「ええ、そうです。そのブラジルです」

「それはまたずいぶん遠いところからいらっしゃいましたね」

「はい。こんなことを言うとおかしく思われるかもしれませんが、じつは一週間ほど前、目の前に観音様が現れて『東京の六本木にある常照寺に行けばなんじの悩みは解決するであろう。寺にいる娘に悩みを打ち明けるように』とおっしゃってくださったんです。それで一念発起してこちらに参らせていただいた次第です」

おばあさんの話を聞いて私はギクッとした。

「……今、観音様っておっしゃいました？」

「ええ、観音様です。観音様のお導きでここまでやってきたんです」

（うわっ。こんな忙しいときに相談者が来ちゃったよ。心配していたことが現実になっちゃった。困ったなぁ。どうしよう……）

そうは言っても、来てしまったものはしょうがない。私はとりあえず心を落ち着けておばあさんの悩みを聞くことにした。

「そうなんですか。このお寺のご本尊は観音様なので別におかしな話ではないですよ。それにここでは私が皆さんの悩み事相談を受けております。私でよろしければどうかお悩みをお聞かせください」

「まぁ、すべて観音様のお告げどおり！　それではお言葉に甘えて話させていただきます。悩みといってもそんなにたいしたものではないんです。じつは私、まだ少女だったころにこちらの住職様にひとかたならぬお世話になりまして、ぜひ、一度日本に帰ってお礼を申し述べたかったんです。ただ、なにせ住んでいるところがブラジルの片田舎でございましょう？　あまりに遠いのと、どうしても仕事や家庭に追われて時が過ぎ、帰国を果たせずにいたんです。それが永年の悩みといいますか、心残りだったんです」

「じゃあ、お上人様に会えばおばあさんの悩みは解決するんですね？」

「ええ。その、なんというか、おおむねそうです」

おばあさんは恥ずかしそうにうなずいた。

（ていうことは、もしかしてシャーミンを連れてきてこのおばあさんと再会させるだけでいいの？　ラッキー！　それなら超簡単じゃん！）

私はしめしめと舌なめずりした。心のなかで「おっしゃー！」という叫び声も出る。

「わかりました。それでしたらお安い御用なので協力させていただきます。ただ、お上人様はちょっと今は熱海に逃げ……もとい、行っておりまして。連絡すれば戻ってきてくれるとは思うんですけど」

「そうですか。それでは大変あつかましくて恐縮ですが、ご連絡をお願いしてもよろしいでしょうか？」

「はい、もちろん。まかせてください。ところで、お上人様とはどういうご関係なんですか？　連絡するにも一応話を聞いておかないといけないものですから」

「これは失礼しました。わたくし、宮島初江《みやじまはつえ》と申します。ずいぶん昔のことですし、話せば長くなるんですけど……」

おばあさんの話によるとこういうことらしかった。

●終戦直後、東京大空襲で下町にあった家を焼け出されてしまった当時十六歳の初江さんとその母親は、焼け跡に簡単な小屋を作って二人で暮らしていた。頼るべき親戚もおらず、また父親は兵隊として出征していて生死も定かではなかった。

●やがて持っていたお金や食料も底をつき、つらい生活の苦労がたたったのか、ついに初江さんの母親が病気で倒れてしまった。雨のなか、初江さんは医者と薬を求めて焼け跡をさまよい歩いた。やがて疲れはててびしょ濡れのまま、焼け残っていた常照寺の門の下で悲嘆にくれているると、そこに現れたのが当時中国から引き揚げてきたばかりの常照寺の住職、シャーミンだった。

●初江さんを哀れに思ったシャーミンは寺の手伝いをすることを条件に二人を常照寺に住まわせ、生活の面倒をみてくれた。

●シャーミンのおかげで母親は徐々に元気を取り戻し、母子ともに戦後の混乱期を無事生き残ることができた。そして二年後、父親が戦地から帰ってきて、再び家族水入らずで暮らせるようになった。

●その後は父親の親戚がいるブラジルに一家全員で移住した。

「へー。おばあさんって昔、このお寺で働いてたんですね」

「はい。当時このお寺には食料や生活必需品などの闇物資や、米軍の横流し品などがあふれていて、仲買人や業者さんが四六時中出入りしていたんです。母親と私はその物資の見張り役兼家政婦として働いていました」

「闇物資？　横流し品？」

「はい。闇物資や横流し品です。このお寺の本堂や庫裏のなか、床下までありとあらゆるところにいっぱい積まれてたんですよ。今日来たら当時の建物がそのまま残っていて、なつかしくて涙が出そうになりました」

(……闇物資とか横流し品って、たぶんやばい品物のことだよね。シャーミンって戦後の混乱期に、いったい何をやってたんだろ?)

かなりあやしく思ったけど、おばあさんが話を続けるので、とりあえずそれはいったん横に置くことにする。

「というわけで謝慇上人は私の命の恩人なんです。本当はもっと早くお礼を言いに来なければならなかったんですけど、なにせ私もあちらに移住してからは生活のために毎日毎日農作業をして働かねばならず、結婚してからは家事、子育てに忙しかったものですから、結局こんなに遅くなってしまいました。お手紙は毎年差し上げていましたが、今年はお返事がなくて心配していたんです」

「あ、それはたぶんお上人様がずっと海外にいたからだと思いますよ。旅行で中国に行ったら入国拒否されたので、腹を立ててそのまま西回りに世界を一周してきたらしいです。だから元気もいいとこです」

「まぁ、世界一周。あのお年で海外旅行ができるなんてすばらしいですね。安心しました」

「じゃあ、さっそく電話で連絡をとってみます。ちょっと待っててください」

私は急いで庫裏に行き、お寺の古い黒電話の横にはりつけてあるメモを見てシャーミンが泊まっている旅館の電話番号を調べた。メモはシャーミンが出かけるときに渡してくれたもので、シャーミンは携帯電話を持っていないから、これ以外に連絡をとる方法がないのだ。何度もダイヤルを回して電話をかけると、旅館の受付の人が、部屋に電話を転送してくれた。しばらく保留音を聞かされたあと、電話から聞こえてきたのは、ひどく機嫌のよさそうなシャーミンの声だった。

「由加里ちゃん、元気かの。わしゃあおかげさまで絶好調じゃ。今日は朝から昔なじみの連中と麻雀大会を開いてるんじゃが、ばかヅキでウハウハじゃよ」

「それはよかったですね。ところで一つお願いがあるんですけど」

「お願い？　いったい何じゃ？」

「実はですね」

私はおばあさんのことを話した。

「おお、初江ちゃんか。なつかしいのー。よく気がついて一生懸命働くいい娘じゃった。何十年ぶりじゃろう」

「その方がはるばるブラジルからお上人様に会いに来てるので、できればすぐにでも常照寺に戻ってきてほしいんですよ」

ところが、シャーミンの返事はかなり歯切れの悪いものだった。

「う〜ん。それがのー。じつは今、ちょっと取り込み中なんでその、無理かもしれんのー」

「取り込み中、ですか？」

「そうなんじゃよ。麻雀のメンツが抜けると困るから、帰るに帰れないんじゃよ」

「えー、だめなんですかー!?　そこをなんとか。私のたたりをはらうためにもなんとか協力してくださいよー」

「う〜ん。それに今朝の大きな地震のせいで新幹線も東海道線も動いてないしのー。だから帰るに帰れなくなってるんじゃよ。タクシーだと東京までの料金が高すぎるし、仲間に義理を欠くのも気が引けるし。というわけで今日は帰れそうにない。すまんのー、由加里ちゃん」

いかにも残念そうに言うシャーミン。けれど、その声にはどことなく明るさが感じられた。

（シャーミン、私より麻雀をとったな。交通手段がないのを絶対喜んでるよ……）

でも、そんな状況ならさすがにこちらとしても無理強いはできない。私は受話器を置くと、がっかりしながらおばあさんのところに戻った。

「すみません。新幹線や電車が動いてないので今日は帰ってこられないみたいです。明日じゃだめですかね？」

するとおばあさんもひどくがっかりした様子で首を振った。

「明日だと無理なんです。どうしても夜の十二時までに出発しなければならないものですから。それでは仕方ありません。お会いするのはあきらめるとしましょう」

（そうか。明日の朝一番で飛行機に乗って帰るんだな）

悲しそうなおばあさんを見て、私はなんとかしてあげたくなった。せっかくはるばるブラジルから来たのに、お目当てのシャーミンに会えないで帰るなんてかわいそうすぎる。それにこんな簡単なラッキー相談、できれば解決してあげて私の未来にもつなげたい。

「ちょっと待っててください。なんとしてでもお上人様を連れてきますから」

私はおばあさんにそう言うと、ダッシュで本堂まで走った。

本堂のなかでは参拝客がいないのをいいことに、ユーミンと美優ちゃんが入り口付近の壁にかけている的《まと》を使ってダーツを楽しんでいた。日暮さんは仲間に入れてもらえないのか、その隣で悲しそうにたたずんでいる。

「住職、お願いがありまーす‼」

私が大声で叫ぶと、ユーミンは驚いてビクッと体を震わせた。

「なんだ、いきなり。ダーツが的からはずれちゃったじゃないか」

「そんなことはどうだっていいんです。住職ってたしか車を持ってましたよね。私を今すぐ熱海に連れてってください！」

「熱海に？　いったいどういうことだ？　話が読めん」

「それはですね」

私はユーミンにもおばあさんのことを説明した。

「なるほどね。するとじいさんを連れてきさえすれば由加里ちゃんは一つ相談を解決できるわけだ」

「そういうことです。だから協力してください」

ところが、ユーミンはいかにもわざとらしく「う〜ん」とうなると、腕を組んで何やら考え込むふりをした。

「それは別にかまわないんだけどさ。寺に留守番が一人もいなくなっちゃうじゃないか。これから午後もたくさん参拝客が来ると思われるのに、売り上げが大幅に減っちゃうのも困るし、どうしようかなー」

「今からだから半日くらい、いいじゃないですか。お願いします」

「由加里ちゃんがメイド服を着てくれたら喜んで熱海に行くんだけどなー。由加里ちゃんのメイド姿が見たいなー」

「……もしかしてそれが交換条件というわけですか？」

ユーミンがニヤリと笑う。

「話が早いじゃないか。ま、別に君が嫌ならいいんだよ。俺は美優ちゃんとこのまま心ゆくまでダーツを楽しむだけだから」

「……どうしてもあれを着なきゃいけないんですか？」

「どうしても。減った分の売り上げを補うにはそれなりの条件を提示してもらわないと、こちらとしても納得できないじゃないか。ふふふ」

（ぐっ、守銭奴め。生理前よりイライラする！）

だけど、背に腹はかえられない。私は泣く泣く屈辱的な条件を呑むことにした。

「わかりました。その条件でけっこうです。それで、今から出かけたら何時ごろに戻ってこられますか？」

「今からだとそうだなぁ。道路状況によりけりだが、熱海までの往復でざっと四時間。余裕を見て五時間か。そうすると今が十二時四十五分だから、遅くても六時までには戻ってこられるんじゃないかな」

「遅くても六時ですね。わかりました」

私は本堂を出ると急いでおばあさんのところに戻った。

「お待たせしてすみません。これからお上人様を車で迎えに行きます。遅くても六時くらいにはご老僧様を連れて戻ってこられると思います」

「本当⁉　それだったら大丈夫だわ。こんなおばあさんのわがままをきいてくださってありがとう」

うれしそうに喜ぶおばあさん。顔が輝いて見える。

「必ず連れて戻りますから期待していてください」

「それでは六時ごろにまた出直してきますね」

おばあさんはそう言うと何度も何度も私にお辞儀しながら、静かに山門から出て行った。


ちらほら見え始めた参拝客や日暮さん親子には謝って帰ってもらい、本堂をはじめ、あちこちの戸締まりをすませたところへ、ユーミンがマンションから車をまわしてきた。本堂前でキキッと止まるブルーの車体。直後に私は、

「うわー、かわいーー」

と思わず吹き出してしまった。意外なことにユーミンの乗っている車はＭＩＮＩだったのだ。

何年か前にＭＩＮＩが大活躍する映画を見たので、車にあまり興味のない私でも名前くらいは知っている。ユーミンは運転席から降りると、ちょっと恥ずかしそうに自分の車を指差した。

「これが俺の車。なかなかいいだろ？」

私はまたもやクスッと笑ってしまった。

「MINIっていうだけあってちっちゃくてすっごくかわいいです。それにしても昔、暴走族をやってた人とは思えない車のセンスですね」

するど、痛いところをつかれたのか、ユーミンが照れくさそうに苦笑いする。

「つい最近までOSSANのGT‐Rに乗ってたんだが、諸事情あって手放したんだ。でも、こいつも小回りがきくからなかなか気に入ってるよ」

「へー、そうなんですか。GT‐Rはよくわからないですけど、女子的にMINIはかなりありです」

「まぁいい。とにかく乗ってくれ。急いでるんだろ？　とっとと出発しよう」

「はい。わかりました」

車に乗ると、MINIは外見に負けず劣らず内装もおしゃれで素敵だった。

「うわー、メーターとかのデザインがかわいー。足元のマットも市松模様だし、MINIっておしゃれなんですね」

ほめたらユーミンが自慢げに鼻をフンと鳴らす。

「それだけじゃないぞ。この車はコンバーチブル仕様だから幌《ほろ》が全自動で開閉するんだ。今日は日差しが強くて暑いくらいだから、せっかくだしオープンにして行くか」

「わーい。なんだか楽しくなってきまし……」

そのとき、私はふと気づいた。

（これってもしかしてドライブデート⁉）

かたかたかた。途端に体が小刻みに震える。私は、

「ちょ、ちょょっと待っててください」

と言うと、急いで車から飛び出し、庫裏に戻って台所でおにぎりをにぎった。そしてそれを愛用のポーターのバッグに詰めると、入院中の菊ちゃんの代わりに麻布メモリアルの社員が持ってきてくれた弁償用の服に着替えて、メイクもナチュラルからばっちりに大改造した。

「はぁはぁ。お待たせしました」

私が再び車に乗り込んだときにはそれなりに時間がかかってしまったせいか、ユーミンの機嫌は見るからにかなり悪そうだった。

「ちょっと、由加里ちゃん。いくらなんでも遅いんじゃ……」

けれど、ユーミンは変身した私を見た途端、なぜか急に黙り込んだ。

「巫女さんの格好で行くのもなんですから急きょ着替えてきたんです。どうですかね？　菊之助さんに買ってもらったこれ、似合いますかね」

「そ、そうだな。エミリオ・プッチは若い子にはあまり似合わないブランドだけどな」

「えー、だめですか？　がんばって一生懸命おしゃれしてみたんですけど……」

期待していただけにしょんぼりする。すると、ユーミンは照れくさそうに目を泳がせながら小さな声でつぶやいた

「……いや、悪くない。なかなかよく似合ってる。メイクもばっちりなせいか、かなり見違えたよ」

(やったぁ！)

内心、ガッツポーズが出る。

「えへへ。私ももう大人の女ですから。ちなみに魅酒乱《ミシュラン》みたいに星でいったらどれくらいですか？」

「そうだな。上だけだったら星五つかな」

「上だけ？　それってどういうことですか？」

「大人の女のわりには足元がコンバースのスニーカーだ」

「げっ！」

あわてて足元を見たら、急いでいたせいか、ボロボロの普段履きのまま来てしまっていた。

(しまった。私ったらなんで大学一年のときからずっと履いているスニーカーで来ちゃったんだろ⁉)

貧乏性なせいか、物持ちだけはやたらといい自分がうらめしくなった。がっかりする私を見てユーミンが愉快そうにクックと笑う。

「せいぜい金を貯めてクリスチャン・ルブタンの靴でも買うこったな。今日はコンバースだけに星一つ減点しておこう。というわけで星四つだ」

出がけにドタバタしたわりには、出発したあとの移動はスムーズだった。すぐ近くの飯倉《いいくら》から首都高に乗り、渋谷を通過して東名高速に入る。朝方の地震の影響なのか、東名は少し混んでいるような気がしたけど、渋滞というほどでもなく、ＭＩＮＩは一路熱海へと速度を上げた。

東名に出ると周りにビルが少なくなるせいか、暗い雰囲気の首都高と違って急に空が広くなる。見上げれば秋の澄みきった青空が広がる絶好のドライブ日和だ。

ここまで来る間、車のスピーカーからはジャズっぽいラップやレゲエが延々と流れていた。ユーミンの趣味らしいけど、私はどちらかというとこういうスローテンポな音楽が苦手なので、それだけがちょっと不満だった。

（この手の音楽って私あんまり好きじゃないんだよなぁ。残念ながらユーミンとは音楽の趣味が合わなそうだ）

私はポーターのバッグの中からこんなこともあろうかと持ってきていたＣＤを二枚、ごそごそと取り出した。

「えへへ。私の好きな曲もかけていいですかね」

すると、ユーミンは眉間にしわを寄せて露骨に嫌な顔をした。

「由加里ちゃんが聴くような曲？　どうせエテ公みたいなガキや小娘が『マジ俺、お前を愛してるぜ』とか、『育ててくれた両親に感謝』とか、なめたことをぬかしてるお子様Ｊ－ＰＯＰでも聴いてるんだろ？　申し訳ないが俺はそういうのが大嫌いなんだ」

「違いますよ。私はそんな軟派《なんぱ》なのは聴きません」

「じゃあ、いったいどんなのを聴いてるんだ？」

「ガンズ・アンド・ローゼズですけど」

「ガ、ガンズ・アンド・ローゼズ（三十代男子にはたまらないアメリカのロックバンド）だと!?」

その瞬間、ユーミンの目がカッと開いた。

「なぜ君がそんな渋いものを聴いてるんだ？　君の年じゃガンズなんて知らないはずだ」

「お父さんが好きで子供のころから聴かされてたんです。マイファミリーソングです」

「なんてすばらしいお父さんだ！」

ユーミンは興奮気味にそう叫ぶと、運転中なのにCDを見つめてきた。

「もう一枚の方は何？」

「あとはAC／DCですけど」

「AC／DC（三十代男子が悶絶するオーストラリアのロックバンド）!!」

ユーミンが天を仰いで体をふるわせる。

「すばらしい！　すばらしいじゃないか、由加里ちゃん。〝悟りポイント〟を五百ポイントあげよう」

「〝悟りポイント〟？」

「ああ。今度からうちの寺で発行しようかと思っているポイントのことだ。ポイントカードを発行してより多くのリピーターを獲得しようかと考えている」

「それって、もしかしたら貯まると何かもらえるんですか？」

「もちろんだとも。一応十万ポイントで悟れることにする。そこまでたどり着くことができたら豪華な黒檀《こくたん》の仏壇がプレゼントされるんだ」

「……別にいらないです。しかも貯まるまでがまた遠いですね」

「悟りへの道は遠く険しいのだよ」

「……住職にだけは絶対に言われたくないです」

そんなやりとりのあと、ユーミンはさっそくCDをかけてくれた。曲が流れだした途端、ユーミンがニタニタと笑いだす。

「なつかしい。ガキのころを思い出すよ」

「えへへ。最高ですよね」

好きな音楽を聴きながら好きな人とドライブしているので、私だってとてもうれしい。

すると、ご機嫌なユーミンがふいに私の方をチラッと見た。

「このあと、厚木《あつぎ》インターで下りるけど、途中、海老名《えびな》のサービスエリアにでも寄ろうか？

俺もまだ昼飯を食べてないし」

「あっ、そういえば私、出がけにお弁当を作ってきたんですよ。よければ食べてください」

「あんな短い時間でよくお弁当なんて作れたな」

「えへへ。日本にはいいものがあるんです。ジャジャーン。これです。おにぎりでーす」

私はバッグからおにぎりを包んだアルミホイルを取り出した。

「へー。なかなか気がきくじゃないか。ちょうどいい、一つもらおうかな」

「ええ。どうぞ、どうぞ」

そう言って私がアルミホイルからおにぎりをつまみ上げたとき、なぜかユーミンがぎょっとするような表情を見せた。

「……いつの間にか日本ではおにぎりの形が変わったみたいだな。まるでアイダホのポテトのようだ」

「時間がなかったもんですからこうなっちゃったんです。でも、見てくれはともかく、味には絶対の自信があるんですよ。由加里エキス入りなんです」

「……由加里エキスね。で、この君がおにぎりと強弁《きょうべん》するもののなかに入っている具は何なんだ？」

「もちろん地元名産の八丁味噌です」

「なぜに赤味噌……。そう言えばじいさんが、由加里ちゃんはご飯を作ってくれるのはいいが、赤だしばかりで困るって嘆いてたぞ」

「だけど、赤だしじゃない味噌汁なんて味噌汁じゃないですよ？」

「おいおい、信じがたい固定観念だな。由加里ちゃん、まだ天動説を信じてるだろ？」

「失礼な。愛知県民のほとんどは赤味噌と白味噌を使い分けているみたいですけど、本間家はそんな軟弱な人たちとは違うんです。先祖代々赤だししか飲まないんです。赤だし原理主義なんですよ。私の体には血のかわりに赤だしが流れてるんです。それくらい赤味噌ラブなんです。論より証拠。まずは食べてみて、愛知の大地の恵みを感じてください」

私はおにぎりをユーミンの口までむりやり持っていった。

「もがもが。こら、いきなりおにぎりを口に押しつけるな。わかった、わかったよ。食べる。食べるから」

ユーミンが仕方なさそうにおにぎりをほおばる。

「……案外いけるな」

「でしょう？　これからは死ぬまで赤味噌ばかり食べてください」

「……まるでカルト宗教の勧誘だ。どうせならどこかの出版社から『赤味噌ダイエット』という本でも出せばいい」

「それってどういう意味ですかっ！」

「そういう意味だよ」

苦笑するユーミン。私は愛知のソウルフード、八丁味噌をばかにされたようで大いに気分を害した。

（まったく。これだから関東の人はだめなんだ。甘さと苦みが合わさった赤味噌のなかにこそ、人生の奥深さがあるってことがちっともわかってない。でも……）

でも、なんだか本物の彼氏とじゃれあっているみたいで心がウキウキする。私は再度ユーミンの口元におにぎりを持っていった。

「えへへ。あ〜んしてください」

「自分で食うからいいよ。貸してくれ」

「だめですよぅ。運転中は危ないから私が食べさせてあげます。デザートにはプッチンプリンもありますよ。はい、あ～ん」

「……勝手にしろ」

「えへへ。では遠慮なく。あ～ん」

その後、ドライブしてる間、私はひまにあかせてユーミンにいろいろなことを訊いた。

ユーミンは最初は自分のことについてしゃべるのを嫌がっていたけど、やがて私の熱意（？）に負けたのか、いろいろな話をしてくれた。

高校時代、悪さばっかりしていたので、卒業後は両親によりニューヨークに追放され、シャーミンの知人とかいう退役アメリカ軍人の豪邸にむりやりホームステイさせられたこと。生まれつき記憶力が抜群によかったのと、ニューヨークですぐにイギリス人のかわいい彼女ができたので、英語をあっという間におぼえたこと。その彼女がコロンビア大学に通っていたので、一念発起して勉強を始め、一年後には見事にコロンビア大学に合格したこと。べらぼうに高い学費とニューヨークでの生活費を捻出するため、抜群の記憶力を生かして休みごとに全米のカジノを渡り歩いてポーカーで荒稼ぎしていたこと。ヘッジファンドのオーナーとラスベガスのカジノで出会って意気投合、そのまま彼のヘッジファンドに就職することになったこと。夢慜《ムーミン》とかいう父親がお寺の跡を継ぐ気がないため、日本に帰ってきて修行に行き、高齢のシャーミンの代わりに常照寺の住職となったこと、などなど。

イギリス人の彼女の話はちょっとイラッとしたけど、私はユーミンの意外な過去を知ってまた少し距離が縮まったような気がした。それが終わると、今度は逆にユーミンが私に訊いてきたので、私もいろいろと自分の話をした。

大学時代、仕送りが少なかったのでずっと喫茶店の「怒濤流《ドトウル》」でアルバイトをしていた話。大学時代の友人の話。そのなかでも最近特に調子にのりすぎでいけすかない莉奈の話。大学時代に入っていたサークル「デパ地下愛好会」の話。武道道場を経営している変わり者の父や家族の話。

ユーミンは私の話をずっとうんうんうなずきながら聞いてくれて、莉奈の文句を言ったら「そいつはひどいな。由加里ちゃんは由加里ちゃんなんだから他人の意見なんて気にする必要はないよ」と私に同情してくれた。

（えへへ。ユーミンったらよくわかってるじゃん。それに話もちゃんと聞いてくれるし）

すっかりご機嫌になった私が最後に愛知最強と恐れられたスーパーヤンキーの兄の話をすると、同じ元暴走族のせいか、ユーミンはものすごく喜んで大笑いした。

「ははは。奇遇だな。由加里ちゃんのお兄さんも昔、暴走族をやってたんだ」

「そうなんですよー。おかげで私までヤンキーと思われちゃって大変だったんです。高校に入学したときはお兄ちゃんのせいでいきなり生活指導の先生に呼び出されたんですよ。持っているナイフや凶器を今すぐ出せ、全国制覇は校外でしろって」

「おいおい、それ冗談だろ？　でも、じつは由加里ちゃんも元ヤンだったりしてな。最近は何かにつけてすぐ怒るようになったし、こないだも菊之助をぶん殴ったみたいだし」

「そ、そんなことないですよ。私は毎日自宅で武道の稽古があったせいで、なかなか友達と遊びにも行けない灰色の高校生活を過ごしたんですから」

「本当か？　高校生っていったら遊びたい盛りもいいとこなのに、よくそんなんで我慢できたな。親に反抗とかもしなかったの？」

「反抗なんてとてもとても。文句なんて言おうものならグリズリーみたいなお父さんからただちに報復があるんです。実際、高一のときに稽古をサボって友達と映画を見に行ったら、『愛のムチ』とか言われて徹夜で組み手をさせられた上、一カ月のおこづかい停止になったんですよ。一回友達の家に家出をしたときなんて、お父さんの指示でお兄ちゃんとその配下二百人が町中をバイクで捜索して大変なことになりましたし」

「かわいそうに。信じられない話だな。まるでマンガの世界だ」

「ところが、すべて実話なんです。だから私はなんとしてでも愛知の実家には戻りたくないんですよ。両親は帰ってこいって常に言ってますけど」

「なるほどね。それにしてもスーパーヤンキーのお兄さんとグリズリーみたいなお父さんか。本間家は想像以上に濃くて熱いな。はははははは」

　愉快そうなユーミンの笑い声。今までこんなにうちとけて話をしたことがなかったので、私の期待はこれ以上ないくらい高まった。

（いいぞ。なんかいい感じ。車内という密室に二人っきりになってるし、ここはがんばりどころかもしれない。アピールするなら今だ！）

そうは思いつつもなかなかふんぎりがつかない。私はさんざん躊躇《ちゅうちょ》したあげく、今までの人生で一番勇気を出してユーミンの方を向いた。

「あの、ところでド、ドライブってすごく楽しいですね。なんだか私、御殿場《ごてんば》のアウトレットにも行きたくなっちゃったかも、みたいな」

「アウトレット？」

いきなりだったせいかユーミンが首を傾げる。

「今日は無理だぞ。ここからはちょっと離れてるし。それになによりも六時までにじいさんを連れて帰らなきゃいけないんだろ？」

「別に今日行きたいわけじゃないんです。またいつか行きたいな〜、みたいな」

「そんなに行きたいんなら、休みの日に友達と行ったらいいじゃないか。御殿場ならそれほど遠くないだろう」

「………」

せっかく勇気を出したのに返ってきたのはつれない返事だったので、私はかなり凹んだ。

（ううっ、おねだりが軽くスルーされてしまった。でも、ここで引き下がったらこんなチャンス、もう二度とないかもしれない。それに今のアピールはちょっとわかりづらかったかも。ユーミンはもともとけっこう鈍感だし。がんばれ私。もうちょっとだけ積極的になってみよう）

私は胸の鼓動が激しくなるのを感じながら、わずかに残った勇気を振り絞った。

「と、友達は車を持ってないし、それに私が土日は仕事だからみんなと予定があわないんですよ。できれば融通のきく人に車を出してもらえるとありがたいかも、みたいな」

「融通のきく人ってもしかして俺のことか？　やれやれ。俺もついにアッシー君扱いされる日が来たか」

「アッシー君？　それって何ですか？　アシカのゆるキャラ？」

「……世代間ギャップを強く感じるね。こんなに会話のかみ合わないおじさんとアウトレットに行っても楽しくなかろうに」

「そ、そんなことないですよ。今だってすごく楽しいですし」

「本当か？　ま、お世辞でもそう言ってもらえるとうれしいけどね」

「嘘じゃないです。だから、つ、連れてってほしいかも、みたいな」

「俺なんかじゃなく、彼氏とでも行った方がいいんじゃないか？」

「たたりのせいでしばらく無理ですよぅ」

「ごめん、それを忘れてたよ。そういえば由加里ちゃんはルックスがいいわりには彼氏がいないんだよな。たたりを受けちゃった今ならともかく、どうして彼氏を作らなかったんだ？」

（仕事が忙しいのと、あんたが原因なの！）

のどまで出かかった言葉をなんとかギリギリで押しとどめ、引きつった笑顔を作る。

「う～ん。なんというか、いい出会いがなかったといいますか……」

途端にユーミンはニマニマしだした。

「ははーん。さてはきっと選《え》り好みしすぎてたんだろう。由加里ちゃんは面食いっぽいもんな。

それで？　どういう男《の》が好みなんだ？」

「私は絶対年上の頼りがいのある人がいいです。できれば住職くらいの年の人が落ち着いていてベストです」

我ながら告白めいたことを言っちゃったと思ったら、ユーミンがうれしそうに笑った。

「悟りポイントを追加五百ポイント。お世辞でもうれしいことを言ってくれるじゃないか。由加里ちゃんは男を見る目があるぞ」

（よし。ユーミンの機嫌がよくなったっぽい。今がチャンスだ）

私は思いきって捨て身のアピールを開始した。

「どういたしまして。でも、ポイントの累計で仏壇よりも私をアウトレットに連れてってほしいかも、みたいな」

「う〜ん。どうしようかな」

「不治急《ふじきゅう》ハイランドにも行きたいです」

「……なぜいきなり要求が増えるんだ？」

「なんていうか勢いです。それに住職も最近は作務衣ばっかりだからちょっとはおしゃれに気をつかった方がいいと思います。アウトレットで私が服を選んであげますよ」

「俺は本来おしゃれだぞ。服には金を使う方だ」

「じゃあ、どうしていつも作務衣なんですか？」

「うるさいな。この年になると作務衣が一番楽なんだよ」

「うわー。今の発言、すごくおじさんぽかったです。なんか加齢臭が漂ってきそう」

「おいおい！　若い子からそんなことを言われると本気で傷つくじゃないか。ほめられたり、けなされたり、今日は毀誉褒貶《きよほうへん》が激しい一日だな。仕方ない、わかった。由加里ちゃんは一生懸命働いてくれてるし、それにたたりを受けて凹んでいるだろうから、今度、福利厚生の一環として連れて行ってやろう。せっかくだから帰りには三島《みしま》に寄ってうなぎでも食うか」

その瞬間、私は喜びのあまり空に舞い上がりそうになった。

（本物のドライブデート、ゲット〜〜〜!!）

やった、やった、勇気を出してよかった。大成功だ！　不治急ハイランドで遊んでから、アウトレットで買い物。帰りに三島でおいしいうなぎを食べるなんて黄金のデートコースだ。特に不治急ハイランドの絶叫マシーンに乗れば高飛車なフジヤマでさえ、ドドンパでええじゃないかの急接近間違いなし。

「えへへへへ。ありがとうございま〜す」

あまりにもうれしくて、ついつい両手をブンブン振り回してしまう。私は残りのおにぎりを取り出すと、勢いよくユーミンの口元に持っていった。

「食いねぇ。寿司食いねぇ！」

「寿司じゃないだろ……。それにまだおにぎりがあったのか？　いったいどれくらい作ったんだ？」

「十二個ですけど」

「どうしてそんなにたくさん作ったんだ⁉　裸の大将じゃあるまいし、そんなにおにぎりばかり食べられるか！」

「えへへ。それも勢いってやつですよ。捨てるのももったいないですからがんばって食べてください、山下画伯。あ〜ん」

「もがもが。息ができないだろうが。ったく、何が画伯だ……」

そうこうしているうちに車は厚木インターで東名高速を下りて小田原厚木道路を通過。西湘《せいしよう》バイパス、真鶴《まなづる》道路を経て、いよいよ目的地の熱海まであと少しに迫った。

熱海ビーチラインに入ると海が真横に迫り、左前方に初島《はつしま》が見えた。海を渡ってくるすずしい風が運ぶ潮のにおいが鼻のなかに充満する。隣にはユーミンの端整な横顔。ハンドル操作に集中しているのか、その表情はいつになく真剣な感じがする。今ごろになってようやく気づいたのだけど、ここまで来る間、車の揺れをあまり感じなかった。たぶんユーミンが私のためにかなり気をつかって運転してくれていたんだろう。

（ユーミンったらいいとこあるじゃん。デートも決まったし、こういうのを幸せっていうのかな）

風がやさしく髪をなでる。海沿いの道を走っているせいか、空気がしっとりしていて、それが肌にふれる感覚がやけに心地よかった。

（気持ちいい。このままずっとドライブしてたいくらい）

ふと気づくとユーミンが横目で私を見ていた。

「どうしたんですか？　前を見てないと危ないですよ？」

「いや、なんか楽しそうだから、ついつい」

「そりゃ楽しいですよ。こんな遠くまでドライブなんて久しぶりですから」

「そうか。ならよかった」

ユーミンの口元が軽くゆるむ。その直後、気のせいか車のスピードが少しあがったような気がした。


ＭＩＮＩがシャーミンの泊まっている旅館〝風こみち〟に到着したのは、当初の予定どおり午後三時過ぎのことだった。私たちは時間を節約するため、旅館の駐車場に車を停めるとすぐにエントランスに向かった。

着いた先の旅館のロビーは高級そうな和モダンの造りだった。

（ほえ〜。なんか高そうな旅館。シャーミンたら意外とお金持ってるんだな）

キョロキョロあたりを見回していたら、びしっとしたスーツを着た旅館のスタッフが私たちのところに近づいてきた。

「いらっしゃいませ。ご宿泊でしょうか？　大変申し訳ありませんが、本日は全室貸し切りになっておりまして……」

丁寧すぎる物腰で恐縮するスタッフにユーミンが苦笑する。

「別に俺たちが泊まるつもりじゃないんだ。今、泊まっている人間にちょっと用があってね」

ユーミンは旅館のスタッフに事情を話し、シャーミンを呼んできてくれるよう伝えた。「うけたまわりました」と快く引き受けてくれるスタッフ。それから十分くらい待っただろうか。やがて浴衣姿のシャーミンがロビーに姿を現した。

「やれやれ。十連続一家《イーチャ》でツイてると思ったら、お前たちの登場か。朝一で九連宝塔《チューレンポウトウ》をあがったから何か起こりそうな気はしとったがのう」

「事情は由加里ちゃんが説明したとおりだ。とにかく急いで寺に戻ってくれ。ブラジルから来たばあさんは明日帰国するから、今日中じゃないと会えないんだそうだ」

けれど、ユーミンの説明にもかかわらず、シャーミンは露骨に不服そうな態度を見せた。

「う〜ん。いきなりそう言われてものう。今日は十年に一度のばかヅキの日なんじゃよ。初江ちゃんにお願いしてなんとか明日まで待っていてもらえんかのう」

しぶるシャーミンに対し、ついにユーミンがしびれを切らした。ユーミンは私からバッグを取りあげると、なかからおにぎりの入っているアルミホイルの包みをつかみ出した。

「おい、じいさん！　がたがた言うとこの八丁味噌入りの爆弾おにぎりを食べさせるぞ！」

おにぎりをシャーミンの口元に押しつけるユーミン。途端にシャーミンは「ひっ」と悲鳴をあげてあとずさった。

「赤味噌か！　それだけは勘弁じゃ。当分見たくもない」

「お上人様、それってどういう意味ですかっ！」

私が怒るとシャーミンがさらにあとずさる。

「饅頭こわい、白味噌はもっとこわい」

「なんで返事が落語のオチなんですかっ！」

「由加里ちゃんと赤味噌は本当にこわい！」

その後、ユーミンと一緒におにぎりをちらつかせながら脅迫、もとい説得したら、シャーミンは文句を言いながらもしぶしぶ納得してくれた。

（よしっ、これで一件落着だ。今回は簡単な相談でよかった）

宿泊代はもともと大物財界人とかいうシャーミンの知り合いが立て替えてくれることになっているそうで、シャーミンは着替えをするのと、荷物を取ってくるために、ブツブツ言いながら部屋に戻っていった。その間、ユーミンと一緒にロビーのリッチな椅子に座って待っていたら、受付の人があわてた様子で私たちのところまでやってきた。

「失礼ですが、今から東京方面に車でお帰りですか？」

「はい、そうですけど。それがどうかしましたか？」

するとスタッフがいかにも言いにくそうな顔をする。

「じつは先ほどニュースでやっていたんですが、東名川崎インター付近で大規模な玉突き事故があった上に、首都高で化学薬品を積んだ大型タンクローリーが転倒して薬品が漏れ出すという大事故があって、現在東名、首都高ともに上りは大渋滞になっているみたいです。それだけお伝えしておこうと思いまして」

「えっ、大渋滞⁉」

あわててユーミンの方を向くと、そのときにはユーミンはもう手に持っているスマートフォンで何やら検索を始めていた。

「まずいな。どっちも大事故らしいぞ。地震の影響もあったせいか、東名なんて渋滞がすでに三十キロ以上になってる。首都高は十五キロか。この分だとどっちも当分復旧のめどが立たないだろうな」

「復旧のめどが立たないなんて、それじゃ困りますよ。なんとかならないんですか⁉」

「無理だろうな。これは物理的な問題だ。仕方ない」

「だったら大回りして中央道から東京に戻れないいもんですかね？」

「無駄だな。同じことを考えた人間のせいで、結果的にどの道もひどい渋滞になるのがオチだ。こういうときはセオリーどおりの道を走った方がいい。どこも渋滞するだろうが、トラックの運転手なんかもみんなそうしてるんだ」

「そうなんですか。わかりました。おばあさんとの約束の時間に間に合うといいんですけど……」

「まかせろ。俺がなんとかしてやる。とりあえず様子を見ながら海沿いを走ってみよう」

そこへ、グレーの地味なジャケットに紺色のズボン、ジャケットの下は白シャツにループタイといった格好に着替えて、帰り支度をしたシャーミンがロビーにやってきたので、私たちは急いで駐車場に向かった。旅館のスタッフがシャーミンの荷物を持ってわざわざ駐車場までついてきてくれる。ユーミンがシャーミンにＭＩＮＩの後部座席に乗るように言うと、シャーミ

ンは、

「狭そうだから乗りたくないのー」

と文句を言ったけど、ユーミンは、

「棺桶《かんおけ》よりはましだろ？」

と言って、シャーミンをむりやり車のなかに押し込んだ。

こうして私たちは旅館のスタッフの見送りを受けつつ、交通状況に不安を感じながら熱海をあとにした。

海沿いの道路はそれでもなんとか普通に走ることができたけど、東名と首都高で事故による渋滞があいかわらず続いていたので、結局私たちは茅ヶ崎《ちがさき》のあたりから国道一号線に入った。もっとも、ユーミンの事前の予想どおり、下道《したみち》も東京に近づくにつれて渋滞がどんどんひどくなっていく。戸塚のあたりですでに道路は車でびっしりと埋め尽くされ、横浜市に入ったときには大渋滞のせいで車はほとんど動けなくなってしまった。

（もうだめだ。こんなにひどい渋滞なら絶対に間に合いっこないよ……）

私が泣きそうになったそのときだった。

「よし。そろそろいくか」

ユーミンが意味不明の独り言を言ったかと思うと、ウィンカーを出して道路脇の住宅街に車を進ませた。

「住職、急に国一からはずれていったいどうしたんですか？」

不思議に思って訊くと、ユーミンは、

「このためにわざわざバイパスを避けて国一を走ってきたんだ。たとえ国一がふさがっていても、周囲の住宅街は走れる。ＭＩＮＩの小回りのよさがまさかこんなところで役に立つとはな。そんなことより、飛ばすから二人ともつかまってろ」

と言って、いきなり車を加速させた。

「うわっ」

「ひゃあ」

いきなりかかった重力のせいで、頭がヘッドレストにぶつかる。

ＭＩＮＩは車一台がぎりぎり通れるような狭い道をフルスピードで突っ走り、周りの景色が早送りの画面のように流れていった。

（やばい、置いてある自転車をはね飛ばしそうになったし。これは絶対やばいよ！）

かと思うとユーミンは思いきりブレーキを踏んで車を急停止させたり、道を変更したりする。

「ひゃあああぁぁ」

「きゃあああぁぁ」

ユーミンがするどくコーナーを曲がるたび、タイヤも「ギャギャギャギャ」と悲鳴をあげる。私とシャーミンはその都度、前後左右に体を大きく揺すられ、時には遠心力で窓に頭が押しつけられた。

「痛てて。住職、危ないですからやめてください」

「遊懸よ、これではまるでカミナリタクシーじゃ。速度を落としてくれ」

けれど、ユーミンはわめく私たちにはお構いなしで全力でアクセルを踏み、ハンドルを切り続けた。

「とろとろ走ってたら約束の時間に間に合わないだろうが。舌を噛むといけないから、二人ともしばらくの間、黙ってろ」

前方から視線をそらさず叫ぶユーミン。聞く耳なんてものは持ってないらしく、目を血走らせながらさらに車を爆走させた。

「うわあぁぁ」

「ひいいぃぃ」

狭い車内に私とシャーミンの絶叫が響き渡る。突然切り替わる視界。体にかかる強烈なG、メリメリ体にくい込むシートベルト。ＭＩＮＩはいきなり恐怖の絶叫マシーンになった。こんなの想定外にもほどがある。

「なつかしいな。アメリカじゃ向こうの走り屋たちとこんな風によくデッドレースをしたもんだよ」

「ここは日本ですからこんな荒い運転しないでください！」

「そうじゃ遊懸。人でも轢《ひ》いたらどうするんじゃ！」

ユーミンがハンドルを操りながらニヤリと笑う。

「安心しろ。俺たちには観音様がついている」

「元は縁切り観音様じゃないですか。この世と縁が切れたらどうするんですかっ！」

「大丈夫。今は縁結び観音だ。そんなことより口を閉じろ。本当に舌を噛むぞ」

そう言うと、ユーミンは体重をかけて思いきりアクセルを踏み込んだ。「ガオン!!」という音とともにＭＩＮＩの車体が大きく揺れ、すさまじい勢いで住宅街を突っ走っていく。車内にはまたもや私とシャーミンの絶叫が響き渡った。

「ひゃあ、助けてくれぇぇぇ!!」

「住職、もうやめてくださぁぁぃ!!」

地獄のようなドライブは多摩川を越えて東京都に入るまで続いた。ユーミンが、

「よし。ここまで来ればもう大丈夫だろう」

と言ったときには私もシャーミンも完全に燃え尽きて真っ白になっていた。

「お上人様、だ、大丈夫ですか？」

「おお、由加里ちゃん。今度こそお陀仏かと思ったが、なんとか生きとるみたいじゃ」

「な。俺たちには観音様がついてるって言っただろ？」

いい笑顔を見せるユーミン。残念ながらそのとき、私にはもう抗議する気力すら残っていなかった。わずかばかりの力を振りしぼって時計を見ると、すでに時刻は約束の午後六時を大幅に過ぎて七時になっていた。

（やばい。おばあさん、帰らないで待っててくれるといいんだけど）

けれど、私の願いも虚しく、渋滞の影響で都内もだいぶ混んでいて、車はなかなか前に進ま

なかった。

私たちがようやく常照寺に戻ってこられたのは夜の八時を過ぎたころだった。

あわてて車から降りて境内を見渡すと、うれしいことに本堂の階段に腰をかけているおばあさんの姿があった。

（あっ、よかった。いたっ！）

私は急いでおばあさんのところに駆け寄った。

「ごめんなさい。かなりお待たせしちゃって。ひどい渋滞のせいでこんなに遅くなっちゃったんです」

「まぁ、そうでしたか。ご苦労をおかけして申し訳なかったです」

「気にしないでください。それより、ご希望どおりにお上人様をお連れしましたよ。今、呼んできますから」

振り返ると、シャーミンはユーミンに連れられてとろとろと私たちの方に歩いてきているところだった。

「ああ、住職様……」

シャーミンを見た瞬間、おばあさんは感無量といった感じで立ち上がった。シャーミンはそんなおばあさんの前に立つと、

「初江ちゃん、久しぶりじゃのう。再び会えるとは思わなんだわ」

と言って、笑いながら握手をするために右手を前に出した。

ところが、おばあさんはなぜかもじもじして隠すように両手をお尻まで持っていった。

シャーミンは一瞬、戸惑ったみたいだったけど、おばあさんがニコリと微笑んだので、シャーミンもまた同じように微笑み返した。

「住職様、本当にお久しぶりでございます。本来ならもっと早くお訪ねすべきだったんですが、私も移住先でいろいろとあったものですから、こんなに遅くなってしまいました。申し訳ありません」

「なんの、気にすることはない。ブラジルは行き来するにはちと遠いでの。毎年便りももらってたし、それで十分じゃよ」

「やさしいお言葉……。もったいのうございます」

「そんなにかたくるしくならんでもええ。それにしても初江ちゃんは思っていたよりずっと若々しいの。娘のころの面影がよく残っておる」

「そんなことありません。すっかりこんなおばあさんになってしまいました。それに……」

「それに？」

おばあさんは恥ずかしそうに隠していた両手をシャーミンに見せた。

「あちらに渡ってからはずっと農作業をしていたものですから、手も日本にいたころとは違い、いつの間にかこんなごつごつしたみっともない手になってしまいました。昔は住職様に『きれいな手をしてるね』なんていつもおほめいただいてたのに恥ずかしいかぎりです」

「そんなことはない。一生懸命働いた証拠じゃよ。何の恥ずかしいことがあろうか」

「そうおっしゃっていただけると苦労がむくわれます。ありがとうございます」

そう言うと、おばあさんはホッとしたように頭を下げた。

「苦労といえば、旦那さんを早くに亡くしたと手紙で言ってたの。馴染みのない土地で子供さんをかかえてさぞかし大変だったじゃろうに。それでも最近の手紙では向こうで幸せに暮らしていると書いてあったと思うが」

「はい。おかげさまで。今では息子たちが農場のあとを継いでがんばってくれています。孫やひ孫もたくさん授かりまして、みんなで家族仲良く賑やかに暮らしております。数年前からは日本にもうちの農場で穫れた大豆を輸出してるんですよ。今のところ順風満帆でありがたいかぎりです」

「そうか。それなら安心じゃの」

「すべて住職様のおかげです」

「別にたいしたこともしておらんよ」

「そんなことありません。住職様が困り果てていた私たち親子を救ってくださったからこそ、生きて再び父と一緒に暮らせるようになりました。私が雨宿りしながら門の下で人生に絶望していたとき、住職様が『小娘《こむすめ》、そんなところで何をやってるんだ。目障りだからとっととなかに入れ！』と言ってくださったお言葉、かたときも忘れたことがありません」

「……そんなひどい口調だったかの？」

「ええ、そうです。今でもはっきりとおぼえております。その後は家族と一緒にブラジルに渡って苦労したり、主人とも早く死に別れたりしましたが、それでも子宝も授かり、人並みの真っ当な人生を歩むことができました。これもすべて住職様に助けていただいたおかげです。本当になんとお礼を申し上げたらよいのやら」

「お礼なんてそんな仰々しい。ずいぶん昔のことじゃし、気にせんでいいわい」

「そういうわけにはまいりません。ここに来たのはぜひともお礼を申し上げたかったのと、それと……」

するとおばあさんはなぜか急に黙り込んでもじもじした。

「今だから話せますが、じつは住職様はまだ私が少女だったころの初恋の人だったんです。こちらのお寺を出てからも、ずっとずっとお慕いしておりました。それで一つあつかましいお願いがございます。今生最後の思い出にぜひ一度……私と口づけしていただけないでしょうか？こんなお婆さんじゃきっとお嫌かもしれませんが……」

「なんと、口づけとな⁉」

シャーミンはおばあさんの突然の告白にちょっと驚いた様子だったが、すぐにニコッと笑顔を見せた。

「嫌だなんて、とんでもない。女人《にょにん》とキッスするのは二十年ぶりじゃ。よろこんでうけたまわろう」

「ありがとうございます」

「ではいくぞよ」

「はい」

シャーミンはおばあさんに近寄り、そっと肩を両手で抱きしめると、そのままちゅっとキスをした。見る間におばあさんの頬が真っ赤に染まる。シャーミンが顔を離したときには、おばあさんの両頬はまるでリンゴが二つ並んだようなほっぺになっていた。そこからはおばあさんの一途《いちず》な思いが伝わってきて、私は一人の女としてとても感動した。

（いい話だ。苦労してシャーミンを連れてきたかいがあったってもんだ）

おばあさんが顔を赤らめながらうれしそうに微笑む。

「ついに長年の夢がかないました。これで心置きなく旅立てます。本当に、本当にありがとうございました」

「とんでもない。お安いご用じゃ。それで、もう行かれるのかの？」

「ええ。お名残惜《なごりお》しゅうございますが、今日で四十九日目です。そろそろ参らねばなりません」

「そうか。ではまた向こうで会おう」

「はい。あちらで住職様をずっとお待ちしております。そこにいるお嬢さんにも大変お世話になりました。感謝の言葉もありません」

「初江ちゃんの旅路がつつがなきよう、心から祈っておるでの」

「さようなら、住職様。お世話になりました」

深々とお辞儀をするおばあさん。顔を上げたとき、微笑むおばあさんのリンゴほっぺにはひと筋の涙がつたっていた。

そして次の瞬間、おばあさんの姿は目の前からスゥーッと消えてしまった。

「えっ⁉　えっ⁉　えっ⁉」

驚きのあまり、ついつい大きな声が出てしまう。

「おばあさんが、き、消えちゃった⁉」

けれど、ユーミンもシャーミンも目の前で人一人が忽然《こつぜん》と姿を消したわりには平然としていてうろたえるそぶりも見せなかった。

「冥土に行く前に、はるばるブラジルからここまで来たのか。情熱的だねぇ。じいさんも案外やるじゃないか」

「これ、遊惑。人がしんみりしているのにからかうでない」

シャーミンがムスッとした顔をする。

「て、ていうか、あのおばあさん、もしかして幽霊だったんですか⁉」

驚く私を二人は不思議そうに見つめてきた。

「もしかして由加里ちゃん、今ごろ気づいたのか？」

「わしはひと目見るなり気がついたけどのー」

「私、全然わかりませんでした」

ユーミンとシャーミンがあきれたように顔を見合わせる。

「精神と二の腕がたるんでいるからだ」

「いいや。きっと赤味噌の食べすぎで味覚と感性がにぶっているんじゃよ」

「ちょっと、それはないですよ。いくらなんでも言いたい放題すぎます！」

「だって、そもそもブラジルからばあさんがたった一人で来ている時点でおかしいと思うのが普通だろ？　じいさんもあのばあさんに『息災でなにより』とか『元気でしたか？』なんてひと言も言わなかったじゃないか」

「どうやら由加里ちゃんは赤味噌のたたりも受けているようじゃな。これからは白味噌も食べるように」

「ひどい。よってたかって人をばかにして！」

地団駄を踏むと、二人ともますます気の毒そうに私を見た。

（ちぇっ。もう知らない）

腹が立ったので二人からフンと目をそらしたら、その拍子にふときれいな夜空が目に映った。冬が近づいてきたせいか、空に無数の星が瞬《またた》いているのがよく見える。

（わー、きれい。もしかしたらおばあさんもあの星の一つになったのかな）

そんなことを考えながら空を見上げていたら、いつしか私の腹立ちはどこかに消えてしまった。

「それにしてもよかったですね、あのおばあさん。心置きなくあの世に旅立つことができて」

私につられたのか、シャーミンの顔も夜空を向く。

「そうじゃな。あの子はがんばり屋さんのいい娘じゃった。一生懸命生きたご褒美で、きっと安らかに成仏できるじゃろう」

「ふっ、それはどうかな?」

いいところなのに、突然ユーミンが水を差してきた。

「なにせじいさんとキスしたからな。逆に悪い影響を受けて成仏できないかもしれんぞ」

悪態をつきながらニヤニヤ笑うユーミン。それに対し、シャーミンはいつになく真剣な表情で首を振った。

「遊愍よ、絶対にそんなことはない」

「おいおい、どうしてそこまで言い切れる?」

「あの節《ふし》だらけのごつごつした手を思い出せ。あれを見せれば、きっと閻魔《えんま》様もお釈迦《しゃか》様もおほめくださるじゃろう。違うか?」

「………………」

ユーミンは真顔に戻ると、ばつが悪そうに視線を落とした。

「そうだな。からかって悪かった。じいさんの言うとおりだ」

「わかればよい。まだまだ修行不足じゃな」

「よもや、じいさんに一本とられるとはな。さて、それより冷えてきたからそろそろ庫裏に入るか。ずっと運転してたからさすがに疲れたよ」

ユーミンが背中を丸めて庫裏の方に歩きだす。私はまだシャーミンが名残惜しそうに空を見上げていたので、そのまま隣にとどまった。

「おばあさんの初恋か。私、まさかこのお寺にそんな秘められたラブストーリーがあったなんて夢にも思いませんでした」

シャーミンは星々を見つめたまま、隠やかな口調で言った。

「この寺だけじゃない。どこでもさがせばそういう話の一つや二つは必ずあるもんじゃよ。いつの時代も人間さえいれば必ずそこに喜怒哀楽のドラマがある。人々が入れ替わるから、そういった記憶もいつしか淡く消えていくだけでの。世の中そんなもんじゃよ」

「そうなんですか。でも、ちょっとさみしいですね。私的にはあのおばあさんのピュアな気持ちは永遠に忘れられずにいてほしいです」

シャーミンがゆっくり首を振る。

「残念ながらそれは世の定めで仕方のないことなのじゃよ。諸行無常、あらゆるものはすべて移ろいゆくのじゃ。人が残した思いももちろんその例外ではない。ただし」

「ただし？」

「少なくともわしは忘れんよ。あの世に行くまで絶対にの」

（素敵！）

私はシャーミンの言葉に感動した。シャーミンが言うとおり、たしかに人生ははかないものなのかもしれないけど、もし誰かが私の気持ちや思いをずっと大事におぼえていてくれるなら、それはとても幸せなことなのではないかと思う。私は再びシャーミンと一緒に夜空を見上げながら、しばらくの間、そのことについて考えた。

「ところでお上人様、あのおばあさんとそのお母さんを昔、物資の見張り役として雇ってたって聞いたんですけど、女なのに役に立ったんですか？」

「うんにゃ。あまり役には立たなかったの」

「じゃあ、どうしてお寺に居候させてあげたんですか？」

すると、シャーミンはしばらく考え込んでいたようだったが、やがて照れくさそうに笑った。

「昔のことなんで忘れてしまったの」

それを聞いて思わず笑みがこぼれてしまう。

（やさしくて照れ屋なところがユーミンそっくり）

私はなんだか胸が温かくなって、シャーミンの前に手を差し出した。

「お上人様、手をつなぎましょう」

「足元が暗いからわしを引っ張ってくれるのか。由加里ちゃんはいい子じゃのー」

「違いますよ。ただ手をつないで歩きたいだけです」

「なんじゃ。こんな老人と手をつなぎたいとな？　おかしなことを言う娘だの」

「うふふ。いいんです。いいんですよ」

シャーミンの手を握ったら、しわしわだけど温かかった。歩きだすと、シャーミンがうれしそうに私の顔を見てくる。どうやらまんざらでもないらしい。

「若いころ、ガールフレンドと上海の外灘《バンド》を歩いたときのことを思い出すのー」

「若いころって戦争よりも前の話ですよねぇ。たしか、今より男女交際について厳しかったたって聞いたことがあるんですけど。そんな時代に女の子と手をつないでデートしてたんですか？」

「これでもモダンボーイじゃったからのう。相手もモダンガールでいい女じゃった。モボとモガでベストカップルじゃ」

「うふふ。お上人様って若いころはモテモテだったんですね」

「失礼な。わしは今だってモテモテじゃわい」

無理して背筋を伸ばそうとするシャーミン。その姿がなんだかとてもかわいく見えて、私は玄関までできるだけゆっくりと歩いた。

（ちょっと無茶苦茶なところもあるけど、シャーミンもユーミンもやさしくて大好き）

私が幸せな気分で玄関を開けようとしたそのときだった。

「お願いです。助けてください……」

ふいに背後から女性の消え入りそうな声が聞こえてきた。

（誰っ⁉　また幽霊⁉）

びっくりしてすぐに振り返ると、なんとボロボロに引き裂かれた服を着た女性がヨロヨロとふらつきながら歩いてくるのが見えた。しかも、女性の顔はひどい暴行でも受けたのか、ぼこぼこに腫れ上がっていて、目も開いているかいないのかわからないような状態だった。口や鼻のまわりには乾いた血のようなものものもこびりついている。

（きゃっ。ひどい）

私はシャーミンの手を放すと、急いでその女性のところまで駆け寄った。

「あの、大丈夫ですか⁉　今すぐ救急車を呼びますから」

すると、女性から返ってきたのは意外な言葉だった。

「由加里⁉　もしかしてここって由加里が働いてるお寺だったの？」

「その声、もしかして莉奈⁉　いったいどうしちゃったの⁉」

「由加里、私、私……」

莉奈はそう言うと、その場に泣き崩れた。

第五章

常照寺の変

「莉奈、とにかくこれを着て」

私は着ていたカーディガンを急いで莉奈に羽織らせた。服が引き裂かれている上にひどい暴力を振るわれている状況からして、莉奈の身に何が起こったかは誰が見ても明らかだった。地面に座り込んでひたすら泣きじゃくる莉奈。私は部屋から毛布をとってくると、それで莉奈の体を覆った。それからユーミンを呼んで、二人がかりで莉奈を庫裏の応接室に連れて行き、ソファーに座らせる。莉奈のむごたらしい姿を目にしてからずっと無言だったユーミンは私に目配せをすると、そっと部屋から出て行った。

「莉奈、もう大丈夫だから安心して」

莉奈に私の服を着せ、血をふいたり、傷の応急手当てをする。そして私はいっこうに泣きやむ気配のない莉奈を抱きしめて、背中をひたすらさすり続けた。

「大丈夫。もう大丈夫だから」

本当はちっとも大丈夫じゃないのはよくわかっているけど、他に何て声をかけてあげたらいいのかわからない。今の私にはそう言い続けて抱きしめること以外、莉奈のためにしてあげられることがなかった。

しばらくして応接室のドアの外からユーミンが私を手招きした。

「莉奈、ごめん。ちょっと待ってて」

泣きやまない莉奈を残して応接室を出ると、ユーミンは私の腕を引っ張って廊下の突き当たりまで行った。

「由加里ちゃん、あの子は顔の腫れがかなりひどいから、医者に診《み》てもらった方がいいと思う。ただし、事情が事情だから救急車を呼んで大事にするのは本人もつらいだろう。俺でよければ車で病院に連れて行ってやるがどうする？」

「……よろしくお願いします」

嫌がる莉奈をなんとか説得して最寄りの救急病院に連れて行くと、ユーミンは若い男の医者《せんせい》に莉奈がお寺に駆け込んできたときの状況をこっそり説明した。医者は、

「それはお気の毒でしたね」

と伏し目がちにうなずき、余計なことは何も言わずに莉奈の治療や検査をしてくれた。検査の結果、莉奈は目や鼓膜には問題がないものの、鼻の骨が折れ、頬骨がひどく陥没しているので、後日、形成外科での手術が必要とのことだった。応急処置を終えた莉奈の顔にはガーゼがテープでびっしりと貼りつけられていて、見た途端、気の毒で泣きそうになる。

莉奈はそのまま入院することになった。もちろん怪我の手術や治療のこともあったけど、治療中もずっと泣き続けていた莉奈の精神的なケアを第一に考えてのことらしい。ユーミンは、

「他の病人と一緒じゃつらいだろう」

と言って、莉奈のために個室を借りてくれた。

「入院することになったし、すぐにご家族にも報せた方がいい」

とも言う。莉奈に連絡先を聞いたら、両親は二人とも音楽家で、それぞれずっと海外で暮らしているから、報せてもすぐには帰ってこられない、と言ってまた激しく泣いた。

（そういえば莉奈は高校のときからずっと一人暮らしだって前に言ってたっけ……）

こんな目に遭っているのに家族が誰も駆けつけてくれない莉奈をとても気の毒に思った。東京にある実家で一人暮らしだなんてうらやましい、と思った過去の自分の能天気ぶりを反省する。

とりあえずそういう事情で、当面の入院に関しての対応は友人である私とユーミンがすることになった。

その後、看護師さんから精神安定剤をもらった莉奈はさっきまであれほど泣き続けていたのが嘘だったかのようにぐっすりと寝てしまった。ユーミンと一緒にベッド横の椅子に並んで座って、静かな寝息を立てている莉奈を見守る。

「とりあえず落ち着いてよかったな」

「ええ。なんとか」

けれど、よく見たら莉奈の目尻からはひと筋の涙が流れていて、莉奈が受けた精神的ショックの大きさを物語っていた。

（許せない。莉奈をこんな目に遭わせたやつは絶対に刑務所にブチ込んでやる！）

胸の奥がつかえるような、なんともいえない怒りを感じていたら、隣のユーミンも同じ気持ちなのか、険しい顔で深いため息をついた。重苦しい沈黙が病室に漂う。

そこへ若い看護師さんが部屋に入ってきた。

「大変申し訳ないのですが、もう一般の方にはお帰りいただく時間になっています。よろしいでしょうか？」

　ユーミンが私の顔を見る。

「だ、そうだ。由加里ちゃん、心配かもしれないけど、本人も落ち着いて寝てるし、今日はいったんここで帰ろう。明日は仕事を休んでいいから、莉奈ちゃんの入院に必要なものをそろえて届けてやってくれ。金は俺が全部出す」

「わかりました。ありがとうございます。そうさせてもらいます……」

　何度か小さくうなずくユーミン。私はこんこんと眠る莉奈に、

「莉奈、また明日来るからね」

と声をかけると、看護師さんにあとをまかせてユーミンと一緒にお寺に帰った。

　次の日、私はユーミンの厚意に甘えて、「鈍器法廷《ドンキホウテイ》」でいろいろと服やものを買いそろえたあと、午後に莉奈の病室を訪れた。病室に入ったとき、ベッドの上で上半身を起こしてぼんやりしていた莉奈は、私を見るなり両目に涙を浮かべた。

「由加里、ごめんね。いろいろありがとう……」

　それだけ言うと、莉奈は両手で顔を覆って泣きだした。

「莉奈。気にしないで。友達なんだし」

　莉奈の手を握ってあげたら、莉奈がしゃくりあげながら私にしがみついてくる。

「昨日、ホームパーティーをやるからって言われて滝本征士郎《たきもとせいしろう》って政治家の息子の部屋に行ったの。そうしたら、パーティーのはずなのにそいつ以外誰もいなくて、『おかしい』って言っ

たらむりやり私に変な薬を飲ませようとして……。私も必死に抵抗したんだけど、暴力を振るわれて、それで、それで……」

「莉奈、わかったから無理しないで」

力一杯莉奈を抱きしめる。莉奈はそのあと、ずっと私の胸のなかでわぁわぁ泣き続けた。

二時間くらいしてようやく落ち着いた莉奈が涙ながらに語ってくれたところによると、ひどい暴力を振るわれた上に、暴行された莉奈は、そのあと、クスリでラリった男により、車に乗せられてヒルズ近くの路上に放り出されたらしい。聞いているだけでものすごく腹が立った私は、警察に訴え出てそいつを刑務所に入れてやるべきだと思ったけど、莉奈自身が、

「レイプされたなんて噂が広まったら、一生お嫁に行けなくなっちゃう。お願い、由加里。このことは絶対に内緒にしといて」

と言うので、私も、

「大丈夫。もともと誰にも言うつもりないから。安心して」

と約束するしかなかった。

「ありがとう、由加里」

しくしくと子供のように泣く莉奈。結局、莉奈は婦人科でアフターピルを出してもらい、そのまま届け出を出さずに泣き寝入りすることになった。

その日は莉奈が、「こわいから一人にしないで」と言うので病室にいられるギリギリの時間まで莉奈と一緒にいてあげた。夜遅く、しとしとと冷たい雨が降るなか、私はやるせない思い

をかかえたまま病院をあとにした。

それから数日間は相談者も現れず、私は毎日、悶々と過ごした。あいかわらず参拝者が多くて忙しかったけど、常照寺《ここ》に駆け込んできたときの莉奈の姿がときどき脳裏に浮かんで気分が沈み、やる気がまったく起きない。昼はメイド服を着て仕事をして、夜は莉奈のお見舞いに行く。精神的に傷ついている莉奈は誰かが側にいないとたちまち情緒不安定になってしまうからだ。昨日、ようやく莉奈の両親が帰国したので、とりあえず病院につめている役目を交替した。顔の手術はうまくいったみたいだけど、今後の人生や社会復帰を考えると莉奈が気の毒でならなかった。

ユーミンはたまにお寺に顔を出すと、そんな私を見かねたのか、いろいろとなぐさめてくれた。

「由加里ちゃん、気持ちはわかるけど少しは元気を出せよ」

「すみません。気をつかってもらっちゃいまして……」

「ほら、グーテ・デ・ロワのホワイトラスクを買ってきてやったぞ。おいしいからこれで一緒に紅茶でも飲もう。メイド服にもぴったりだ」

「ありがとうございます。でも、あまり食欲がないもので……」

「……そうか」

ユーミンがフウーッとため息をつく。ユーミンが私のことを気にしてくれているのが痛いくらいよくわかる。できれば私としてもユーミンの思いやりにこたえたいけど、どうしても自分の気持ちを明るい方向に持っていくことができない。

そのとき、ユーミンが突然、「そうだ！」と叫んで笑いながら私の顔を見た。

「いいことを思いついた。明日、菊のやつがいよいよ退院するらしいから、今週末に快気祝いを兼ねて、境内で盛大にバーベキューパーティーをしよう。自慢じゃないが俺はスペアリブを作るのが誰よりも上手でね。それを食べたらきっと由加里ちゃんも元気になると思うんだ。どうだ？　いいアイデアだろ？」

「……バーベキューをする気分でもないです」

「ばかだな。そんなことでどうする」

ユーミンは悲しそうな顔で私の頭をポフポフと叩いた。

「じいさんはもちろん、菊や俺の知り合いも呼んで楽しくやろう。な、いいだろ？」

ユーミンにポフポフされるのは初めてだったので、私は少しだけうれしくなった。

「えへへ。わかりました」

「よし、じゃあ決まりだ」

私が微笑むと、ユーミンもうれしそうに微笑んだ。


こうしてユーミンの発案により、次の土曜日に菊ちゃんの快気祝いを兼ねたバーベキューパーティーが開かれることとなった。電話でユーミンから一方的にバーベキューのことを知らされた菊ちゃんは当初かなり驚いたらしいけど、最終的には「行きますよ。行けばいいんでしよ」と泣いて喜んだらしい。

本家剛田武《ごうだたけし》をもはるかに凌駕《りょうが》するジャイアニズムを発揮したユーミンは、「食料や酒は俺が全部用意するから、由加里ちゃんはバーベキューコンロの準備や、取り皿とか紙コップなんかの支度だけしといてくれ。時期的にもたぶん今年最後のバーベキューだ。気合いを入れていこう」

と言ってますますやる気まんまん、前のめりになった。私もユーミンの指示に従い、暇をみてはコンロや金網を物置から出して洗ったり、夜、近くの「鈍器法廷」に木炭や紙皿などの買い出しに行って言いつけをこなす。本来の仕事以外にやることが増えてしまったけど、結果的に忙しくしている分、落ち込んでいる暇がなくなったので、私は少しずつ元気を取り戻していった。

そして、当日の夕方。その日は天気もよかったので、参拝客が帰ったあとに予定どおり、菊ちゃんの快気祝い兼バーベキューパーティーが開催された。

「俺の知り合いもたくさん来るから」

というユーミンの事前の指示により、バーベキューコンロやイス、テーブルが境内にたくさん設置されている。テーブルの上にはケミカルジーンズみたいに霜が降ってる高そうなお肉や季節の食材、ユーミンが買ってきた高そうなお酒やジュースなどがところせましと並んでいて見るからにゴージャスな雰囲気だ。

私はお気に入りのドラゴンズパーカーに肉を焼いたときのにおいがうつるのが嫌だったので、

日ごろ、部屋着として愛用しているジャージを着て参加した。夕方になると冷え込んでくるので、下にユニクロの薄手のパーカーなどを重ね着して炭に火をつけてまわる。

（さすがに十月の夕方だと屋外でのバーベキューは肌寒いなぁ）

寒さのせいもあって私は一生懸命備長炭《びんちょうたん》に息を吹きかけて火力をあげた。こうなることを見越して大きなおなべに赤だしのあったかい豚汁をたくさん作っておいた自分をほめてあげたくなる。

今日の参加者はユーミンとシャーミンと私、例の霊柩車風乗用車に乗ってやってきた主賓の菊ちゃん、それとユーミンの知り合いとかいう、十五人ほどの中学、高校くらいの男の子と女の子だ。不思議に思ってその子たちに、

「住職とはどういう関係なの？」

と訊いたら、どの子もみんな決まって、

「えへへ」

「ちょっとした知り合いです」

などと言葉を濁して、なぜかユーミンとの関係について何も教えてくれなかった。

（変なの）

そのとき、ふいに誰かの視線を感じた。気になってあたりを見回すと、高校生くらいの男の子が私の胸元をじっと見つめていた。

（なに、この子？　人の胸を見てきていやらしい感じ。これだからエッチなことに興味津々な

年ごろの子は困るんだよなぁ）

　私の胸を見ていた子はやがて視線を上げて、おずおずと私の顔を見た。

「あの、お姉さんが着てるジャージなんですけど……。胸のところについている『二中』ってどういう意味なんですか？」

「ああ、これ？　これは二中ジャージ。だから二中って書いてあるの」

「二中ジャージ？」

「うん、二中。お姉さんは地元の第二中学校の出身だから」

「えっ⁉　じゃあ、お姉さんは中学のジャージをまだ普通に着てるってわけですか⁉」

「そうだよ。ポケットのファスナーは完全に壊れちゃってるけど、大きめのを買ったからまだ余裕で着られるし。何か変？」

「い、いえ。個性的だなぁ、と思って。あ、肉が焼けたみたいだから俺、行きます」

　そう言うと、その男の子はそそくさと私から離れていった。

（変な子。思春期だからかなぁ？）

　男の子が向かった先には焼けた肉をかいがいしく子供たちに配ってるユーミンと、今日の主役なのに強制的に手伝わされている菊ちゃんの姿があった。

（中高生たちとどういう関係があるのか知らないけど、ユーミンもいいとこあるじゃん。それにしてもなかに一人、体が大きくておかしな格好をしてる子がいるなぁ、って、んんっ⁉）

　いつの間にか中高生に混じって中国の人民服を着たキムさんが肉をもらっていた。

（なぜキムさんがここに⁉　誰も呼んでないのに⁉　おまけに人民服を着てるし！　しかも、ユーミンはユーミンでそれを何とも思わないで普通に肉を渡してるのはどういうこと⁉）

キムさんは何の遠慮もなく肉にかぶりついた。

「うまい。いい肉だな」

まるで肉食動物みたいに肉をガフガフ食べるキムさん。それを見て肉を配っているユーミンがニヤリと笑った。

「だろ？　なにしろ卸値で百グラム五千円だ。酒も食い物も今日は全部ここにいる菊之助のおごりだから遠慮なく飲み食いしてくれ」

ユーミンは隣にいる、こんなときでも黒いスーツ姿の菊ちゃんの肩をポンと叩いた。キムさんが菊ちゃんの顔を見る。

「菊之助君というのか。タダ飯を食わしてもらって悪いな」

「キムさんらしくない。遠慮なんかするなよ。このあと、俺が特製タレにつけ込んで作ったスペアリブも焼くから楽しくやろうぜ。はっはっは」

ユーミンが豪快に笑う。反対に菊ちゃんはとても退院したばかりとは思えないような暗い顔つきでうなだれている。どうやらユーミンはバーベキューにかかる費用をすべて菊ちゃんに請求するつもりらしい。おそらく私を泣かせたことに対するお仕置きがまだ続いてるんだろう。

わずか二時間後、あれだけ山のようにあったお酒はすっかりなくなってしまった。ユーミンとキムさんが遠慮なくガブガブと飲んだせいだ。ユーミンが空になったシャンパンの瓶を片手に菊ちゃんの肩を叩く。

「おい、菊。ドンペリ・ゴールドとロマネ・コンティがなくなったから、ヒルズに行って買ってきてやろう。財布とカードを貸せ。あと、暗証番号も教えろ」

菊ちゃんは死にそうな顔でしぶしぶユーミンに財布を差し出した。

「ユーミンちゃん、お願いだからもう勘弁してくれよ。俺、このままじゃマジで首をつらなきゃいけなくなっちゃうよ……」

けれど、ユーミンは笑いながら菊ちゃんから財布を引ったくった。

「安心しろ。供養は俺がしてやる」

途端に菊ちゃんがへなへなと地面に崩れ落ちる。退院祝いのはずなのに、その姿はあまりにも悲惨で哀れだった。

(……ユーミンは怒らせると本当にたちが悪いな。間違いなく根に持つタイプだ。恐ろしい)

当分へまはやらかさないようにしようと固く心に誓ったとき、ふいに誰かがお寺に駆け込んできた。

「はぁはぁ、由加里ちゃーん!!」

見たら日暮さんだった。日暮さんは息を荒くしながら、まるで誰かに追われてでもいるかのような必死な顔つきで私のところまで走ってきた。

「日暮さん、いったいどうしたんですか!?」

日暮さんの顔全体にびっしりと浮かんでいる汗に不吉な予感がする。息を切らした日暮さんは呼吸を落ち着けてからようやく返事をしてくれた。

「美優が、美優が誰かに監禁されてるみたいなんだ」

「えっ、美優ちゃんが監禁されてる⁉」

日暮さんが泣きそうな顔で何度もうなずく。

「さっき娘からこんなメールが送られてきて」

そう言うと日暮さんは私に携帯のメール画面を見せてきた。そこには、

『パパ助けて部屋から帰してもらえないのこわいもう無理』

とだけ短く書かれていた。

「娘が私を〝パパ〟なんて呼ぶのは小学校以来なんだよ。これは娘の身に何か大変なことが起こっているに違いないんだ」

「美優ちゃんが監禁されてるだって？　あんた警官だろ？」

騒ぎを聞きつけてきたユーミンが訊く。

「上や同僚に何度も頭を下げたんだけど、これだけじゃ動きようがないっていうんだよ。ちくしょう」

「あいかわらず杓子定規《しゃくしじょうぎ》な連中だ。役立たずが」

ユーミンが忌々《いまいま》しそうにチッと舌打ちする。すると突然、涙目になった日暮さんが私の手を握ってきた。

「それで困りはてていたら、目の前にいきなりこのお寺の観音様が現れたんだ。そして俺に

『娘を助けたければ常照寺に行き、そこにいる娘に相談しなさい』っておっしゃったんだよ。だから全速力で走ってきたんだ。おかしなことを言ってるかもしれないけど、本当なんだよ、由加里ちゃん」

(まさか日暮さんが次の相談者⁉)

びっくりしてとまどっていたら、日暮さんの私の手を握る力が強くなった。

「頼む、由加里ちゃん。娘を助けてやってくれ。お願いだ。このとおり」

頭を下げる日暮さん。頭のてっぺんに一本だけ残った髪の毛も頭を下げる。

「そ、そんなことを言われても急には……」

日暮さんの必死な勢いにあとずさりしそうになったときだった。背後からふいに、「わしにまかせろ!」という声が聞こえてきた。振り返るとシャーミンだ。シャーミンは手に持っていた箸と紙皿を投げ捨てると、合掌してお経を唱え、その場で祈禱を始めた。

(そうだ、シャーミンがいた。シャーミンは霊感が強いから、美優ちゃんの居場所を見つけてくれるかも!)

セーターにズボン姿での祈禱にはちょっと異和感があったけど、シャーミンの年のわりには力強いお経の声に希望を感じていたら、ユーミンが私の肩にポンと手を置いた。

「じいさんにばかりまかせてはおけない。俺も一肌ぬごう」

そう言うとユーミンは作務衣の胸ポケットからスマートフォンを取り出し、何やら調べ始めた。

「まさかあれがこんなに早く役に立つとはな」

「あれって何ですか？」

「超小型ＧＰＳ発信器さ。前に美優ちゃんにあげた鬼帝《キティ》ちゃんのなかに仕込んであるんだ。由加里ちゃんから松下さんの話を聞いたんで、ものは試しにアキバのそういう専門店で買ってみたんだ。なんでも二十日間くらいは電池で動いているらしい。持っている人間の位置はこのスマートフォンの地図に表示される。あの子はなんとなく危なっかしく見えたもんでね」

（あっ、だからユーミンは、私よりも美優ちゃんが持っていた方がいいって言ったんだ）

ユーミンが私に鬼帝ちゃんをくれなかった理由を納得したとき、シャーミンの「わかりおったぞーーー!!」という声が境内に響き渡った。

「日暮の娘はこの近くの赤いレンガ風の建物の一室に捕らわれておる！」

続いてユーミンも「場所がわかったぞ！」と叫んだ。

「じいさんの言うとおりだ。美優ちゃんの居場所を示す矢印は西麻布の交差点からちょっと行ったところを指している」

「本当ですか⁉」

日暮さんがユーミンのスマートフォンをのぞきこむ。

「場所を教えてください。すぐにでも助けに行きます」

「日暮さん一人じゃ、たとえそこに行っても美優ちゃんの居場所をさがすのに時間がかかる。あの辺は近所だからよく知ってるが、たぶんマンションかビルだろう。よし、乗りかかった船だ。俺たちも行こう。菊っ！」

　そう言うとユーミンは菊ちゃんの方を向いた。

「行くぞ、ついてこい！」

「俺も行かなきゃいけないの？　病みあがりなのに……」

　げんなりとした顔で返事をする菊ちゃん。

「当たり前だろ。それでも男か。あと、キムさん」

　ユーミンがキムさんの顔を見る。

「できればキムさんにも手伝ってもらえると助かるんだが。探偵だけにこういうのは得意だろ？」

　キムさんはユーミンが言い終わる前に渋い顔で首を振った。

「お断りだ。厄介ごとに巻き込まれるのはごめんだよ」

「そ、そこをなんとかお願いします。探偵さんがいれば私も心強いです」

　日暮さんがキムさんの袖をつかむ。キムさんはますます苦々しげな顔をした。

「そこまで言うんだったら金をもらうぜ。俺はプロだからな」

「当然です。財布ごと持っていってください」

　日暮さんがキムさんに財布を渡すと、キムさんは財布のなかを遠慮なく確認した。

「中身は千円札四枚と小銭だけか……。きょうび、その辺の高校生の方がよっぽど持ってそうだな」

「そんなことおっしゃらないで。私の全財産なんです。お金が足りない分は何でもしますから、どうか娘を助けてください！」

「何でもするだと？　ははは。なかなか面白いことを言うおっさんじゃねぇか。だったら頭のてっぺんに一本だけ残ってる髪の毛をよこせ。そうしたら手伝ってやるぜ」

ニヤニヤ笑うキムさん。すると、日暮さんは迷うことなく大事に残していたに違いない髪の毛を引っこ抜いてキムさんに渡した。

「こんなものでよければいくらでも差し上げます。どうか娘を助けるのを手伝ってください！」

キムさんは日暮さんの突然の行動に驚いたみたいだったけど、ヘッと鼻で笑うと髪の毛を上着のポケットにしまった。

「わかった。男に二言はねぇ。やってやる」

「ありがとうございます。どうかよろしくお願いします」

日暮さんは地面に着きそうなくらい深々と頭を下げた。

そのとき、中高生たちがユーミンの周りに集まってきた。

「人助けですから、ぼくたちにもお手伝いさせてください」

「私もやります」

男の子も女の子もみんな口々にユーミンに協力を申し出た。ユーミンは、

「君たちに迷惑をかけるわけにはいかない。みんなここに残ってくれ」

と言ってすぐに断ったけど、キムさんが、

「遊憨君、こういう場合は人手は多ければ多い方がいい」

と言うので、ユーミンも中高生を一緒に連れて行くことにしぶしぶ同意した。

すると、子供たちに触発されたのか、シャーミンも、

「わしも行くぞ！」

と言って、天に向かって拳を突きあげた。

「ちょっと待て。じいさんは年だから足手まといだ。ここで大人しく留守番しといてくれ」

当然ながらユーミンがあわてて説得する。

「なんの、わしはまだまだやれる」

「いいから留守番をしててくれよ。それにバーベキューに使った炭の火がまだ消えてない。万が一でも本堂が燃えたら困るだろうが」

それを聞いてシャーミンは残念そうに肩を落とした。

「ぐむむ。仕方ないのう。悔しいがそれではここに残るとしよう」

「よろしく。それじゃみんな、急いで出発するぞ！」


十分後、私たちはユーミンのスマートフォンを頼りにようやく目指す建物の前に着いた。お寺から休むことなく走ってきたので、全員ハァハァと肩で息をしている。日暮さんは年のせいか途中何度も脱落しそうになったけど、なんとか最後まで一緒についてきた。きっと娘さんのために必死に歯を食いしばったに違いない。

「ぜぇぜぇ。住職、ここに、ここに美優がいるのか？」

日暮さんは息を荒くしながらユーミンに訊いた。

「ああ、間違いないだろう。ＧＰＳ発信器の位置もこの建物を示してるし、じいさんの祈禱の結果どおりの外観だ」

そこはたしかにシャーミンが言ったとおり、赤いレンガ風の外壁の縦長マンションだった。どちらかというと古めな感じの建物で、オートロックなんてしゃれたものはなく、照明が暗い入り口にはステンレスの郵便受けだけが殺風景に並んでいる。

「なるほど。管理人もいないし、防犯カメラもない。証拠が残らないから女の子を連れ込んだり、監禁したりするにはおあつらえむきのマンションだな。くそったれが」

ユーミンがいまいましそうに吐き捨てる。

「郵便受けの番号と数からしてマンションは五階、一つの階に部屋数が四部屋で合計二十室か。一軒一軒確認してたらかなり時間がかかるところだったな。やっぱりガキどもに一緒に来てもらってよかったぜ」

キムさんの言葉にユーミンがうなずく。

「よし、とにかく手分けしてさがそう。まずはチャイムを鳴らしてなかに人がいる部屋を洗いだすんだ。あやしいやつが出てきたらそれも報告してくれ。とりあえず十分後にまたここに集まるようにしよう」

「わかりました！」

中高生たちは大きな声で返事をした。

その後、階ごとに人数を割り振っていよいよ美優ちゃんの捜索が始まった。私とユーミンは二階を受け持ったけど、残念ながらどの部屋も留守だったり、若い女の子が住んでたりして、美優ちゃんが監禁されているような様子はまったくなかった。一刻も早く美優ちゃんを助けださないと状況からして大変なことになってしまうので、どうしても気ばかり焦ってしまう。

約束の時間どおりに再びマンションの前に戻ると、そこにはキムさん、菊ちゃん、日暮さんをはじめ、ほとんどの人が暗い顔をして待っていた。どうやらみんな美優ちゃんが監禁されていそうな部屋を発見できなかったらしい。

(もしかしたらこのマンションじゃないのかも。ああ、どうしよう)

するとそのとき、一番最後に戻ってきた高校生の男の子二人組が、

「やりました。あやしい部屋を見つけました！」

と言いながら走ってきた。

「四階の四〇三号室です。チャイムを押したらチンピラっぽいやつがドアを開けて、『ガキども、何の用だ！　今、おとりこみ中だ。邪魔すんな！』って怒鳴られました」

「よくやった！　状況からして間違いなくそこだ！　ありがとう、助かったよ。あとは俺たちで片づけるから、君たちはみんなここで帰ってくれ。明日また会おう」

「ええっ!?　せっかくここまで来たんですから、ぼくたちも一緒に行きますよ」

「そうですよ。私たちにも協力させてください」

中高生たちはあくまで一緒に行くと主張したけど、ユーミンは怒ったような顔で首を振った。

「だめだ。ここから先は何かあったら問題になるから、できれば君たちを巻き込みたくない。女の子もいるからなおさらだ」

「でも……」

「ここまで協力してくれれば十分だ。それに君たちは将来がある身なんだからわかってくれ」

ユーミンが真剣な眼差しで中高生たちを見つめる。中高生たちは少しの間、顔を見合わせていたけど、すぐに一番年上っぽい高校生の男の子が返事をした。

「わかりました。先生がそう言うならそうします」

「先生、がんばってください」

子供たちは口々にそう言うと、名残惜しそうに帰っていった。

なんで中高生たちがユーミンのことを先生と呼ぶのか不思議に思っていたら、ユーミンが私の肩に手を置いた。

「由加里ちゃんもここまででいい。寺に戻ってくれ」

「嫌ですよ。日暮さんから相談を受けたのは私なんですから私も行きます」

「だから、女の子を危険な目に遭わせるわけにはいかないって言ってるだろうが」

怒ったような目で私をにらむユーミン。そこへ、菊ちゃんが、

「由加里姐さんなら大丈夫だよ。俺を一発でKOするくらいだから」

とフォローを入れてくれたので、ユーミンは仕方なさそうにうなずいた。

「それじゃ、時間がないからとにかく急ごう。由加里ちゃんは一番最後についてきてくれ」

「わかりました」

「よし、行くぞ！」

ユーミンが号令した直後、私たちは再びマンションに突入し、古ぼけたエレベーターにいっせいに乗り込んだ。

四〇三号室の前に着くと、ユーミンはピンポン、ピンポン、ピンポンとチャイムを何度もしつこく押した。ドアの向こうから、

「誰だ？　またガキどもか？」

という声が聞こえてくる。ユーミンが、

「宅配便です。お荷物のお届けです」

と適当な嘘をつくと、

「うっせぇな！　こっちは今、お楽しみ中なんだよ。あとにしろ、ボケ！」

という乱暴な声が返ってきた。直後に人が離れていく足音が聞こえ、ドアが開く気配はまったくない。

「まずいな、急がないと」

ユーミンがドアをガンガンたたく。すると、キムさんが、

「やめろ。そんなんじゃらちがあかねぇ」

と言って、手でユーミンを押しのけてドアの前に立った。キムさんはドアの鍵穴にポケット

から取り出した針金のようなものを素早く差し込むと、両手でカチャカチャいじくり始めた。

「キムさん、いったい何をしてるんですか⁉」

驚いて訊いたら、キムさんがうっとうしそうに私をにらんでくる。

「何ってピッキングに決まってるじゃないか。気が散るから黙ってろ」
二、三秒後、嘘のように鍵がカチャッと開く音がした。
「よし、うまくいったぞ。それじゃ、さっそく突入だ。用意はいいな」

「ああ、いつでもいい」

返事をするユーミンを見てキムさんがうなずく。

「いくぞ。３・２・１、ＧＯ！」

キムさんは勢いよくドアを開け、土足のまま室内に駆け込んでいった。

「美優っ！」

意外にも日暮さんがそのあとに続き、さらにユーミンと菊ちゃんが室内に飛び込んだ。私も急いでみんなのあとを追いかける。

すると、一番奥の八畳くらいの、テレビとソファーが置いてあるリビングで、裸に近い格好のチンピラが六人、私たちを見ながら目を丸くしていた。どうやら突然私たちが部屋のなかに入ってきたので完全に度肝を抜かれたらしい。四つんばいになったり、寝転がっている男たちの真ん中には、パンツ以外何も身につけてない美優ちゃんが寝かされていた。美優ちゃんはおかしな薬でも飲まされたのか、目を大きく見開いて口からよだれをダラダラ垂れ流している。

頬に残る、涙でマスカラが流れてできた黒い筋が痛々しい。

「美優っ、大丈夫か⁉　今、助けてやるぞ！」

日暮さんが震える声で叫んだところで、チンピラどもはようやく我に返ったらしく、全員すっくと立ち上がった。

日暮さんがキムさんを押しのけて美優ちゃんの側まで行こうとする。けれど、日暮さんはそこにいた顔じゅうピアスだらけの男によって思いきり蹴とばされた。

「うわっ」

よろけた日暮さんが床に倒れる。とっさにユーミンが日暮さんを助け起こすと、チンピラどもは怒り狂った目つきで私たちをにらんできた。

「誰だ、てめーらは⁉」

「殺されてぇのか、コラッ‼」

キムさんはヘッと鼻で笑うと、床につばを吐いた。

「誰って〝人民《ジンミン》〟に決まってるだろ？　革命的英雄だよ」

「何が英雄だ。てめぇ、どう見ても悪人じゃねーか！」

「ヤクザみてぇな面でなめたことぬかしてんじゃねぇ！」

「うるせぇな。少なくともお前らよりかは善人だよ。そんなことよりとっととかかってこい。全員〝大躍進〟か〝文革〟なみにぶっ殺してやる」

「なんだと⁉　いつまでも調子にのってんじゃねー！」

チンピラのなかでも特に強そうな金髪の男がいきなりキムさんに殴りかかってきた。けれど、キムさんはそいつのパンチをひらりとよけると、その手をとって逆に一本背負いをくらわし、さらに仰向けになったチンピラの顔面を容赦なく靴で踏みつけた。

「ぎゃっ!!」

鼻から血を大量にあふれさせた男が両手で顔を覆って床を転げ回る。

「顔が、顔がっ!!」

私は初めて目にする修羅場にどん引きした。それはチンピラどもも同じだったらしく、連中は「くそっ!!」「な、何者だ⁉」と言いながら明らかに固まってしまっている。振り返って私たちの方を見たキムさんは、どうだと言わんばかりにニヤリと笑った。

「遊憨君、菊之助君、俺一人じゃめんどくせぇから見てないで手伝ってくれ。その間に日暮さんとやらとゆとりちゃんは娘さんを助けてやれ」

「了解だ!」

「お、OK……」

ユーミンと菊ちゃんが返事をするのと同時に、キムさんがチンピラ目がけて突進する。

ロン毛の男がまたたく間にみぞおちのあたりを蹴られて床にうずくまった。続いて参戦したユーミンと菊ちゃんもそれぞれチンピラに襲いかかる。菊ちゃんは予想どおり、負けないように必死に戦うという感じだったけど、すごかったのはユーミンだった。あご先への強烈なパンチでたちまち一人を失神させると、次の瞬間にはもう他の男の後頭部にハイキックを入れてしとめていた。

（おおっ、ユーミンったら強すぎじゃん。さすが元暴走族！）

その攻撃の鮮やかさにびっくりして見とれていたら、日暮さんが、

「由加里ちゃん、この隙に美優を助けよう！」

と言って私のジャージの袖を引っ張った。

（そうだった。今は見とれてる場合じゃない。美優ちゃんを助けないと）

私は「はい！」と返事をして日暮さんと一緒に美優ちゃんの側に駆け寄った。

「美優、パパが助けに来たぞ」

日暮さんがとにかく美優ちゃんの体を抱き起こそうとしたとき、菊ちゃんを突きとばした黒豚みたいな日焼けデブのチンピラが日暮さんに襲いかかった。

「なめんなハゲ!!」

黒豚に背中を蹴られた日暮さんが前のめりに倒れる。

（ひぃぃ、恐いよぅ!!）

恐怖のあまり、その場で固まってしまっていたら、チンピラに捕まってぼこぼこに殴られながらも日暮さんが、

「由加里ちゃん、早く美優を連れて逃げて！」

と叫んだ。

（そうだ。固まってる場合じゃない。美優ちゃんを連れて逃げないと）

私は急いで美優ちゃんの体をかかえると、引きずりながらリビングから出た。そこへ日暮さんを投げ捨てた黒豚がすさまじい顔つきで私のあとを追ってくる。

「逃がしゃしねぇぞ、こらぁ‼」

（きゃあ、誰か助けてぇ！）

恐くて腰が抜けそうになったそのときだった。いきなり黒豚が、

「ぐぎゃあ‼」

と叫んで股間を押さえながら床にうずくまった。見たら背後にユーミンが立っている。どうやら後ろから金的《きんてき》を蹴り上げたらしい。

「由加里ちゃん、大丈夫か？　このチャーシュー野郎も含め、チンピラどもは全員ぶっ倒したからもう安心だ」

リビングの方を見ると、たしかにチンピラどもは全員うめき声をあげながら床の上に転がっていた。ほっとしたら目から涙がこぼれそうになる。

「うわ～ん、住職～。恐かったですよ～」

思いきり抱きつこうとしたら、ユーミンが両手で私の体を止めた。

「由加里ちゃん、まずは美優ちゃんの介抱をしてやってくれ」

「そうでした。すみません」

ユーミンたちが日暮さんを助け起こしている間に、私はキッチンの蛇口から水をくんで美優ちゃんを抱きかかえながら少しずつ飲ませてあげた。すると、ようやく意識が戻ったのか、目

に生気が戻った美優ちゃんが、

「せ、先輩、ありがとうございます」

と、か細い声で言ってくる。裸の美優ちゃんに私が着ているジャージの上着を着せてあげたところで、鼻から血を流しながらやってきた日暮さんがしゃがんで美優ちゃんを抱きしめた。

「美優、無事だったかい？　変なことをされなかったかい？」

「大丈夫。あともうちょっとで危ないところだったけど。パパ、ありがとう……」

「よかった。本当によかった」

親娘《おやこ》は二人とも涙を流してぎゅっと抱き合った。

（感動的な再会だな。とにかく美優ちゃんが無事でよかった）

私ももらい泣きしそうになったとき、キムさんが突然、二人をむりやり引き離した。

「いいところを邪魔して悪いが、とっととずらかるぞ。近所の住人の通報で警察が来るかもしれない」

「いいじゃないですか。警察にこいつらを全員逮捕してもらいましょうよ」

私がそう言った途端、キムさんの眉間にしわが寄った。

「ゆとりちゃんはあいかわらずばかだな。いくら女の子を助けるためとはいえ、住居不法侵入の上、なかにいた人間に暴行して半殺しだ。俺は職業柄、警察沙汰《ざた》はごめんだぜ。そうだろ？　日暮さんとやら」

キムさんが日暮さんの方を向く。

「そ、そうです。これはちょっとやりすぎですから、弁解の余地がありません」

「というわけだ。ただし、これをきっかけに警察がこいつらの周辺や過去の犯罪を徹底的に洗うようになるだろう。そこは麻布署にまかせておけばいい。よろしく頼むぜ。日暮さんとやら」

「わかりました。もちろんそうするつもりです」

「よし。それじゃ長居は無用。女の子に服を着せて急いで帰ろう」


お寺に戻る途中、日暮さんはまだ足元がふらふらするという美優ちゃんをおんぶして帰った。体力がないらしく、日暮さんの足元こそふらふらしていたけど、美優ちゃんはそんな日暮さんの首に抱きついてずっと小さな子供のように泣いていた。

お寺に着くと、シャーミンが山門のところで心配そうに待っていた。

「おお、日暮っ、娘は無事じゃったか？」

私たちを見つけたシャーミンが参道の上をとろとろと駆け寄ってくる。日暮さんは美優ちゃんをおんぶしながら、立ち止まってシャーミンに頭を下げた。

「ご老僧様、皆さんのおかげで娘はなんとか無事でした。ありがとうございます」

「そうか、よかったの。観音様のご加護の賜物《たまもの》じゃろう」

日暮さんはその言葉に何度も深くうなずいた。

「本当におっしゃるとおりです。観音様のお導きがなかったら今ごろ大変なことになっているところでした。以前、娘の無事を願かけしたのを聞き届けてくださったのだと思います」

日暮さんがぜひとも観音様に娘の無事を報告し、お礼を言いたいというので、私たちは全員、軒下で靴を脱いで本堂に上がった。

観音様の前で親娘並んで手を合わせてお礼を言うと、ようやく気持ちが落ち着いたのか、美優ちゃんが今日起こった出来事を私たちに話してくれた。

「前にクラブで会った金持ちの息子から、『今度、俺の家でホームパーティーを開くから来なよ』って誘われたんで今日、あの部屋に行ったんだけど、なかに入ったらヤバそうな男たちしかいなかったの。あれこれ言い訳して帰ろうとしても、強引に引きとめられちゃって。それで隙を見てこっそりパパにメールを送ったんだけど、そのあとむりやり変な錠剤を飲まされたら、なんか気分がふわふわして意識がなくなっちゃったの」

「だからパパは言っただろ？　男は狼なんだから気をつけないといけないって！」

「ごめんねパパ。パパの言うことを聞かなかった美優が悪かったの」

また美優ちゃんがしくしく泣きだすと、日暮さんは急に態度を変えてブンブンと首を振った。

「そんなことないでちゅよ、美優たん。悪いのは全部あいちゅらでちゅから」

「ごめんなさいでちゅ」

「もういいでちゅ。これからは気をつけるんでちゅよ」

私はその光景を見て当然どん引きした。

（……うわー、親ばかだぁ。たぶんこの二人の親子関係はこれからもずっとこんな感じなんだ

ろうな）

周りを見たら、そこにいる人たちは日暮さんと美優ちゃんを除いて全員なんともいえない微妙な表情をしていた。どうやら思うところはみんな一緒らしい。

親娘のばかばかしいやり取りが一段落すると、日暮さんは急に潤んだ目で私たちの顔を見回した。

「皆さん、今日は本当にありがとうございました。皆さんのおかげで娘もなんとか無事でした。これからは娘にも厳しく言ってきかせます。それから、あのマンションにいた連中ですが、今後、麻布署の威信にかけて絶対に逮捕します」

「えらい。日暮さんは警察の鑑《かがみ》だ」

ユーミンが笑ってほめる。

「頭のてっぺんも鏡みたいになったしな」

キムさんが笑ってけなす。

「そ、そりゃないですよ」

違う意味で泣きそうになった日暮さんをみんなで笑ったそのときだった。

「ばーか、捕まりゃしねーよ」

突然、本堂の入り口の方から「ガーン」という大きな音が聞こえてきた。振り返ると、本堂の扉が乱暴に開けられ、そこから手に手にバットや鉄パイプを持ったチンピラみたいな連中が雪崩《なだ》れ込んでくるのが見えた。

（きゃあっ、いったい何事⁉）

チンピラどもはぱっと見、二十人以上いて、あっという間に本堂の入り口あたりを埋め尽くした。

「パパ、恐いよう！」

怯えきった表情の美優ちゃんが日暮さんに抱きつく。けれど、日暮さんも歯をカチカチ鳴らしながらふるえていて、

「だ、大丈夫。パパが守ってあげるから」

という声も弱々しくかすれていた。私もおそろしさのあまりユーミンの後ろに隠れる。菊ちゃんは青い顔でげんなりしていて見るからに頼りないけど、さすがにユーミンとキムさんは腹が据わっているらしくチンピラどもを正面からにらみつけていた。

「おまえら、この寺にいったい何の用だ！」

ユーミンが一喝する。するとチンピラのリーダー格なのか、小太りのくせにギャル男みたいな髪型をした、それほど背の高くない男がニヤニヤしながら一歩前に出た。年は二十代半ばくらいだろうか？　そいつは下《しも》ぶくれの顔にニキビ痕があってただでさえキモい上に、全然似合ってないファーのついたミリタリー風の黒いレザージャケットを着ていて生理的嫌悪を強く感じた。周りのチンピラ連中は、

「タッキー、教えてあげちゃって」

「タッキー先生、授業よろしくお願いしま〜す」

などと言ってゲラゲラ笑っている。どうやらチンピラのリーダーはタッキーというらしい。

タッキーは笑うのをやめるとユーミンの顔をにらんできた。

「何の用って決まってるだろ？　報復だよ。俺が仲間《ツレ》と酒を買いに行ってる間に俺の部屋で調子こいたことをしてくれたらしいじゃねぇか。てめえらのせいで部屋にいた連中は全員病院行きだ。お返しにてめえらも全員病院送りにして、女はここにいるやつらで楽しく輪姦《まわ》してやる。覚悟するんだな」

途端にチンピラどもがいっせいにいやらしい目つきで私と美優ちゃんを上から下まで眺め回す。

「ひひひ。巫女さんと犯《ヤ》るのは初めてだな」

「かわいー。ペロペロしてあげるから待っててねー」

(こんなやつらに集団で暴行されるなんて絶対に嫌だ！)

背中がゾクッとする。私は恐すぎてユーミンにぎゅっとしがみついた。ちらっと私を見たユーミンがタッキーをにらみ返す。

「さっきこらしめてやったゲス野郎どもの仲間か。ここ数年、六本木に関しておかしな事件ばかり報道されているせいか、最近は勘違いしたバカどもが集まっていると聞いていたが、さてはお前たちのことだな」

「さあ？　ぼくたち知りませーん」

「ぼくたちはただの仲の良いお友達でーす」

「それにぼくたちはまじめないい子ばっかりでーす」

チンピラどもがまたしてもゲラゲラと笑う。

「カスどもが。どうしてここがわかった？」

忌々しそうに訊くユーミン。すると、タッキーはジャケットからどこかで見覚えのある二つ折りの財布を取り出した。

「ジャーン。俺の部屋にこんなものが落ちてたね」

「あっ！」

思わず声が出てしまった。タッキーが持っているのはなんと私の財布だった。ジャージのポケットに入れてたのがファスナーが壊れてたから美優ちゃんを助けるときに落ちてしまったに違いない。タッキーはさらに財布から私が記念にとっておいた大学の学生証を取り出した。

「ツレが『近くの寺にかわいい巫女さんがいるから今度みんなで遊んでやろうぜ』って言うんで、前に写真を撮ってきてもらったのよ。そしたらその写真と同じ子の学生証が財布のなかに入ってるじゃねーか。だからすぐにここがわかったんだ。ご愁傷さまだねぇ」

（あのときの、カメラで私を撮っていたオタクがそうだったのか！）

私は驚きながらも申し訳なくておずおずとユーミンの顔を見た。

「ご、ごめんなさい。私のせいで」

「反省するならあとにしろ。今はとにかくこの場を切り抜けるのに集中すべきだ。相手の人数が多すぎるからちょっと策を練らないといけない」

ユーミンが小声で言う。そのとき、日暮さんがいきなり、

「お前ら、こんなことをしてただですむと思ってるのか？　俺は麻布署の署員だぞ！」

と大声で叫んだ。けれど、タッキーはあいかわらず余裕の表情で顔色一つ変えなかった。

「ば～か。警官だろうが誰だろうが、親父の力を使えばいくらでももみ消せんだよ。えらそうなことを言いやがるとリストラさせるぞ、このハゲ親父」

その言葉を聞いた瞬間、私はピンときた。

（もしかしてこいつが莉奈が言ってた滝本とかいう政治家の息子じゃない⁉　女の子をだましてマンションに呼んで、ひどいことをするのは莉奈のときと手口が一緒だし）

私はタッキーをにらみつけてかまをかけてみた。

「あんた、衆議院議員の滝本征士郎って政治家の息子でしょ？　顔を知ってるんだから」

すると、タッキーは眉毛をピクリと動かし、食い入るように私の顔を見つめてきた。

「なんだ。お前、俺のことを知ってるのか」

（間違いない、こいつが莉奈を襲った犯人だ！）

私が拳をぎゅっと握りしめたとき、ユーミンが、

「知ってるやつか？」

と訊いてきた。私はうなずいてタッキーを指差した。

「住職、こいつです。こいつが莉奈にひどいことをした犯人です。莉奈は滝本っていう政治家の息子が犯人だって言ってました」

「そうか。こいつが莉奈ちゃんをひどい目に遭わせたゲス野郎か」

莉奈の話をした途端、タッキーは腹をかかえて笑いだした。

「なんだ。お前、こないだ遊んでやった広告代理店の女の知り合いか。こいつはけっさくだ。やつはなかなかいい体をしてたぜ。なぁ、みんな？」

周りに目をやるタッキー。すると、チンピラのうち何人かが、

「タッキー、それってこないだ見せてくれたビデオの女のことか？　あいつはよかったなぁ」

「たしかにいい体をしてやがったぜ。へへへ」

と言ってニヤニヤ笑った。私はそれを聞いてブチ切れそうになった。

（こいつら、女の子をいったい何だと思ってるの⁉　許せない！）

けれど、冷静にチンピラどもの数を数えてみたら、なんと二十五人もいた。しかもほとんどが手に凶器を持っている。

（ケンカの強いユーミンやキムさんもいるけど、このままだとどう考えても絶対こっちの方が不利だ。どうしたらいいんだろう……）

頭をかかえている間にも、チンピラどもは少しずつ私たちに迫ってきた。

「いずれにせよ、正体がばれたんなら仕方ねぇ。女は犯《ヤ》ってるところをビデオに撮って口封じをして、あとのやつは全員半殺しにして文句を言えないようにしてやる。特にあのジャージを着てる巫女は俺の顔を知ってるから念入りにかわいがってやらないとな。みんな、やっちまおうぜ‼」

（きゃああ、やばいよぉ！）

タッキーの冷酷な叫び声が本堂にこだましたちょうどそのときだった。シャーミンがおどおどした様子でよろよろと前に進みでた。

「若い衆よ。見てわかるとおりわしは年でのー。お前たちに殴られでもしたら間違いなくあの世行きじゃ。だから、すまんがせめて最後に観音様に祈らせてくれんかのう。わしもできれば死んだらお浄土に行きたいんじゃよ」

一瞬、静まりかえったあと、チンピラどもはシャーミンを指差してゲラゲラ笑った。

「うはははは。おじいちゃん、お迎えが早まっちゃった感じ？　だったら、一生懸命お祈りしなきゃ」

「『仏様～、迷わず成仏させてくださ～い』ってお願いするんだぞ。ぎゃははは」

タッキーも一緒に腹をかかえて笑っている。

「おじいちゃん、惨めでかわいそー。よし、一分やるから祈っちゃってみてよ。ひゃははははは」

「すまんのー」

タッキーにぺこりと頭を下げるシャーミン。観音様の前まで行くと、

「せっかくじゃから最後にみんなで一緒に祈ろう。わしの近くに集合してくれ」

と言って、しつこく私たちを手招きし、自分の周りに集めた。

「じいさん、何のまねだ？　今さら祈っても意味ないだろう」

ユーミンがイラついた声で言う。すると、シャーミンはなぜか突然、天井を指差した。

「すまんが遊愍、あそこからぶら下がっているロープを引っ張ってくれんかのう」

「ロープだと？　それはかまわないが、いったい何をするつもりなんだ？」

「引っ張ればすぐにわかる。わしを信じろ」

そう言うと、シャーミンは体の向きを変えてチンピラどもの方を見た。

「お前たち、観音様の御利益を信じるかの？　観音様を信じ、近づくものだけが救われるんじゃがのー」

シャーミンが意味不明なことを言う。あまりにも場違いな発言だったせいか、タッキーもチンピラもさっきより大きな声で爆笑した。

「ばーか。御利益なんて信じるわけねーだろーが」

「ぎゃはは。こりゃ今すぐ介護が必要だな。誰か老人用のおむつ持ってきてー」

シャーミンは残念そうに苦笑した。

「今どきの若いもんは本当に不信心でしょうがないのー。では遊愍」

「よくわからないがＯＫ！」

ユーミンが大きくジャンプして天井からぶら下がったロープを引っ張る。すると次の瞬間、ゴトン、と何かが外れるような音がしたと思ったら、

「ドーン‼」

という大音響とともに、いきなり本堂内が暗くなり、天井が目の前まで落ちてきた。

「きゃあああっ!!」

思わず頭をかかえて身をかがめる。直後に、足元から体が浮くような激しい震動が伝わってきた。続いてほこりのようなものが舞い上がって、ただでさえ暗いのにさらに視界が悪くなる。

(何っ⁉　何っ⁉　何が起きたの⁉)

頭がパニクって何がなんだかよくわからない。鼻に入ったほこりのせいでくしゃみが何度も出て、私をますます混乱させる。怪我でもしてやしないかと思ってとにかく体をあちこちさわってみたら、幸いどこにも異常はなかった。

(よかった。なんともないみたい)

観音様のところの照明は消えてなかったので周囲を見渡したら、本堂内はまだ暗いのと、ほこりのせいでよく見えなかったけど、観音様の前にいた人間は全員無事のようだった。

(よくわかんないけど、ロープを引っ張ると天井が落ちるしかけになってたみたいだな)

本堂のあちこちからは、

「いてぇ、腕がいてぇよ！」

「助けてくれ、救急車を呼んでくれ！」

と、チンピラどもが苦しそうに悲鳴をあげているのが聞こえてくる。たぶん天井の下敷きになって骨折でもしたんだろう。

ようやくほこりが少しはおさまり、暗さにも目が慣れてくると、シャーミンがニコニコしながらその様子を眺めているのが見えた。

「あれだけ観音様に近づくものだけが救われると言ったのにのー。年寄りの言うことにはもう少し耳を傾けなければだめじゃぞ」

　落ちた天井の形を見たら、観音様の前だけぽっかりと穴が開いていて、そこにいる人間だけ被害をまぬがれる構造になっているのがわかった。

（な、なんて恐ろしいしかけ。誰かが誤ってロープを引っ張ったらどうするつもりだったんだろ……）

　開いた口がふさがらないとはまさにこのことだ。けれど、シャーミンはそんなことちっとも考えてないらしく、自慢げにユーミンの背中を叩いた。

「どうじゃ？　わしは決して足手まといではないじゃろうが」

「……じいさん、まだ根に持ってたのか。そんなことより本堂が吊り天井になってたなんてひと言も聞いてないぞ」

「ははは。昔、わしがまだ血気盛んだったときに、敵に攻められた場合のことを考えて作っておいたんじゃよ。信長も本能寺で殺されたじゃろ？　それをほったらかしにしたますっかり忘れておってのー。さっき久しぶりに思い出したんじゃ。まぁ、結びよければすべてよしということで許してくれ」

「……わかった。その話はまたあとにしよう。どうやらまだ悪運の強い連中がいるみたいだからな」

　ユーミンがわけのわからないことを言う。気になって本堂の入り口の方に目を凝らしたら、かなり薄くなったほこりの向こうになんとまだ十人以上も人影が見えた。

「くそったれが！」

「許せねぇ！」

入り口付近にいたおかげか、落ちてくる天井からなんとか逃げおおせたっぽい十数名はなおも私たちに敵意をむきだしにしている。ムカつくことに、そのなかにはキモいタッキーの姿もあった。

けれど、さっきと違って人数がだいぶ減ったせいか、ユーミンとキムさんは冷静そのもので、

「何人かはそれでも怪我をしているみたいだし、このくらいならなんとかなりそうだな」

「あんな雑魚《ざこ》どもなら余裕だ。まかせてくれ」

と会話している。それが聞こえたのか、タッキーは狂ったように大声で叫んだ。

「やっちまえ！　あいつらを全員ブッ殺せ！」

タッキーが命令を下すと、鉄パイプや金属バットの連中がいっせいに私たちの方に向かってきた。ユーミンが菊ちゃんの方を振り返る。

「菊、お前はここを動かないで由加里ちゃんたちを守ってくれ」

「ＯＫ。なんとかがんばってみるよ」

菊ちゃんの返事を聞くなり、ユーミンとキムさんは襲ってくるチンピラどもに飛びかかっていった。

「死ねや、くそ坊主がっ！」

髪を赤く染めたチンピラがバットでユーミンを狙う。

「死ぬのはてめぇだ！」

激怒するユーミン。チンピラが振り回すバットをよけると、そいつのふところに入り、パンチであごを撃ち抜いた。

「ぐえっ‼」

チンピラがまたたく間にその場に倒れる。

「悪いが昔から引導を渡すのは坊主と相場が決まっていてな。今すぐ全員に渡してやるから首を洗って待ってろ！」

キムさんの方を見たら、ちょうどキムさんがチンピラの腕をとって関節技をかけているところだった。ゴキッと骨が折れる音がして、チンピラが、「ぎゃあああぁぁ‼」と狂ったように悲鳴をあげる。

ユーミンとキムさんのあまりの強さに、タッキーはあわてて大声で指示を出した。

「坊主と大男はほっといて、向こうにいるじじいや女どもを人質にとれ！　早く、早く！」

「タッキー、わかったぜ！」

直後にそれぞれ手に金属バットと鉄パイプを持ったチンピラが二人、私たちがいる方に向かってきた。

（きゃあ、やばい。殺されちゃうかも⁉）

ビビった私は急いで菊ちゃんの後ろに隠れようとした。けれど、菊ちゃんはそんな私を押しとどめ、必死な顔つきで手を合わせてくる。

「由加里姐さん、姐さんは俺を一発で吹っ飛ばすくらい強いんだから一緒に戦ってくださ
い！」

「で、でも。私は女だから恐いし……」

「頼みます。俺一人じゃ無理そう、って、うわっ!!」

ちょうどそのとき、今どきＢ－ＢＯＹみたいな格好をしたチンピラの一人が菊ちゃん目がけて鉄パイプを振り下ろそうとした。

（危ないっ!!）

私は反射的にチンピラの足めがけてローキックを入れた。するとチンピラは、

「ぎゃっ!!」

と叫んで崩れ落ちるように床に倒れた。見たらひざから下が変な方向にぐにゃりと曲がっている。

「足が、足がっ!!」

泣き叫びながら地面を転げ回るチンピラ。菊ちゃんは、そいつの持っていた鉄パイプを奪うと遠慮なくとどめをさした。顔を上げた菊ちゃんがパチンと指を鳴らして笑顔を見せる。

「由加里姐さん、さすがです。助かりました！」

「そ、それほどでも。たぶんこいつが弱かっただけじゃないかな」

もっとも、それは謙遜というよりかはむしろ本音で、私は見かけのわりにはたいしたことが

ないお粗末なチンピラにすっかりあきれてしまった。

（なんだ、こいつら超弱いじゃん。うちのお父さんの百分の一の力もないよ。骨が弱いのはカルシウム不足が原因？　よしっ、これならいけそうだ）

そこへ仲間がやられたのを見て様子をうかがっていた顔中ピアスだらけの男が突進してきた。

「女のくせになめんじゃねぇ。死ねやー！」

男はさっきのＢ‐ＢＯＹと同じく、持っていた金属バットを振りかぶると、容赦なく私に振り下ろそうとした。

（遅い）

よけるために後ろに跳んだ瞬間、ブンッという空《くう》を切る音がして私の正面をバットが通過する。余裕を持って攻撃を避けた私は、空振りしたチンピラがバランスを崩したのを当然見逃さなかった。

（隙ありっ）

ぎゅん。前へ出ると同時に体を回転させ、そのまま伸ばした足を遠心力と一緒に上に持っていく。

「ごあっ‼」

私の回し蹴りは見事に男の側頭部にクリーンヒットした。体が真正面を向くと、視界に空中で三回転する男の姿が映る。男は落下すると、体を痙攣《けいれん》させながら動かなくなった。

（うわ〜、まさかのトリプルアクセル？　こいつら貧弱すぎ。なんでこんなに弱いの？）

そのとき、背後からふいに大きな拍手の音が聞こえてきた。振り向くと、菊ちゃんとその後ろに隠れている三人が共産国の人民並みの勢いで拍手している。

「由加里ちゃん、すごい！」

「先輩、マヂ、鬼パネェっす！」

「由加里ちゃんは強かったんじゃのー。知らなんだわ」

「由加里姐さんこそ、前田《まえだ》慶次《けいじ》の生まれ変わりです。武力１００です！」

拍手と一緒に私への賞賛の声まで飛び出た。

（えへへ。まさか嫌いな武道のおかげでこんなにほめられるとは思わなかったな。よしっ、残りの連中もたぶん弱いだろうから、ユーミンとキムさんを少し手伝ってあげよう）

調子にのった私は他のチンピラどもも始末することにした。本堂のなかを見渡すと、チンピラはタッキーを含めてまだ十人近く残っている。けれど、ユーミンとキムさんが豪快に闘っているせいか、チンピラどもはそっちに引きつけられて本堂の正面の出入り口付近には誰もいなかった。

（これはもしかしてチャンスなんじゃない？）

私は急いで菊ちゃんに詰め寄った。

「菊之助さん、本堂《ここ》にいたら何があるかわからないし、とにかく日暮さんと美優ちゃん、お上人様は庫裏に避難した方がいいと思います。今、出入り口の近くには誰もいないから、とりあえずみんなを連れて逃げてください」

「ＯＫ。アイシンクソー」

　菊ちゃんが同意してくれたので他の三人にも確認をとる。

「私が入り口のところまでみんなを守りますから、その後はみんな菊之助さんと一緒に庫裏まで走って逃げてください。いいですか？」

「わかったよ、由加里ちゃん」

「一生懸命逃げるっす」

「走るのは苦手じゃが仕方ないのー」

「じゃ、行きますよ」

　私は菊ちゃんに目で合図を送ると、先頭に立って走りだした。途中で振り返ると、菊ちゃんが最後尾を守ってみんな私のあとにしっかりついてきている。本堂の出入り口まではあと少しだ。

（よし、このまま行けそうだ）

　ところがそのとき、私たちが逃げようとしているのに気づいたらしく、スキンヘッドの大男が巨体を揺らして走ってきた。

「てめぇら、どこに行こうとしてんだ。待てやコラァ！」

（くそっ、あともう少しだったのに！）

　私が大男に対して構えると、そいつも私に向かって構えをとった。しかもどうやら空手の経験があるらしく、足元がちゃんと〝内ハの字〟になっている。

「てめぇ、仲間を二人倒したみたいだが調子にのるなよ。俺は空手二段だ。ブッ倒して今すぐ犯《ヤ》ってやる！」

大男は私の頭を狙っていきなり鋭い上段蹴りを放ってきた。

（でも、こいつの蹴りもお父さんに比べたら遅い）

私はそれを冷静に腕の腹の部分で受け止めると、ガードが甘くなった大男のみぞおちにボディブローを一発かましてやった。

「おごえっ‼」

次の瞬間、大男はひざから崩れ落ちると、気持ち悪い液体を吐きながら、その場で動かなくなった。

私は周囲の安全を確認してからみんなを振り返った。

「さ、もう安心だからみんな急いで庫裏に避難して」

「由加里姐さん、すみません。あとはよろしく」

菊ちゃんはそう言うと、日暮さん親娘とシャーミンを連れて本堂から出て行った。

（これでひとまず安心だ。あとは本堂のなかのチンピラをやっつけるだけだ）

さっそく残りのチンピラの数を数えようと本堂のなかを見渡したら、ちょうどユーミンとキムさんがそれぞれチンピラを仕留めるところだった。

「ぐはっ！」

ユーミンがパンチ一発でチンピラを沈め、キムさんが重量上げみたいに持ち上げたチンピラを思いきり床（元は天井）にたたきつける。ユーミンとキムさんにやられたらしく、いつの間にかチンピラの数は残り五人にまで激減していた。

「さっきまで余裕ぶっこいてたわりにはたいしたことねぇな。おら、とっととかかってこい！ 全員病院送りにしてやる！」

ユーミンがにらみ回しながら威嚇《いかく》すると、それを聞いたチンピラどもが怯えてあとずさりする。

「やべぇ、こいつらマジではんぱなく強《つえ》ぇよ」

「くそっ、とにかくいったん逃げようぜ」

「逃げろ！」

途端にチンピラどもは本堂の出入り口に向かっていっせいに走りだした。

「待てよ、お前ら、逃げんじゃねー！ 俺を置いてくのか!?」

けれど、タッキーの叫びも虚しく、チンピラどもは私さえも無視して先をあらそって本堂の外へ逃げていく。

「逃がすか！」

それをキムさんがものすごい勢いで追っていった。残ったのは本堂の奥の方にいたせいで逃げ遅れたタッキーと、もう一人の弱そうなギャル男風のチンピラだけだった。ギャル男は刃渡りの長いナイフを振り回しながら、「く、来るな、来たら刺すぞ！」とふるえる声で叫んでいる。

（よしっ、莉奈の敵《かたき》だ。二人まとめてぶっ飛ばしてやるっ！）

タッキーとチンピラは正面からじりじりと近寄ってくるユーミンばかり警戒していたので、私は暗がりを利用して二人に近づき、隙を見て横から間合いをつめた。

（今だっ！）

次の瞬間、私の蹴りがピンポイントでチンピラの持っているナイフを飛ばした。

「えっ⁉」

驚いて私の方を見るチンピラ。私は間髪を入れず、そのままそいつの顔に正拳突きをくらわした。

「がっ‼」

ギャル男が悲鳴ともうめき声ともつかない声をあげてその場に倒れる。

（残りはタッキーだけだっ）

私は間近にいるタッキーに向けて右手を思いきりふりかぶった。

「このゲス男っ、死んじゃえっ！」

ところが、タッキーはいつの間にか私に向けてなんと銃を構えていた。

「クソ女め、死ぬのはてめえだ！」

（えっ、銃⁉　嘘でしょ⁉）

拳をふりかぶったままの姿勢で体が固まってしまう。するとそのとき、

「ばかっ、よけろっ！」

誰かがいきなり私を突き飛ばした。私の体が勢いよく床に倒れた直後、「パーン」という銃声が本堂内に響き渡る。

「きゃああ！」

心臓が止まりそうになったけど、どうやら体に弾は当たってないみたいだった。倒れたままの姿勢で急いでタッキーの方を振り向いたら、まだ銃を構えているタッキーの前で、片ひざを床につけたユーミンが苦しそうに左腕を押さえていた。

（ユーミンが私を守ってくれたんだ！）

私は手と足に力をこめると急いで立ち上がった。

「住職、大丈夫ですか⁉」

ユーミンは私の顔を見るなり、「逃げろ！」と怒鳴った。

「で、でも」

「俺は大丈夫だ。かすり傷だから心配しなくていい」

けれど、そう言うユーミンの作務衣の左腕のところにはどす黒いしみができていて、傷口をおさえているユーミンの手にも血がついているのが見えた。

「逃げろ！」

ユーミンがまた怒鳴ったので、言われるとおりにあとずさりする。タッキーは銃を構えながら、苦痛で顔をゆがめているユーミンを見下ろして愉快そうに笑った。

「形勢逆転だな。驚いただろ？　この国でも金さえあればこういうものが簡単に手に入るのよ。

あっはっは」

　ユーミンが顔を上げてタッキーをにらむ。

「いわゆるトカレフってやつか。飛び道具を使うなんて卑怯者のすることだ」

「ばか言うな。全部お前らが悪いんだ。さすがにこんなもん使ったらヤベェから、俺もここまでするつもりはなかったんだけどよ。それに卑怯だろうがなんだろうが知ったこっちゃねぇ。最終的に勝てばいいんだよ、勝てば」

「俺も昔はワルだったが、お前みたいな外道《げどう》じゃなかった。女に乱暴したり、卑怯な手段を平気で使う。お前は人間のクズだ」

「なんだ。お前、元ヤンだったのか。どうりでケンカが強いはずだぜ。じゃ、せっかくだから勘違い野郎の元ヤン君に一つ教えてやるとするか。女を犯すのなんてただのゲームだよ、ゲーム。写真やビデオを撮っておけば相手は必ず泣き寝入りするんだから、これほど安全で面白いレクリエーションはねぇ。たまりにたまった日常のストレスのいい発散方法になんだよ。わかったか、ばかが。それよりも、この俺様をクズ呼ばわりしたお前は許せねぇな。せいぜいいたぶってやるから覚悟しろ！」

　そう言うとタッキーはユーミンの傷口のあたりを思いきりキックした。

「ぐっ‼」

　ユーミンが横に倒れる。さらにタッキーはユーミンの顔の近くに「パーン」と弾を撃ち込んだ。

「おら、逃げろ、逃げろ。さもないと次は本当に弾が当たっちゃうぞ？」

（最低！　許せないっ！）

隙を突いてユーミンを助けようとしたら、私の動きに気づいたのか、タッキーは私にも銃口を向けてきた。

「おい、女。お前もそこから一歩でも動いたら撃つぞ。わかってるだろうな」

（ちくしょう！）

でも、悔しいけど銃には勝てそうにない。私は涙を飲んで仕方なく両手を上げた。タッキーはそんな私をせせら笑うと、再びユーミンに向けて銃を構えた。

「おら、立てよ。そしてみじめったらしく逃げ回ってみろ。このゴキブリが！」

ユーミンはよろよろと立ち上がると、腕の傷口を押さえながら苦しそうにあとずさった。

「おらおら、さっきまでの勢いはどうした？　元ヤン君よー。わめけ！　泣き叫べ！」

タッキーが勝ち誇ったように嘲笑《あざわら》う。ユーミンはそのまま銃を向け続けるタッキーによってじりじりと本堂の入り口の方に追いつめられていった。そしてついにユーミンの背中が壁につくと、タッキーは顔に冷酷な笑みを浮かべた。

「おやおや、もうどこにも行き場がありませんねー。手を上げて降参すれば許してあげなくもないかもよ～」

「…………」

悔しそうにゆっくりと両手を上げるユーミン。けれど、タッキーはユーミンの足の方に銃口を向けた。

「と、思ったけど、やっぱや〜めた。まずは足を撃ち抜いて俺様にひざまずかせてやるぜ。ぎゃははははは」

（くそっ、この男最低だ。このままじゃユーミンが撃たれちゃう。今度は私が助けなきゃ！）

私が勇気を出して走りだそうとしたそのときだった。なぜかユーミンはタッキーの顔を見据えてニヤリと笑った。

「一つだけ言いたいことがあるんだが」

「何だ？　命乞いか？　言ってみろ」

「俺は元ヤンじゃねぇ！　今ヤンだ!!」

直後にユーミンが何かを投げる。すると次の瞬間、タッキーは、

「ぎゃっ!!」

と叫んで銃を落とした。よく見たら右手にダーツが突き刺さっていた。そして瞬時に影のように動いたユーミンがタッキーの顔を思いきりぶん殴る。

「ごべえっ!!」

タッキーはものすごい勢いで二、三メートル先まで吹っ飛ばされた。追いかけたユーミンはさらにタッキーの脇腹を思いきり蹴った。

「ぐわっ!!」

タッキーが転がって本堂の外に消える。続いて外からは「がたがたがたがた、どかっ」とい

う音が聞こえてきた。どうやらタッキーはそのまま本堂前の階段を転げ落ちたらしい。私はいそいでユーミンの側に駆け寄った。

「住職、私のせいですみません。大丈夫ですかっ？」

ユーミンが私の顔を見てニコリと微笑む。

「大丈夫だ。ただのかすり傷だから問題ない」

「でも、血がたくさん出てるみたいですけど……」

「こんなもんかさぶたができてすぐに止まるさ。それよりもちょうど追いつめられたところにダーツの的《まと》があってよかったよ。まさに〝趣味は身を助く〟だ」

ユーミンはそう言うとタッキーが落とした銃を拾い、タッキーのあとを追いながら、本堂の外にポーンと投げ捨てた。私も急いで靴をはいて本堂の軒下まで飛び出すと、タッキーは地面に倒れたまま、「痛てて、痛てぇよう」と見苦しくうめいていた。そんなタッキーの側に裸足のままのユーミンが近寄る。ユーミンは相当腹を立てているらしく、顔がまるで鬼のようだった。

「お坊っちゃん、なかなか調子こいてくれたじゃないか。覚悟しろ！」

「ひっ！」

タッキーはあわてて立ち上がると、山門目がけてよろよろと逃げだした。けれど、その前方にチンピラどもを追って外に出ていたキムさんが立ちはだかった。

「どこに行くんだ？　お坊っちゃまよ」

「ひゃっ！　あわわわわ」

　行き場を失ったタッキーが見苦しく右往左往する。キムさんは不気味に笑うとユーミンの方を見た。

「雑魚どもは俺が全員始末しといたぞ。残りはこいつだけか？」

「ああ、そうだ。こいつだけはきちんと落とし前をつけさせないといけない。俺にまかせてくれ」

「本来なら俺が殺《や》りたいくらいだが、ここは遊懇君の寺だ。まかせるぜ」

「すまないね、キムさん。感謝するよ」

　そう言いながらユーミンが足早にタッキーに近づく。タッキーはぶるぶるふるえながらユーミンに向かって手を合わせた。

「か、金ならいくらでもやる。どうだ？　大金だぞ。親父に言えばいくらでも用立ててくれるんだ。それに俺は将来親父の地盤を継いでこの国の指導者になる。そうすればお前をいくらでも取り立ててやることができるぞ。どうだ、悪くない条件だろ？　だから今日のところは勘弁してくれ」

　ユーミンはタッキーの目の前で立ち止まった。

「わかった。許してやろう」

「本当か⁉　話がわかるじゃないか！」

（えっ、本当に許しちゃうの⁉）

びっくりして耳を疑っていたら、ユーミンはタッキーに向けてスッと右手を突き出し、指を大きく広げた。

「これだけお布施をくれたらな」

すると、安心したのか、タッキーが大きく息をついた。

「なんだ、五百万か。それくらいお安いご用だ」

ところが、ユーミンは、

「五百万だって？」

と言うと、鼻でせせら笑った。

「ゼロがいくつも違うだろ？　指五本は普通〝五兆円〟と相場が決まってるじゃないか。この国を動かす未来の指導者がそれくらい用意できなくてどうする」

「五兆円なんて、そんなの無理に決まってるじゃないか！」

タッキーが泣きそうな顔で叫ぶ。ユーミンはいかにもわざとらしい感じで肩をすくめた。

「じゃあ、死ぬしかないな。お坊っちゃん」

「そんな⁉　お願いです。許してください。このとおりです」

タッキーは半ベソをかきながらいきなりユーミンの足元に土下座した。

「靴でもなんでもなめますから勘弁してください」

ユーミンの眉間にしわがよる。

「さんざんえらそうなことを言ってたのに男としての誇りすらないようだな。お前みたいなカスが日本を外国に売る政治家になるんだ」

「お願いします。ゆるしてください。なんならここでお詫びに出家します。ぼくを珍念《ちんねん》と呼んでください。土を食べろと言われればこのとおり喜んで食べますから」

そう言うとタッキーはいきなり地面の土を食べ始めた。

「あー、おいしい。土っておいしいなぁ。地面はうま味の玉手箱だぁ。南無南無」

「………」

その異様な光景を見てさすがにユーミンもあきれはてたらしく、

「クズ野郎、殴る価値もない」

と言って地面にツバをはいた。

ところが次の瞬間、タッキーはいきなりダッシュで誰もいない方向に走りだした。キムさんがあわてて追いかけたけど間に合わず、タッキーは境内の隅で地面から何かをすばやく拾った。

「止まれ！　これが目に入らないのか！」

タッキーがニヤニヤ笑いながらキムさんに叫ぶ。

（あっ、やばい！）

タッキーの手のなかにあるものを見て背中がゾクッとした。それはさっきユーミンが投げ捨てたトカレフだった。タッキーがキムさんに銃口を向けると、キムさんは悔しそうにその場で足を止めた。

「ひゃははは。再び形勢逆転だな。わざわざ土下座したのは隙を見てこいつをさがすためよ。

生まれついてのエリート様はお前ら雑草とは頭の回転が違うぜ」

「何がエリートだ。それともエリートってのは親子代々小汚ねえやつのことを言うのか？」

キムさんが忌々しそうに舌打ちする。

「うるせぇ、何とでも言え。どんな手段を使っても勝てばいいんだよ、勝てば。そして権力の座にありさえすれば、この国ではどんなことをしても許される。脱税しようが違法献金をもらおうが絶対に逮捕されることはねぇ。権力こそ、力こそがすべてだ。お前らは知らないだろうが、この国のトップはみんな仲良しこよしなんだ。わかったか？　下民ども。ひゃははは」

（卑怯者！　こんなやつ本当に死んじゃえばいいのに！）

私がそう思ったときだった。なぜかユーミンが余裕の表情でタッキーのところにスタスタと近づいていくのが見えた。

（ちょっと、ユーミンたら相手が銃を持ってるのに大丈夫⁉）

意表を突かれたのか、タッキーも、

「お、おい。お前はばかか⁉　お、俺は銃を持ってるんだぞ⁉」

と、どもりながら叫んだ。キムさんも「遊愍君！」と注意を促す。それに対しユーミンは歩きながらフッと鼻で笑って返事をした。

「キムさんらしくもない。銃をよく見てみろよ。俺はさっき投げ捨てるときにしっかりと弾倉を抜いておいたぜ」

「えっ⁉」

あわてふためいた様子でタッキーが銃の底を確かめる。

「なっ、ない」

途端にタッキーの顔から見る見る血の気が引いていった。その間にユーミンはタッキーの間近に迫った。

「これでまた形勢逆転だな。アメリカに住んでたおかげで銃の取り扱いくらいわかってるんだ。残念だったな」

「そんなぁ……」

追いつめられたタッキーはそのまま力なくずるずると地面にへたりこんだ。

「二度はない。覚悟しろ。仏弟子《ぶつでし》として早々に引導を渡してやる」

ユーミンが上から見下ろすと、タッキーがぶるぶると激しくふるえだす。

「頼むから殺さないでくれ。何でもする。お願いだ！」

タッキーはまたしても土下座すると、両手をこすり合わせてユーミンに頭を下げた。

「俺は悪いやつらに利用されていただけなんだ。両親が選挙や政治で忙しくてさみしかったんだ。金もできるだけたくさん払う。なんなら女だって紹介してやってもいい。だから俺を許して、ぐえっ!!」

言い終わる前にユーミンが足で思いっきりタッキーの後頭部を踏みつける。

「お坊っちゃん、いくらせちがらい世の中だって金じゃ絶対に買えないものだってあるんだよ。人をさんざん踏みつけにしといて何が未来の指導者だ。笑わせんじゃねぇ」

「は、反省して立派な政治家になります。だから勘弁してください」

「寝言は寝てから言え。最近はようやくまともな政治家が増えてきたってのに、お前みたいなのに政治家になられたら日本がますます悪くなっちまうじゃないか。政治家になるのは二、三回生まれ変わってからにするんだな」

「そ、そんなぁ!!」

私は急いでユーミンの側に駆け寄った。

「住職。莉奈の件もあるし、私にもやらせてください。敵討ちがしたいんです」

「そうか。そういえばそうだったな。だったら由加里ちゃんも制裁に参加すればいい」

「ありがとうございます」

その間にも腰の抜けたタッキーは這《は》うようにしてせこく逃げようとしていた。早足であとを追ったユーミンがお尻を蹴りあげて動きを止めさせる。

「ぎゃっ、痛たたたた。か、勘弁してください。あなたたちは御仏にお仕えする方々でしょう⁉　暴力や殺生は戒律でいけないはずです」

泣き叫ぶタッキーに対し、ユーミンは不思議そうに首を傾げた。

「そうか？　俺が勉強した『マンガ仏教入門』にはそんなこと書いてなかったぞ」

「そんなことないはずです！　たぶんマンガで仏教を勉強したからご存じないんじゃないかと思います」

「悪いな。俺は手塚治虫の『ブッダ』を見て悟ったくちでな。さて、由加里ちゃん」

ユーミンが私の方を向く。

「レディファーストだ。とどめは俺がさすから先に遠慮なくやってくれ」

「すみません。せっかくの申し出なんですけど……」

私はユーミンの目を見つめて断った。

「こいつの息の根だけは私に止めさせてください。こいつが莉奈にしたことがどうしても許せないもんですから」

語気を強めて言うと、ユーミンはアメリカ人っぽいジェスチャーで肩をすくめた。

「やれやれ、仕方ない。とどめは由加里ちゃんに譲らざるをえないみたいだな。それじゃ、まずは俺から鉄拳制裁を加えてやる」

ユーミンが肩と手首を回してウォーミングアップをする。それを見てタッキーはまたもや見苦しく土下座した。

「助けてください。このとおりです。どうかお慈悲を!!」

何度も何度も額を地面にこすりつけるタッキー。けれど、ユーミンはすがるタッキーの頭を問答無用で蹴りあげた。

「ぎゃっ!」

のけぞって痛がるタッキー。目からは涙、鼻からは鼻水をダラダラ垂れ流している。

「ゆ、許してください。暴力はやめてください。暴力反対!!」

タッキーはのけぞったままの姿勢であとずさりながら、しつこいくらい何度も何度も頭を下げた。股間は漏らした小便でびしょびしょに濡れていた。

「お前にひどい目に遭わされた女の子たちもみんな今のお前と同じ気持ちだったんだぞ。人の心の痛みがわからないのなら、せめて体で痛みを味わうんだな」

ユーミンはタッキーの胸ぐらをつかむと、左手一本で軽々と持ち上げた。そしてそのままの状態で右拳を思いっきり振りかぶった。

「地獄に落ちろ、ゲス野郎‼」

次の瞬間、タッキーの顔面にユーミンの拳が食い込む。

「ぐえぇぇっ‼」

ぶっ飛ばされたタッキーは五メートルくらい先にある石の大きな灯籠《とうろう》に激突してようやく止まった。

「よしっ、お次は由加里ちゃんの番だ。手加減しといたからまだ生きてるはずだ」

「了解ですっ！」

私は走ってタッキーに近寄った。

「来るな、寄るな！」

タッキーは泣きわめきながら、そのあたりにある石を投げてきた。私はその見苦しい様子を見てますますムカムカと腹が立ってきた。

「あんた、男のくせに自分を情けないと思わないの？　あんたみたいなやつを人間のクズって言うのよ。今から莉奈の敵を討ってやる。覚悟しろっ！」

すると、タッキーはまるで駄々っ子みたいに手足をバタバタさせて泣きわめいた。

「あんな小娘一人くらいなんだ！　俺は衆議院議員、滝本征士郎の息子だぞ！　えらいんだぞ！」

「あんな小娘ですって⁉」

いい加減ブチ切れた。悔しくて涙さえ滲んでくる。

「誰だってみんな一生懸命生きているんだからっ。どうしてあんたに人の心や体を踏みにじる権利があるっていうの！　政治家の息子だかなんだか知らないけどいい加減にしろっ‼」

両拳がブルブルふるえるくらいムカついているせいか、体の奥底から猛烈な勢いで〝気〟が湧いてくる。

「立てっ！」

私は両手でタッキーの胸ぐらをつかむと、タッキーの体を持ち上げてむりやり立たせた。

「これはまず美優ちゃんの分！」

そのままの姿勢で真下から蹴りを放つ。ぶんっ、という空気がゆがむ音に続いて、私のつま先はタッキーのあごに「メキャッ！」とめりこんだ。

「ぐええっ‼」

そのままタッキーの体が真上に勢いよく飛んでいく。私は全身の気を拳に集中させると、逆さまになって落ちてくるタッキーの顔めがけて思いきりアッパーを放った。

「そしてこれが莉奈の分だーーー‼」

突然、周囲に稲妻が光り、ごうっ、という音を立てて竜巻も起こる。私の拳がタッキーの顔面に炸裂した瞬間、タッキーの体は竜巻によって再び上空に巻き上げられ、闇夜に吸い込まれていった。

「うわあぁぁぁぁぁーーー」

上空からタッキーの悲鳴がかすかに聞こえてくる。数十秒後、ようやく落ちてきたタッキーは「ドカッ!!」という大きな衝撃音とともに地面にたたきつけられた。

「ごっ、ごふぇっ」

仰向けの状態で白目をむきだしにしているタッキー。ピクピク痙攣しながらも息をしているところを見ると、どうやらまだかろうじて生きているみたいだ。

(ゴキブリ並みにしぶといな……)

そこへ、ユーミンとキムさんが一緒に私のところまでやってきた。

「おつかれ、由加里ちゃん。さっきのアッパー、すごかったな。もしかして俺より強いんじゃないか?」

「住職、そ、そんなことないですよ」

もう無理かもしれないけど、できるだけ凶暴な女に思われたくなかったので、私はあわてて両手を左右に振って否定した。

キムさんはタッキーの顔をのぞきこむと、

「こいつ、まだ息をしてるぞ。悪運が強い男だ」

と言って、あきれたようにヘッと鼻で笑った。

「せっかくだから俺も仲間に入れてくれよ。こいつにはむかっ腹が立ったもんでね」

タッキーの体を抱え上げたキムさんが後ろから羽交い締めにする。

「〝祇園精舎《ぎおんしょうじゃ》の鐘の声〟ってやつを聞かせてやる。感謝しろ」

キムさんはタッキーの体を砲丸投げみたいにブンブン振り回すと、勢いよく鐘つき堂の方に放り投げた。

「ぎゃあああぁぁ!!」

鐘に向かって一直線に飛んでいくタッキー。そしてその直後、

「ゴ～～～ン」

大きな鐘の音があたりに響き渡った。鐘に激突したタッキーがそのままどしゃっと鐘の下に落下する。ユーミンはその様子を見て腹をかかえて大笑いした。

「あっはっは。なかなかいい音じゃないか。知恩院《ちおんいん》の除夜の鐘より味わいがあるよ。これにて一件落着。大往生!」

鐘の音が聞こえたせいか、しばらくして庫裏の玄関から菊ちゃんがこそっと顔を出した。菊ちゃんはすぐに私たちの姿を見つけたらしく、あたりの様子をキョロキョロとうかがいながらやってきた。

「ユーミンちゃん、チンピラどもは?」

おどおどしながら訊いてくる菊ちゃん。ユーミンが、

「安心しろ。全員もう始末した」

と言うと、菊ちゃんは猫背気味だった背中をいきなり反り返らせ、白い歯を見せて笑った。

「なんだ残念だなぁ～。俺の出番はなくなっちゃったのか。俺だってチンピラどもやあの政治家のどら息子をぶん殴ってやりたかったのに」

「悪いな。お前がいない間に全部済んじゃったよ」

ユーミンがフッと苦笑する。

「じゃあ、菊にはカスどもの葬儀でもお願いしようかな。お前の得意分野で協力してくれ」

すると、菊ちゃんはうれしそうにパチンと指を鳴らした。

「それならまかせてくれよ。俺なりのやり方でこいつらを全員昇天させてやるよ！」

そのあと、菊ちゃんはキムさんの力を借りてそこらじゅうに倒れているチンピラどもを全員丸裸にすると、どこからか持ってきた縄で両手両足を縛って四つん這いにさせ、本堂前に一列に並べた。

「いやー、こんなところで入院中に研究していた〝縛り〟が役に立つとはね。車に荒縄を大量に積んどいてよかったよ。はい。それじゃあ、みんな大人しくしててね。二度と女の子に悪さできないよう、順番に股間を蹴り上げるから」

それを聞いたユーミンが背後から両手で私の目を覆った。

「ったく、菊も容赦ないな。ここから先は女の子が見るもんじゃない。目が穢《けが》れる」

直後に、「キャン！」「キャン！」という短い叫び声が次々に聞こえてきた。それが終わったと思ったら、続いて「やめて、そんなところに入れないで、ああっ‼」という声と、「キュー」「キュー」という切ない感じの悲鳴が聞こえてきた。

「ふぅ。捨てようと思ってた菊も再利用できたな。よし、これで地獄の生花祭壇、一丁あがりだ」

ひと仕事をやり終えたっぽい菊ちゃんの声は非常に満足そうだった。

（いったい何がどうなったの⁉）

気になってユーミンの手をどけて見たら、本堂の前には肛門に一輪ずつ菊の花を刺されて泡を吹いて気絶しているチンピラどもの姿があった。

「どうだい、由加里姐さん。俺の葬儀は？　こいつら自身を祭壇にしてやったんだ。こらしめてやるのも兼ねて一石二鳥。名付けて〝菊之助スペシャル〟。いいアイデアでしょ？」

菊ちゃんが両手の指を同時にパチンと鳴らす。

（うげっ。趣味悪ぅ〜……）

あまりにも下品な光景にどん引きして立ち尽くしていると、ユーミンが、

「ほら、言わんこっちゃない」

と言いながら私の頭にポフッと手を乗せてきた。

「でも菊よ、このあとこいつらをどうするつもりだ？」

「しまった。そこまでは考えてなかったよ」

やっちゃった、という感じで舌を出す菊ちゃん。それを見てキムさんがヘッと鼻で笑う。

「若いやつはつめが甘くてしょうがないな。仕方ない。俺の知り合いにいろんなことに融通がきく産廃業者がいるから、今からそいつに頼んでこいつらを滝本とかいう腐れ政治家の事務所の前に捨ててこさせてやる。その政治家もちったぁ反省するだろう」

「なるほど、そいつはいいアイデアだ。事情が事情だから警察にも絶対に通報できないだろうしな。キムさんの性格のよさには感服するよ」

「なあに、遊憨君ほどじゃないさ」

あっはっはと笑い合う二人。まだ意識があったらしいタッキーはしくしく泣きだしたけど、キムさんは泣いているタッキーの顔を容赦なく蹴って黙らせた。

そのあと、日暮さんは、

「今日のことは見なかったことにします。本当にありがとうございました」

と言って美優ちゃんと何度も何度も頭を下げながら帰っていった。菊ちゃんも葬儀ができて会社に呼び出されてしまい、シャーミンはいつの間にか庫裏で何事もなかったかのようにぐーすか寝ていた。

一時間くらいして、キムさんの知り合いとかいういかがわしい感じの産廃業者五人が普通の車とダンプカー一台でやってきた。その人たちはチンピラどもを無言でてきぱきと荷台に積みこむと、「貸しにしとくぜ」と言ってあっという間に去っていった。それをユーミンと並んで見届けたキムさんが足元の小石を蹴とばす。

「やれやれ。今日はまったく儲からなかった上に、かえってつまらない借りをつくっちまったぜ」

「すまないね、キムさん。申し訳ない」

隣のユーミンがペコリと頭を下げる。

「頭を下げてもらっても一文にもなりゃしねえ……って、おい。遊憨君、どうしたっ⁉」

そのとき突然、ユーミンが頭を下げたままの姿勢で地面に倒れた。

「きゃあっ、住職どうしたんですかっ⁉」

キムさんに手伝ってもらって急いでユーミンを仰向けにすると、いつの間にかユーミンの顔は血の気がなくなって真っ青になっていた。左手の指先まで血がしたたっていたので、急いで作務衣の上着を脱がせてみたら、ユーミンの左腕はタッキーに撃たれた傷口から流れ出た血でべったりと濡れていた。目の前の傷口にはピンク色の肉が見えていて、そこからは真っ赤な血がまだダラダラと流れ出ている。私は今までこんなに大量の血を見たことがなかったのですっかり気が動転してしまった。

「住職、大丈夫ですか⁉　血がたくさん出てますよ⁉」

あわててユーミンの体をゆする。すると、ユーミンは目だけを私の顔に向けて、

「驚かせてすまん。後始末が済んで気が緩んだせいか、急に気分が悪くなっちゃってな」

と弱々しい声で言った。

（大変！　もしかしたらユーミン、私をかばったせいで死んじゃうかも……）

どうしていいのかわからなくておろおろしていたら、キムさんが「さがってろ」と言って私をどかした。キムさんはユーミンの傷口を見るなり顔をしかめた。

「こりゃひどいな。いつの間にこんな傷を？」

「さっき本堂のなかで政治家の息子に撃たれたんです。おまけにそこを思いきり蹴られて……」

私の返事にキムさんがチッと舌打ちする。

「そういえばたしかに銃声みたいな音がしてたな。それにしても、こんなひどい傷を負ってるのに大暴れするなんてばかもいいところだぜ。血が出て当然だ。いずれにせよ、早く血を止めないといかん」

キムさんは菊ちゃんが置いていった荒縄で腕の付け根のあたりをきつく縛って止血すると、私にきれいなタオルをとってこさせてユーミンの傷口の周りをふいた。流れ出る血の量はさっきよりは減っていたけど、それでも真っ白なタオルが徐々に赤く染まっていく。

（まだ血が出てる……。ユーミン大丈夫かな……）

私はその一部始終をキムさんの横にしゃがんではらはらしながら見守った。

「よし、血もだいぶ止まったし、とりあえずこれでいいだろう」

しばらくして手当てを終えたらしいキムさんが顔を上げた。

「一応、応急処置はしといたが、できれば今すぐ病院に連れて行って縫ってもらった方がいい」

「ですよね。私もそう思います」

私はユーミンの耳元に顔を近づけた。

「住職。だ、そうです。急いで病院に行きましょう」

けれど、ユーミンは、

「たいした傷じゃない。それに病院に行くのは絶対に嫌だ。俺のポリシーに反する」

と子供のようなことを言って、頑強に言うことを聞かなかった。キムさんと私は顔を見合わせてすっかり困りはててしまった。

「仕方ねぇ。それじゃ、面倒くさいが俺が医者の代わりに縫ってやるか。一回こっきりの特別サービスだぞ」

そう言うとキムさんは人民服の大きめのポケットから平たい革製の箱を取り出してパカッと開いた。なかには透明な液体の入ったいくつかの小瓶と注射器、それから針や糸、メスなどの器具、包帯や薬の包みのようなものが入っていた。

（ブラックジャック⁉）

当然あやしく思ってキムさんに訊く。

「キムさん、これは？」

「これか？　これは麻酔薬と緊急手術セットだ」

「どうして素人のキムさんがこんなものを持ち歩いてるんですか⁉」

「紳士のたしなみってやつだ」

キムさんは平然と言い捨てると、ユーミンの傷口を荒っぽく消毒した。そして薬の瓶に注射器を刺し、吸い上げた麻酔薬を慣れた手つきで注射した。

「麻酔がきくのに少しかかる。ちょっと待ってろ」

待っている間にキムさんが丸い形の針と釣り糸の細いやつみたいな糸の準備をする。それが終わるとキムさんはユーミンの傷口のあたりをピンピンと何度か指ではじいた。

「痛いか?」

「痛くない。大丈夫だ」

「よし、麻酔がきいたみたいだな。それじゃ、しばらくの間、動くなよ」

キムさんはガーゼに含ませた消毒液で傷口を消毒したあと、ピンセットのような器具で器用に針を動かしてユーミンの腕を縫い始めた。麻酔がきいていてもやはり痛いものは痛いのか、ときどきユーミンが口を固く結んで顔をゆがめる。縫い終わるとキムさんは「我ながら上出来だ」と言って器具や注射器を元の箱のなかにしまった。そして腕についた血をタオルでぬぐい、慣れた手つきでユーミンの腕に包帯を巻いた。

「術式完了、と。ゆとりちゃん、あとは遊憨君にこの痛み止めと抗生物質を飲ませといてくれ。俺は手に血がついたからちょっと洗ってくる」

キムさんは私に白い粉薬の袋を渡すなり、立ち上がって庫裏の方に歩きだした。私は急いで庫裏の台所からコップに水をくんできて、傷が開かないよう慎重にユーミンの上半身を起こした。

「住職、ちょっと痛いかもしれませんけど、とにかくこの薬を飲んでください」

「薬は嫌いだ」

「そんなこと言わないで。お願いですから」

私は嫌がるユーミンの口のなかにむりやり薬を入れ、口元にコップを持っていって水を飲ませてあげた。半分くらい飲んだところでユーミンが痛そうな顔をするので、私は急いでコップをユーミンの口から離した。

「痛みますか⁉」

あわてて訊いたら、ユーミンが苦笑しながらうなずく。

「ああ。この体勢だとちょっと痛いな。できれば横にしてもらった方がいい」

「わかりました。ちょっと待ってください」

冷たい地面に頭をつかせるのもかわいそうだったので、私はユーミンにひざまくらをしてあげた。

「これならどうですか？」

「いいね。よっぽど楽だ」

ユーミンがうれしそうに微笑む。ふと気づいたら、ユーミンの顔色はさっきよりかなりよくなっていた。

（よかった。この様子なら大丈夫そうだ）

私は少し元気を取り戻したユーミンを見てほっと胸をなでおろした。すると次の瞬間、ふいに目から涙がポロリとこぼれ落ちた。

（こうなったのもすべてあのとき調子にのってた私のせいだよね……）

ユーミンが私をかばってくれたときの光景が頭に思い浮かぶ。そう思うといくら両手でぬぐっても次々と涙が溢《あふ》れでてきた。

「ごめんなさい。私を助けるためにこんなことになっちゃって。ごめんなさい」

「俺のことは気にしないでいい。それより由加里ちゃんが撃たれないでよかったよ」

ユーミンのやさしい言葉にますます涙が止まらなくなる。

「ごめんなさい、ごめんなさい」

「だから気にしないでいいって言ってるだろ？」

「でも、でも」

鼻水まで出そうになる。すると、ユーミンは右手を伸ばして私のほっぺをつたう涙をぬぐってくれた。

「もう泣くな。そんなに気にするんなら、このひざまくらでチャラでいい」

「でも、私のひざまくらなんてそれに見合うほど価値があるものでもないです……」

ユーミンがまた笑いながら首を振る。

「そう卑下したものでもないさ。こうしているとすごく気持ちいいよ。それに女の子のいいにおいもする」

ユーミンがふざけて鼻をクンクンさせたので私はついついプッと吹いてしまった。

「えへへ。私のにおい、いいにおいですか？」

「ああ。いいにおいだ。でも」

「でも？」

「ちょっと赤味噌のにおいもする」

「えっ、本当ですか⁉」

「嘘だ。冗談だよ」

ユーミンは楽しそうにいたずらっぽく笑った。

「住職、こんなときまで嫌なことを言わないでもいいじゃないですか」

「悪い悪い。こういう性格でな。ところで、麻酔がきいてるせいか、安心したらなんだか急に眠たくなってきた。このままちょっと眠っていいかな」

「どうぞ。住職が目を覚ますまでこうしていてあげますよ」

また私の悪口を言うかと思ったら、意外にもユーミンはうれしそうに私の顔を見た。

「悪いね、由加里ちゃん」

その直後、ユーミンはスースーと寝息を立て始めた。そこへキムさんが服で手をふきながら帰ってきた。

「ゆとりちゃん、そろそろ庫裏に入らないと風邪をひくぞ。おや？　遊憨君は寝ちゃったのか。困ったな。なんなら俺が部屋まで運んでやるがどうする？」

私はすぐに首を振った。

「気持ちよさそうに眠ってるんで、もう少しこのままにさせてあげてください」

「でも、このまま外にいたら二人とも風邪をひくぞ?」

「私がそうしてあげたいんです」

すると、キムさんは「ははーん」と言って意味深な笑みを浮かべた。

「なるほど。そういうことね。わかった。お邪魔虫はとっとと消えるよ」

「そ、そんなんじゃないです」

あわてて否定したけど、キムさんが微笑みながら私を見つめてくる。

「由加里ちゃん。なにも恥ずかしいことじゃないさ。それに若いうちは自分の気持ちに嘘をついちゃだめだ。それが若さの特権なんだからな」

どう返事をすべきか迷ったものの、初めて私を「由加里」って呼んでくれたし、いつもぶっきらぼうなキムさんの口ぶりが珍しくやさしかったので、私は大きな声で素直に返事をした。

「はい!」

それを聞いてキムさんが満足そうにうなずく。

「由加里ちゃん。人間ってのは死ぬまで孤独な生き物だ。でも、本当にそうかというと実際はそうでもないような気もする。なぜかと言うとだ」

「なぜかと言うと?」

キムさんは少し間を置いてから照れくさそうに言った。

「人を好きになるからな」

私はキムさんの目を見ながら黙って笑顔でうなずいた。キムさんもにっこりと微笑み返してくる。

「それじゃ、俺は疲れたからこれで帰るぜ」

「キムさん、今日も本当にありがとうございました」

「気にすんな。また来るぜ」

そう言うとキムさんはくるりと背中を向け、山門の方に歩きだした。

「あばよ」

キムさんの姿が見えなくなったあと、私はあらためてユーミンの寝顔をしげしげと見つめた。いつも強がったり、えらぶってるから気づかなかったけど、静かな寝息を立てているユーミンの顔はまるで子供みたいだった。

（えへへ。私の好きな人は案外かわいいぞ）

その夜、私はひざまくらをしながら、ユーミンの顔をずっと見つめていた。

エピローグ

「ハックショイ。くそっ、すっかり風邪をひいちゃったじゃないか。腕もズキズキするし最悪だ」

翌日、ユーミンの機嫌は過去最悪なくらい悪かった。

（深夜まで外に寝かせていたなんてとても言えないな……）

昨夜は結局、私一人でユーミンを庫裏に運ぶのはしんどかったので、近所に会社がある菊ちゃんを真夜中に呼びだして手伝ってもらった。その間、ユーミンは一度も目を覚まさなかったのでおぼえてないみたいだけど、風邪をひかせたのは間違いなく百パーセント私のせいだ。

「ったく、おまけにあいつらのせいで本堂がメチャクチャだ。くそったれが」

そしてユーミンの機嫌をさらに悪化させているのが天井が落ちてひどいことになっている本堂の惨状だ。天井がそっくりそのまま落ちてるし、材木や板があちこちに散乱していて、どこからどう手をつけていいかすらわからない。おまけに本堂中がほこりだらけで鼻の奥がやたらとムズムズする。お寺を休みにして、せめて観音様の周りだけでもきれいにしようということでユーミンと一緒に本堂に来てみたものの、私たちはその場に呆然と立ち尽くすしかなかった。

そんな状況だったので、できれば猫の手やシャーミンのしわしわの手も借りたいくらいだったけど、本堂のあと片づけがめんどくさかったのか、今朝、私が起きたときにはシャーミンは、『修行の旅に出ます。さがさないでください』

という書き置きを残してどこかに消えてしまっていた。その横に「まったり熊本温泉ツアー七泊八日の旅」のパンフレットが置いてあったところを見ると、どう考えても確信犯としか思えない。ユーミンのパシリ的存在の菊ちゃんも葬儀《しごと》のために来られないそうで、仕方なくユーミンは専門の業者に本堂のあと片づけと修理を依頼することにした。

「ちくしょう。このありさまだと復旧するのにえらく金がかかるな。最近はただでさえ金が出て行くことが多いから、このままじゃ破産しかねん」

ユーミンは忌々しそうに愚痴ると、足元にあった材木のかけらを思いきり蹴とばした。

「あれ？　住職にはアメリカで稼いだお金があるんじゃないんですか？」

基本的にユーミンは億万長者のはずだ。不思議に思って訊いたら、なぜかユーミンは深いため息をついた。

「あいにく震災のとき、東北にほとんど寄付しちゃってな。今じゃもうすっからかんだ」

「ぜ、全財産をですかっ⁉」

ユーミンの信じられない行動に開いた口がふさがらなくなる。

「そう。日本財団を通して寄付した。今あるのは残りわずかな生活費と寺からの収入だけだ」

「ど、どうしてそんなことを⁉」

「いいじゃないか。俺の金なんだから俺の勝手だ。とにかくほとんど寄付した。まさかこんなことになるとは夢にも思わなかったんだ」

ユーミンはもう一度深いため息をついた。

「……そうだったんですか。でも、同じお金を使うにしても、夜遊びで使うより全然いいと思いますよ」

するとユーミンは、

「夜遊び？　誰が夜遊びなんかしてるっていうんだ？」

と言って、ムッとした表情で私をにらんだ。

（まずい。びっくりしたせいでついつい本音を言っちゃった）

私は数十秒前のうかつな自分を呪いながら、あわてて返事をした。

「だ、だって住職はここのところ毎晩のようにクラブとかキャバクラに行ってるじゃないですか？」

「おいおい、俺はそんなところには行ってないぞ」

「じゃ、じゃあ、夜はどこに出かけてるんですか？」

「どこってそれはだな」

ユーミンはそう言いかけたまま、私から視線をそらして黙り込んでしまった。

「やっぱそういうところなんですか？」

「そんなんじゃない」

「じゃあ、どこに行ってたんですか？」

　すると、ユーミンはチッと舌打ちをしてからようやく私の顔を見た。

「気恥ずかしいからあまり言いたくなかったんだが、じつは今、この近くのビルのワンフロアーを借りて塾を開いている。有志の仲間と一緒にだ」

「塾、って勉強を教えるあの塾ですか？」

「そうだ。〝六本義塾《ろっぽんぎ》〟という名前の塾だ。昨日一緒にバーベキューをしたのがその生徒たちだ」

「本当ですか？　昨日来た子たちはそんなことひと言も言ってませんでしたけど」

「昨日は生徒たちに口止めしといたんだ。なんとなく照れくさかったんでね。最近、昼間もずっと寺を留守にしていたのは、塾を開くための準備に追われてたからさ」

「そうだったんですか。すみませんでした。私全然知らなくて……。てっきり住職がホステスさんがいるようなところで夜遊びしているもんだとずっと思ってました」

「それは勘違いもいいところだ」

「……ごめんなさい」

「まぁいい。もう気にしなくていいよ。塾の準備のせいで由加里ちゃんの手助けをしてやれなくて俺も悪かったからな。おかげさまで塾もだいぶ軌道に乗ってきたから、これからはもう少し由加里ちゃんに協力できると思う」

「えー、本当ですか⁉」

私はものすごくうれしくなった。

「えへへ。私もがんばります。ところで、なんで住職が塾なんか開いてるんですか？」

「由加里ちゃんには関係のないことだ」

「いいじゃないですか。減るもんじゃないですし」

「おっさんみたいなことを言うな……。わかったよ。話せば長くなるんだが」

ユーミンは珍しく真剣な表情で語り始めた。

「長引く不況のせいで、今、日本にはやる気はあるのに家庭の事情で進学できない子供がたくさんいるんだ。国はそんな子供たちを見て見ぬふりで何もしてくれはしない。

そこで俺はそんな子供たちの進学や勉強をサポートするＮＰＯのような組織を作ったんだ。幸いなことに、知り合いの元教師や引退した有名な塾講師が賛同してくれてね。今は彼らの協力を得て中学生と高校生対象の学習塾を無償で開いている。奨学金取得のための手続きの面倒をみたり、授業料の免除制度がある学校や大学を調べたりもしてるんだ。将来的には子供たちの就職のサポートもしたいと考えている」

「へー、そうだったんですか。住職はえらいですね。感心しました」

けれど、せっかく人がほめているのにユーミンはニコリともしないで首を振った。

「……とまあ、ここまではたてまえだ。ご存じのとおり、俺はガキのころからさんざん悪さばかりしてきた。ファンドマネージャー時代だってろくなことはしていない。だから……」

「だから？」

「せめてその罪滅ぼしにでもなればと思ってね。由加里ちゃんは俺のことを、寺をパワスポ化したりしてあこぎな坊主だと思っているだろうけど、それは最低限、寺を維持していくのと子供たちのサポートのためにしていることなんだ」

（そうだったんだ……）

私はユーミンの思いがけない告白を聞いて、胸がじーんとあたたかくなった。

「素敵です！」

「どうだろうな」

「いいえ、私はすごく感動しました。家庭に事情がある子供たちに勉強を教えたり、進学のサポートをするのってお坊さんらしくていいと思います！」

「だから最初から夜の布教だって言ってるだろ？」

ユーミンが照れくさそうに苦笑する。

「私ももう子供じゃないんで、世間は厳しいってことは身にしみてよくわかってるつもりです。でも、それでも人間はできるだけ平等であってほしいんですよ。人は誰だって〝世界に一つだけの花〟ですもんね。よくネット上でばかにされている言葉なんですけど、私その言葉って絶対に正しいと思うんです。だってみんなそれぞれ一生懸命生きてるんですから。住職もばかにするかもしれませんけど」

「そんなことないさ」

ゆっくりと首を振るユーミン。

「誰だって世界に一つだけの花だ。生きとし生けるものはすべて等しく尊い存在だし、人間も本質的にはみな平等だ。ただし、一つだけ誤解がある」

「誤解？」

　ユーミンが微笑みながらうなずく。

「最初から咲いてる花なんてこの世にないさ。正確に言えばみんな世界に一つだけの花の種だ。芽を出し、根を張り、枝葉を広げる。その絶え間ない地道な努力の結果ようやく花が咲くんだ。それを怠《おこた》れば芽も出ないし、枝葉も伸びない。まして花が咲くことなんて絶対にない。だから誰しも必ず懸命に生きなければならないんだ。この世でたった一つのかけがえのない命を輝かせるためにね」

　それを聞いて私はすっかり感激してしまった。

（私ったら何を勘違いしてたんだろ。ユーミンってば立派なお坊さんじゃん。命がけで私を守ってくれたし、やっぱりこの人が私の白馬の王子様だ！）

　うっとりしながらユーミンの顔を見つめていたら、ユーミンが照れくさそうな顔をする。

「あれ？　俺ちょっとくさいことを言いすぎた？」

「いいえ」

　私はブンブンと大げさに首を振った。

「そんなことないです。私、そういうの大好きです」

「よかった。我ながらこっぱずかしいことを言ったから、どん引きされてるかと思ったよ」

「大好き」

「えっ？」

「大好きっ！」

その瞬間、ユーミンとばっちり目が合った。なんでこんな大胆なことを口走ったのか自分でもよくわからない。たちまち顔がぼうっと熱くなる。ユーミンの顔もほんのり赤くなっている。そのままお互いにしばらく見つめ合っていたら、二人の間におかしな空気が流れたので、ユーミンは目をそらしてもぞもぞしだした。

「えーと、あっ、雑巾《ぞうきん》。そうだ、きれいな雑巾がないな。とりあえずバケツと一緒にとってくるよ」

ユーミンはそう言うと、頭をかきながらあわてて本堂から出て行った。

（ユーミンたら、あれで見かけによらずシャイなんだな）

私がクスッと笑ったとき、背後の観音様の方から聞きおぼえのある、おごそかな感じの声が聞こえてきた。

「娘や、私が手助けできるのはここまでですよ。早くたたりをはらって彼氏ができるようがんばりなさい」

急いで振り向くと、そこには穏やかな顔をした観音様がいつもと変わりないお姿で立っていらっしゃった。

（やれやれ。おかしいと思ったらさっきのはやっぱり観音様のしわざか。ほんと、お節介なんだからもう。たたりをはらうには、まだ残り百四回も人助けをしなきゃいけないんだから、先にそっちから助けてくれればいいのに)

でも、よく考えてみたら、たたりを受けてからの方がユーミンとの距離がグーンと縮まったような気がする。

私は観音様の前まで行き、そっと両手を合わせた。

(もしかしたら縁切り観音じゃなくて、本当に縁結び観音なのかも。観音様、これからも一生懸命がんばりますから、どうか私を見守っていてください)

気のせいだろうか?　観音様のお顔が一瞬、私に微笑んでくれたように見えた。

あとがき

〝祟り〟。この小説のタイトルに冠した言葉ですが、普段耳慣れないせいもあり、読者の皆様はその響きにどこか漠然とした不気味さを感じられたのではないかと思います。

ところが、この祟りという言葉、一般の方々には縁遠いものかもしれませんが、私の業界に身を置いていますと、逆に日ごろよく耳にしたりします。神様や人の祟り（生き霊を含む）なんて、そこらじゅうにごろごろしているのです。人間の目に見えない世界が実際にある、というのがとりあえず基本なのです。

え？　そんな怪しい業界が本当にあるのかですって？　もちろんですとも。日本には身近なものが二つもあるじゃないですか。そう。神社業界とお寺業界です。私が所属しているのは後者の方で、私は俗にいうところの〝お坊さん〟であります。

というわけで実は私、お寺の次男に生まれたものですから、本山で修行をして僧籍を持っています。もっとも、実家の寺には跡継ぎの兄がおりますので、専業ではなく、平素は別の仕事をしています。仏事にはたまに参加する程度の、いわゆる〝兼業僧侶〟というやつです。かねてより読者の方から「あなたの小説はどこかお線香臭い」と、ご指摘を受けていたのですが、それはやはりお坊さんであることが影響しているのでしょう。バックグラウンドが〝お寺＋僧侶〟なものですから、当然と言えば当然の話なんですけど。

そのような理由により、この作品も案の定といいますか、結果的にやっぱりお線香臭がしみ出てしまいました。しみ出るどころか、もろにお寺が舞台です。脇役にはお坊さんと葬儀屋さんがいますし、なんとご本尊の観音様までもがまさかのご登場。主人公の女の子はいわくつきの石塔を壊してしまったせいで祟りに遭ってしまうという、前代未聞・波乱万丈のまことに抹《まっ》香《こう》臭い話になってしまいました。おまけに一風変わったラブストーリーでもあります。

自分で言うのもなんですが、冷静になって整理してみたら、かなり危うい物語設定でした。しかし、それでもなんとかこの小説を書き上げることができたのは、ひとえにキュートなゆとり世代の主人公、由加里ちゃんの愛すべきキャラクターのお陰と考えています。

けなげで一途だけど、ときには自分勝手。ほほえましい由加里ちゃんの物語を楽しんでいただけたのなら、作家としてこれにまさる喜びはありません。

結びに、見えざる仏縁（またはご縁）により、この本を手にとって読んでくださった読者の皆様方に、謹んで感謝申し上げます。

平成二十四年　春

乱世の聖《ひじり》　蒲原二郎　合掌

本書は書き下ろしです。原稿枚数494枚（400字詰め）。

〈著者紹介〉
蒲原二郎(かんばら・じろう)　1977年静岡県生まれ。早稲田大学第一文学部卒。大学卒業後、海外を放浪する。帰国後、議員秘書となり、政治家を志すも挫折。現在は悩める兼業僧侶である。2010年3月、第10回ボイルドエッグズ新人賞を受賞した『オカルトゼネコン富田林組』で作家デビュー。期待の大型新人として各方面から注目を浴びる。その他の著書に『オカルトゼネコン火の島』『ゴールデン・ボーイ』がある。

祟《たた》りのゆかりちゃん
2012年4月10日　第1刷発行

GENTOSHA

著　者　蒲原二郎
発行者　見城 徹

発行所　株式会社 幻冬舎
〒151-0051 東京都渋谷区千駄ヶ谷4-9-7

電話:03(5411)6211(編集)
03(5411)6222(営業)
振替:00120-8-767643
印刷・製本所:中央精版印刷株式会社

検印廃止

Printed in Japan
ISBN978-4-344-02165-5 C0093
幻冬舎ホームページアドレス　http://www.gentosha.co.jp/

この本に関するご意見・ご感想をメールでお寄せいただく場合は、comment@gentosha.co.jpまで。